上

Ai no Rukeichi

愛《あい》の流刑地《るけいち》

幻冬舎

渡辺淳一

愛の流刑地

上

装幀　三村　淳
装画　香月泰男『業火』『星』

愛の流刑地（上）　目次

- 邂逅 かいこう —— 6
- 密会 みっかい —— 43
- 黒髪 くろかみ —— 85
- 蓬莱 ほうらい —— 123
- 風花 かざはな —— 167

邂逅《かいこう》

女の手の動きを見たとき、菊治《きくじ》はなぜともなく、風の盆を思い出した。

「初めまして」と、すでに互いの自己紹介を兼ねた挨拶《あいさつ》は終っていた。

そのあと、菊治と向かい合って二人の女性がテーブルに座った。一人はすでに知っている魚住祥子《うおずみしょうこ》で、いま一人は、彼女が連れてきた女性で、入江《いりえ》ふゆか、といった。

「ふゆかって……」

菊治がききなおすと、「冬の冬に、香りです」と、慌てたように答えた。

そのあと、ウェイトレスがきて、三人はしめし合わせたようにコーヒーを頼んだ。

それから、話は当然のように、すでに知っている祥子と菊治のあいだで交された。

「いつ、こちらへ来られたのですか」

京都に着いたのは一時間前で、駅ビルのなかにあるホテルにチェックインして、すぐこのコーヒーラウンジに来たのである。

「しばらく、いらっしゃるのですか」

「明日、帰るつもりです」

「なにか、お仕事で？」

「いや……」

冬香の手が動いたのは、そのときであった。

傾きかけた陽《ひ》が眩《まぶ》しいのか、左手をそっと額にかざす。

菊治はそのまま、掌《てのひら》を見せた女の細《ほ》っそりとした指のしなりに見とれていた。

やわらかそうな掌だ、そう思った瞬間、なぜともなく、越中おわらの風の盆で見た、踊り手の指の動きを思い出した。

淡い朱色の着物を着た女たちが編笠《あみがさ》を深くかぶり、軽く腰をかがめ、交互に足を寄せながらゆっくりと踊っていく。

秋の風を鎮《しず》めるために、越中の八尾《やつお》で伝えられている踊りだが、三味線と胡弓《こきゅう》で奏でる旋律がもの哀《がな》しく、踊りもどこか穏《おだ》やかで優雅であった。

その踊り手が見せる、指のしなりとよく似ている。

「あのう……」

菊治がつぶやくと、冬香は慌てたように額から手を引いた。

「おわらを、踊ったことは？」

冬香は一瞬、悪いことを見つかったように目を伏せてから、かすかにうなずいた。

「少しだけ……」

思いがけない答えに、菊治は目を見張った。

風の盆で踊ったことがあるのでは、というのは、菊治の一瞬の思いつきにすぎなかった。ふとした手の仕草が踊りの手つきに似ているような気がして、当てずっぽうにいっただけである。

それが偶然、当っていたとは。菊治はそれだけで冬香を急に身近に感じた。

「どうして、わかったのですか」

魚住祥子が呆《あき》れたようにきくのに、菊治は曖昧《あいまい》にうなずく。

「ただ、なんとなく……」

強いていえば二年前、富山の八尾に風の盆を見に出かけた。そのときの印象が強かったから、といえばわかり易《やす》いが、それにしても二年前である。その記憶が突然、ここで甦《よみがえ》ったことが菊治も不思議である。

「凄《すご》いな、先生……」

祥子はそういってから冬香を見て、

「入江さんは富山の出身で、八尾に叔母さんがいて、それで小さいときから踊っていたの」

祥子がいうのに、冬香はゆっくりとうなずく。

「だから、わたしも四年前よね、冬香さんに風の盆に連れて行ってもらって、そのとき教わって少し踊ったわ。先生はいつ行かれたのですか」

「二年前かな、上品な踊りで、とてもよかった」

「冬香さんはすごく上手なんです。編笠をかぶると急に色っぽくなって」

たしかにこの女なら、背丈は百六十センチくらいのようだが細っそりとして、中腰で踊る姿は艶《なま》めかしそうである。菊治がそんな目で見ていると、冬香が軽く首を横に振る。

「もう、ずいぶん踊っていないので……」

「子供のときに覚えたのなら間違いないでしょう。一度、見せてもらおうかな」

「じゃあ、今度一緒に行きましょうか。あれは、九月の二日、三日でしたっけ。夜通しいろいろな町から連《れん》がくり出して、踊り続けるでしょう」

この二人と見に行くのなら悪くはないかもしれない。菊治が再び冬香の軽く伏せた顔を見ていると、祥子がいう。

「先生、お元気そうで、ぜんぜんお変りないわ」

「いや、そんなことはない」

「相変らず、お忙しいのでしょう」

突然、自分のことに話題が切り替って、菊治は無言のままコーヒーを飲む。

世間は、そして人々は信じられぬほどの安易さで菊治に、「お忙しいのでしょうね」と声をかけてくる。

たしかに、いまから十八年前、菊治は「恋の墓標」という作品で文壇への登竜門である新人賞を得て、華々しくデビューした。内容は、菊治が高校二年生のときの同級生、桜井瞳《さくらいひとみ》との妖《あや》しく不思議な恋を描いたものである。

そのころから瞳は早熟で、数人の中年の男性と際《つ》き合っていたが、それとも知らず菊治は瞳に近づき、振り廻された。挙句の果て、瞳は十八歳で突然自殺し、菊治は呆然《ぼうぜん》としたまま女の不可解さに戸惑った。

ほとんど、体験どおりのことを書いたのだが、女主人公の奔放な生きかたが女性たちの共感を呼んだのか、たちまち三十万部をこすベストセラーになった。

それでつきが生じたのか、その一年後に発表した『レクイエム』は、年上の女性との別れを描いたものだが、再びベストセラーとなり、三十八歳で売れっ子作家と呼ばれるようになった。

だが、好事魔多しというか、本当の実力がなかったのか、次の作品は意外に不評で、続いて出した作品はさらに不評で、ただお話をつくっているだけの安易な作品、と酷評された。

思いがけず、ブームが一気にきただけに、ブームの去りかたも早く、それでもしばらくは何人かの編集者が書くようにすすめてくれたが、一度つまずくと、またつまずくような不安に襲われてなかなか書けない。

それからは、焦るから書けない、書けないから焦る、という悪循環が続き、十年経《た》つと、すでに文壇から忘れられた作家になっていた。

一度、売れなくなると、読者はもちろん、編集者も急速に退《ひ》いていき、原稿を依頼されることもなく、ついには生活まで苦しくなる。

こんなことになるなら、それまで勤めていた出版社を辞めるべきでなかったと後悔したが、すでに遅い。それでも昔の知己を頼って、私立の大学の講師の仕事をもらったが、それだけでは苦しく、金になるのならなんでも引き受けて、ゴーストライターから週刊誌のアンカーマンまでやってきた。

おかげでなんとか食べてはこられたが、作家を自負する菊治には辛《つら》すぎる。

そんな男に、「相変らずお忙しいのでしょう」という言葉は、ただの皮肉としかきこえない。もちろん、いまの菊治の状態が惨めとは、一概にはいえないかもしれない。

少ないながら、私大の講師としての給料とアンカーマンの仕事などで、月々四十万近くにはなる。それにくわえて、文芸誌や新聞などからエッセイや評論などを求められることがあるし、タウン誌や業界紙から小文を依頼されることもある。

それらを合わせると、毎月、五十万前後の収入があり、男が一人で生きていくにはとくに不都合はない。

幸い、というか、不幸にもというべきか、妻とは籍こそ入っているが別居していて、一人いた息子もすでに二十五歳で社会人として独立している。

正式に離婚していないのは、妻のほうからの希望だが、その妻は若いときからやっていたフラワーアレンジメントに精を出し、何人かの弟子もいるようである。別居とともに、菊治はいままで住んでいたマンションを妻にゆずり、自らは千駄ヶ谷《せんだがや》の小さなマンションを借りているが、家賃だけで月々十万はかかる。

それから五年、菊治も妻も五十五歳になって、やや老境に入りかけたが、ともにいまさら、よりを戻す気はない。

もともと、菊治は身勝手な、自分のやりたいことをやり通す男だったし、妻も早くから家庭より外に気持が向いていて、大人しく妻の座に安住するような女ではなかった。

夫も妻も子供も、戸籍でこそつながっているが、実態はみなバラバラで好き勝手なことをやっている。その意味では理想の別居で、生活もみなほどほどに安定している。

世間的に見れば、幸せな生きかた、といえなくもないが、菊治には、なにか大きな落し物をしてきたような焦燥感がある。

あの、かつての栄光のベストセラー作家。

その地位から墜落した衝撃はあまりに大きく切なすぎる。

いまでもなお雑文の依頼があるとはいえ、菊治が望んでいるのは、いま一度、納得できる小説を書き、然《しか》るべき評価を受けることである。

このままでは終りたくない。自分はあくまで作家である。そう思うとき、菊治はいいようもない焦りと苛立《いらだ》ちを覚える。たとえ目先の生活が安定したところで、一度、高みを見た男の墜落感が癒《いや》されることはない。


「先生……」

祥子の声で、菊治はゆっくりと現実に戻る。

そうだ、自分は先生であった。かつて、みなが羨《うらや》む新人賞を受け、本がベストセラーになったとき、まわりの人はみな菊治を先生と呼んでくれた。

一冊目を出したときからサイン会をするという光栄に恵まれて銀座の書店に行くと、入口に大きく「村尾章一郎《むらおしょういちろう》先生・サイン会」と記した看板が立てかけられていた。

たしかに、菊治は村尾章一郎という作家であった。

多くの人は、村尾菊治といっても知らないが、それが本名で、章一郎は母方の叔父の名前をもらったのである。菊治の二十歳年上で工学関係の仕事をしていたが、長身で恰好《かっこう》がよく、女性にもてたようである。

そんな華やかなイメージがあったので、新人賞に応募するとき、その叔父の名を借りてペンネームにして見事、栄冠をかちとった。

その意味ではラッキーネームで、それ以来、村尾章一郎という名前だけが一人歩きして、菊治はもちろん肝腎《かんじん》の叔父も戸惑っていた。

だがそれもほんの数年間で、村尾章一郎という名はいっときのバブルのように消え去り、村尾菊治という地味な名前だけが残ってしまった。

だが、祥子たちには、そうは思えないらしい。

デビューして間もなく、ある雑誌の取材を受けたとき、祥子はフリーのインタビュアーとして菊治の前に現れた。そんな縁から、彼女が結婚して大阪に移ってからも、ときどき手紙のやりとりぐらいはしてきたが、祥子の頭には、いまでも、若くして文壇にデビューしたベストセラー作家、というイメージが残っているのかもしれない。

「今日、入江さんが見えたのは、先生の『恋の墓標』の初版本を持っていて、サインして欲しいというので……」

祥子がいうのに、菊治は冬香を見ながらきいてみる。

「僕の本を、読んだことがあるのですか」

「もちろん、わたしたち同じマンションで話しているうちに、先生のファンだってことがわかったんです。それで今度、こちらに来る機会があったら、ぜひ一緒にお会いしましょう、ということになって、今日ようやく……」

祥子の説明をききながら、菊治はゆっくりと、作家、村尾章一郎に戻っていく。

冬香が、自分のデビュー作の小説のファンだったとすると、何歳のときに自分の作品を読んだことになるのか。

「あれは、もう二十年近く前ですが……」

菊治がいうと、冬香は恥ずかしそうに目を伏せて、

「高校三年生のときです」

「じゃあ、主人公と同じ年齢《とし》で……」

うなずく冬香を見ながら、菊治は十七、八歳の冬香の姿を想像する。むろんセーラー服を着ていたのだろうが、当時の冬香は背丈はすらりとしていても、どこかに未成熟な少女のひ弱さを秘めていたのかもしれない。

「それを、富山で?」

「はい、こっそりと……」

冬香がつぶやくと、祥子があとを受けて、

「わたしは大学を出た年だったけど、あの本を家に持ち帰ったら、母に、いやらしい本を読んでいるといって、叱《しか》られたわ」

たしかに主人公は数人の中年の男性と同時に際き合うが、菊治はそれほどふしだらな女と思って書いたわけではない。

「あれは、実際にあったことですよね」

祥子がきくのに、菊治はうなずいて、

「でも、僕はただ彼女に振り廻されただけで……」

「うちは古いから、ああいう本には厳しかったけど、わたしたちは熱中して。なにか、あの主人公が自由で恰好よく見えて。冬香ちゃんもそうでしょう」

瞬間、眩しそうな冬香の眼が輝いて、

「何度も読みました」

「せっかくだから、本にサインをしていただいたら。サインペンはここにあるわ」

祥子がペンをさしだし、冬香がバッグのなかからそろそろと本を取り出す。

淡いブルーの地の上に墓標を表すような白いラインが交錯し、そのなかほどに、少女の横顔がうっすらと浮かびあがっている。

余程、大切に保存されていたのか、十八年も経っているのに、オレンジ色の帯も残されていて、汚れもほとんどない。

「入江冬香さんでしたね?」

菊治が名前をたしかめてから、見返しのところにサインペンで書こうとすると、冬香が申し訳なさそうにつぶやく。

「あのう、名前だけにしていただけますか?」

ということは、入江冬香の「冬香」だけにして欲しいということか。

菊治がたしかめると、冬香が「すみません」と頭を下げる。

サインをするとき、ほとんどの人はフルネームを求めるが、なにか特別の理由でもあるのか。

菊治が考えていると、祥子が冗談めかしていう。

「名前だけだと、離婚しても再婚しても、変らないでしょう」

そんな理由からなのか、菊治が盗み見るが、冬香はなにもいわず目を伏せている。

菊治はそれ以上尋ねず、表紙の見返しに、「冬香さま」と記し、その横に一段下げて、「村尾章一郎」と記す。

「これでいいかな」

そのまま本を返すと、冬香は「ありがとうございました」といってサインを眺めている。

そんなに見詰められると、こちらが照れくさくなる。

「長いあいだ、大切にしてくれて、ありがとう」

菊治が礼をいうと、冬香は顔を上げて、

「わたし、先生のこの本のあとにでた『レクイエム』という本も持っているのです」

「じゃあ、それも持ってくるとよかった」

「本当ですか、なにか二冊もお願いするのは悪いかと思って……」

それなら次回にでも、といいたい気持を抑えてうなずくと、祥子が待っていたようにきく。

「最近は、なにを書かれているのですか?」

正直いって、いまは小説といえるようなものは、なにも書いていない。書きたい気持は充分あるのだが、いざ机に向かうと考えこむだけで筆がすすまない。それに、いま菊治が書きたいといったところで、誌面を提供してくれる雑誌があるとは思えない。

だが、二人の古いファンを前に、そんなことを告白する気にはなれない。

「いろいろ、考えているのですが……」

そこで、思いきっていってみる。

「今度、京都を舞台にしたものを書いてみようかと思って」

「本当ですか」

祥子がつぶやき、冬香が目を見張る。

「祇園《ぎおん》の、お茶屋などを調べてみようかと……」

いいながら、菊治はすらすらと嘘《うそ》をつく、自分の調子のよさが腹立たしくなってくる。

たしかに、京都を舞台に小説を書いてみたいという気持は以前からあった。

できることなら、祇園などを背景に華麗な恋の物語でも書きたい。それならデビュー作のイメージともつながり、一段成長した大人の恋愛小説として話題になるかもしれない。

だがそのころ、妻とのあいだで離婚の話から別居とトラブルが続き、そんな艶《つや》めいた世界に浸るほどの余裕がなかった。

そこからようやく立直り、独りでの生活に慣れたころには、目先のルポルタージュやアンカーマンの仕事に追われ、これではいけないと気がついたときには、すでに書く場を失っていた。

それでも京都を舞台に小説を書いてみたい、という気持は失《う》せていない。実際、今回来たのも、表向きはある旅行雑誌に頼まれて、京都のお茶屋遊びについて取材するためだが、ついでになにか、小説の材料になるようなものはないか、という思いもあったことはたしかである。

しかし、小説を書くためというのは、あきらかにいいすぎである。

菊治は改めて、二人の女性を見る。祥子は、たしか四十歳前後のはずで、冬香はそれより三、四歳若いようだから、三十六、七歳なのか。

ともに主婦で子供がいるようだが、祥子は黒のパンツスーツを着て、整った顔立ちを和らげるように、前髪を軽く茶色に染めている。冬香はベージュのニットのワンピースを着て、色白の細っそりした顔をつつむように、セミロングのストレートの髪が肩口までかかっている。

外見を見るかぎり、祥子は陽気で活発なタイプで、いまでもIT関係の仕事をしているようだが、冬香は専業主婦なのか、やや引っこみ思案のように見える。

それにしても、なにもこの二人にまで見栄《みえ》をはることはない。きかれたら素直に、「ある雑誌に頼まれて、京都の取材に来たのです」といえばすむことである。

それを、京都を舞台にした小説を書くため、などと気取ってみせる。

「馬鹿な奴……」

菊治が心のなかで自分を叱ると、祥子がきく。

「それ、どこかで連載されるのですか」

「いや、まだ取材の段階なので……」

無意味な言い訳だが、その突っぱりがいまの菊治を支えているともいえる。

それはともかく、二人の女性に、いまの菊治の苦渋などわかるわけもない。

「それ、ぜひ読ませていただきたいわ。京都なら、わたしたちにも身近だから」

たしかに、祥子は京都と大阪のあいだにある高槻《たかつき》に住んでいて、今回も、「京都なら二十分もあれば行けますから、うかがいます」と手紙でいってきた。

「わたしは前から、先生が京都を舞台に書かれないかなと思って、二人でも話していたのよね」

祥子がいうのに、冬香もうなずく。

「京都は、先生にお似合いよ」

「いや、まだ考えているだけで……」

「でも、こうして京都にいらしているのだから、間違いないのでしょう？」

二人の女性は素直に、菊治のいうことを信じているようである。

いまとなってはその素直さが負担だが、見方を変えると、それが自分という作家へ期待している証《あか》しともいえる。

菊治はふと、「ロマンの残党」という言葉を思い出す。昔、そのような題名の小説があったような気がするが、いま目の前にいる二人は、「ファンの残党」かもしれない。

わずかではあるが、こういう有難い読者がまだいるのである。おそらく全国には、この二人と同じファンがいて、密《ひそ》かに自分の再生を待っていてくれるのかもしれない。

菊治が考えこんでいると、祥子が明るくいう。

「先生、お暇があったら、高槻にも来てください」

むろん、東京生まれの菊治はまだ行ったことがない。

「わたしたち、同じマンションなんです。駅のすぐ近くで、とても便利なところです」

二人がどんな生活をしているのか、菊治には想像もつかない。

「町にはお寺や神社が多くて、近くに上宮《じょうぐう》天満宮があって、その森も素敵ですよ」

「長岡京に近いのですね」

「すぐ隣りの街です。そこにもツツジの名所の天満宮があるし、古墳も多くて……」

たしかに、長岡京は平安遷都の前に、しばらく都がおかれたところである。

「ご覧になると、参考になるかもしれません」

二人は菊治に、古代の恋物語でも書いて欲しいと思っているのだろうか。

たしかに歴史小説を書くのも、ひとつの方法かもしれない。

これまで、菊治は自分の身のまわりでおきたことを中心に、ほぼ自分と同じ年代の喜びや悲しみを書いてきた。そのかぎりにおいて、きわめて正直に、そしてストレートに自分の感性を文章に表してきたともいえる。

だが、書くものがあまりに自分に密着し、個人的すぎたことが、その後の作品がマンネリに堕《お》ちいった原因のような気がする。事実、そのことはかつての編集者にもいわれて、「もう少し虚構を広げた、大きな小説を書いてみませんか」とすすめられたことがある。

実際、菊治もそれに気づいて、二、三、試みたことがあるが、虚構を広げるとリアリティが薄れるような気がして不安になり、書きなおせばなおすほど迷って迷路におちこんでしまう。

そんなことをくり返すうちに、気がつくと四十代の後半になり、もはや処女作のような、青春の瑞々《みずみず》しい感性を描くことは難しくなっていた。

思いきって、目先を変えなくては。そんな気持でいるときに、歴史小説を書くのは好ましいチャレンジかもしれない。とくに平安朝以前の時代なぞ、ほとんどの作家がまだ手をそめていないジャンルである。

菊治は思わずうなずくが、といって、それを書きこめるという自信はない。それに歴史物は方向転換という意味では面白いかもしれないが、所詮《しょせん》、かつて生きた人物のあとを追い、その心情を探るモディフィケーションにすぎない。

それより、いまの自分の感性ですべての人物をつくり、自由に動かせる現代小説を書きたい。いま一度、『恋の墓標』のような、ひりひりした愛の小説を書きたい。

菊治が考えこんでいると、祥子が心配そうにきく。

「先生、お疲れですか？」

「いや、べつに……」

慌てて否定するが、二人は長居しては悪いと思ったようである。

「そろそろ、失礼しましょうか」

祥子がきいて、冬香がうなずく。そんな二人に、菊治は訴える。

「僕のほうは、ぜんぜんかまいません」

正直いって菊治はいましばらく、自分を評価してくれている二人の女性につつまれていたい。

改めて、菊治は二人を見ながら、それぞれの家庭を想像する。

祥子は東京にいるときから、てきぱきと仕事をこなすキャリアウーマンで、いまも仕事をしているようだから、外に出ることも多いのかもしれない。それに比べて冬香は、見た目はどこかおっとりとして、いわゆる専業主婦のようである。

いまも、話すのはほとんど祥子で、冬香は初対面のせいか、彼女がいうのにうなずいているだけである。

こんな二人がどうして親しくなったのか。たまたま家が近かったのか、それとも子供たちが親しかったのか。きいてみたいと思いながら、そこまで立入ることにためらう気持もある。

下手に、家庭のことなぞ知らないほうがいい。ただこのまま、自分のファンだという女性と話しているだけで充分満足である。

菊治は二人を見ながら、きいてみる。

「東京に出て来ることは、ありませんか」

祥子は「もう、ずいぶん行ってないわ」と答えてから、

「先生のお住まいは、千駄ヶ谷ですよね」

菊治がうなずくと、祥子が冬香に説明する。

「新宿にも渋谷にも近くて、とても便利なところなの」

別居と決めたとき、妻にはそれまで住んでいた二子玉川《ふたこたまがわ》のマンションを渡し、菊治一人、渋谷に近い千駄ヶ谷に移ってきた。1LDKで、リビングと書斎を兼ねた部屋とベッドルームがあるだけだが、山手線《やまのて》の内側でなにかと便利である。売れない作家が、そんなところにいることもないと思ったが、だからこそ少しでも賑《にぎ》やかなところにいたかった。

「東京にいるころ、原宿によく行ったので、千駄ヶ谷は懐かしいわ」

「じゃ、ぜひどうぞ」といいかけて、菊治は黙る。

もし二人のうちのいずれかといったら、冬香のほうに興味がある。

見たところ、とくにお洒落《しゃれ》をしているわけでも、スタイルがいいわけでもない。だが細面の顔立ちはすっきりとして目許《めもと》も爽《さわ》やかである。色白でわずかに開いた胸元が雪のように白く、だから冬香と名付けられたのか。

それにしても、冬香はどこか控えめで、自分から動くタイプではなさそうである。さまざま

な思いがあっても心に秘めて抑えている。そんな穏やかさが、いまの菊治には好ましい。

コーヒーラウンジの下は駅のホールになっていて、さまざまな人の動きが見渡される。それを窓ごしに見て、祥子が冬香を促す。

「じゃあ、失礼しましょうか」

「僕のほうなら、かまいません」

「でも、お仕事がおありでしょうし、わたしたちもそろそろ帰らないとね」

夕方が近づいて、主婦は主婦なりに忙しいのか。

「じゃあ」といって、祥子が伝票をとろうとしたので、菊治は慌てて手で制する。

「ここは僕が……」

いくら落ちぶれても、コーヒー代くらいは払う余裕がある。そのまま伝票を持つと、二人は納得したのか、バッグを手にして立上がる。

「今日、お会いできて、とても嬉《うれ》しかったわ。また、こちらにお見えになることがあったら、お声をかけてください」

「そうさせてもらいます」

菊治はうなずきながら、冬香の連絡先をきいていなかったことに気がつく。

いま、祥子のいる前で、急にきいてはおかしいかもしれない。そう思いながら、菊治は咄嗟《とっさ》に尋ねる理由を考える。

「『レクイエム』の、あとに出た本でよかったらお送りしましょうか」

「本当ですか?」

「この名刺に、住所を書いていただけますか」

菊治が自分の名刺を差し出すと、冬香がそこに細い小さな字で書きこむ。

「高槻市芥川町《あくたがわちょう》……」

菊治は声にだして読んでから、さらに一枚、自分の名刺を差し出す。

「これ、僕のですが、なにかあったら……」

「あのう、いただいてよろしいんですか」

冬香が、住所と名前だけの菊治の名刺を手にして眺めていると、祥子がいう。

「先生、わたしにはくださらないの」

「いや、あなたは知っているかと思って……」

菊治がいま一枚、祥子に渡すと、「冬香さんをお気に入りのようね」と軽く睨《にら》む。

「べつに……」

戸惑う菊治を見届けて、祥子が頭を下げる。

「じゃあ、失礼します」

それに冬香も合わせて、二人がラウンジを去っていく。

そのうしろ姿を見送りながら、菊治の目は冬香の少し頼りなげなお臀《しり》のふくらみを追いかける。


入江冬香から手紙がきたのは、菊治が京都で会った四日あとだった。

下のほうに秋桜《コスモス》の花柄がついた便箋《びんせん》に、きっかりとした字で、思いがけず逢《あ》えて大変緊張したけど嬉しかったこと。さらに本にサインをしてもらったことへのお礼とともに、「大切に家宝にします」と記されている。

いまどき、自分の本をそんなふうに大切にしてくれる人がいるのか、そこまで読んで菊治は胸が熱くなった。

最後に、「寒さが厳しくなりますから、どうぞお体に気をつけて、新しい作品を読ませていただくのを楽しみにしています」と書かれている。

初めの部分はともかく、後半の部分は菊治にはいささか辛い。

だが、冬香からすぐ手紙がきたことは嬉しい。

投函《とうかん》日は逢った翌々日になっているから、その前の日にでも、この手紙を書いたのだろうか。

もしかして、夫も子供もいないときに……

たとえ、夫にこの程度の手紙が見つかったところで問題になるわけはない。そう思いながら、冬香が一人で書いている姿を想像するだけで密かな高ぶりを覚える。

「あの手で……」と、菊治は軽く額にかざした指のしなりを思い返す。

深く編笠をかぶり、風の盆で踊る。その女と、家で手紙を書いている女がダブり、冬香の少し戸惑ったような微笑《ほほえ》みが甦る。

いまはなにをしているのか……

考えるだけで菊治の心は高ぶるが、同時に約束した本を送っていないことが気になってくる。

京都で初めて会ったとき、菊治は『レクイエム』のあとに出した本を送るといったが、帰って読み返すうちに、次第にその気が失せてきた。

『思い川』という、やはり若い男女の錯綜《さくそう》した愛を描いたものだが、いま読むと、当時の自らの甘さと自己陶酔が表にですぎていて、気恥ずかしい。

こんな本を、いまさら送ってどうなるのか。そのまま気が進まず迷っていたのだが、手紙がきたことに勇気を得て、菊治は本にサインをして送ることにする。

さらにそのなかに手紙を挟み、早速連絡をくれたことへの礼を述べたあと、自分の携帯の番号とメールアドレスを記し、「あなたのも、教えていただけると嬉しいのですが」とつけくわえる。

冬香から二度目の手紙がきたのは、本を送った三日あとだった。

相変らず、きちんとした楷書《かいしょ》で、本が届いて嬉しかったこと、これで三冊も揃《そろ》って、「先生の図書館にいるようです」と書いてある。

そして最後に、「本当に、メールをしてもよろしいのでしょうか」と記してある。

もちろん、菊治は待っている。いや、それ以上に、菊治のほうがしたいと思っている。

手紙を書くのは嫌《きら》いではないし、書く気もあるが、もしかして冬香の夫が見たら、と思うと落ち着かない。べつに、疑われるような内容を書くわけではないが、そんな不安を抱きながら書くのは気が重い。それからみると、メールははるかに安心できる。万一の場合は消せるし、そのまま残っていても、他の人が見る可能性は低い。

考えた末、菊治は思いきってメールを送ることにする。正直いってあまり得意ではないし、若者のように絵文字の使いかたも慣れていない。

それでも、再び手紙をもらって安心したこと、さらに「あなたのところにある、僕の本は大切にしてもらって幸せです」と記す。そして最後に、「近くまた、京都に行く用事があるのですが、お逢いできますか」ときいてみる。

幸い、前回の旅行雑誌から再び取材の依頼がきて、今度は京都の秘められた紅葉の名所を探る、という企画であった。一部、写真はあるので、現地に行って記事を書くだけですむ比較的気楽な旅だった。

冬香からは一日おいて、再びメールがきたが、「本当にまたお会いできるのですか」と記したあと、「こちらにお出《い》でになるのでしたら、祥子さんにも連絡しましょうか」と書いてある。

とんでもない、逢いたいのは冬香だけである。菊治は少し露骨すぎるかと思いながら、慌ててメールを打ち返す。

「あなた一人に、逢いたいのです」

冬香は、初めに紹介してくれた祥子のことを気にしているようだが、菊治の頭のなかには冬香しかいない。

「紅葉のころになるかと思いますが、逢えるのを楽しみにしています」

冬香が自分の好みの女性であることはたしかだが、同時に冬香と逢っていると、これまで失った勇気と自信がとり戻せそうである。

一度、送り合うと、メールほど簡便なものはない。菊治が送ったメールに、すぐ冬香から返事がくる。

「本当に、わたし一人でよろしいのですか」

祥子には連絡せず、一人で来て欲しいといったことに、冬香はまだ戸惑っているようである。

「今度の京都行きは、仕事より、あなたに逢いたいから行くのです」

言葉だけ走りすぎているような気がしながら、菊治は自分にきいてみる。

もしかして、冬香に恋しているのか。

いまさら、遠く離れた関西にいて、子供までいる人妻を追いかけることもないだろう。そんなふうに自分を抑えてみるが、次の瞬間、やはり冬香に逢いたいと思う。

とくに際立《きわだ》つ美人というわけでも、若いわけでもない。

だがそれらをこえて、冬香の控えめでおっとりとした雰囲気が好ましい。そして彼女のことを考えるうちに、自《おの》ずと風の盆で編笠をかぶり、無言のまま踊る冬香の姿が重なり合ってくる。

「逢いたい……」

五十も半ばになって、こんな思いにとらわれる自分が不思議である。もはや華やいだ気持になることなぞありえない。そう思っていただけに、いまになって高ぶる自分が奇妙で、愛《いとお》しい。

そんな菊治の気持を醒《さ》ますように、冬香からメールがくる。

「お逢いしても、あまり長い時間はいられないのですが」

そんなことはわかっている。それより、まず逢うことである。

「来週の火曜日にそちらに行きます。この前と同じホテルの十五階にあるスカイラウンジでいかがですか」

冬香は何時ごろが都合がいいのか、きくとまた面倒なことになりそうなので、一方的に決めると、また一日してメールが返ってくる。

「では、そのとおり伺います。お逢いできるの、楽しみにしています」

それに、菊治はただちにメールを打ち返す。

「必ず来てください、きっとですよ」

そのあと、ハートマークをつけようか迷って、結局、小さなマークを一つだけつけくわえる。

その日、菊治は午後一時に京都に着き、そこからただちに、東山の真如堂《しんにょどう》と南禅寺《なんぜんじ》の天授庵《てんじゅあん》を廻った。

もともと、紅葉の名所として名高い高雄《たかお》の神護寺《じんごじ》や東福寺《とうふくじ》などは避け、一人か二人でひっそりと紅葉を楽しめる場所を紹介する企画である。その二ヵ所は地元の人にきいたのだが、たしかに静まりかえった境内《けいだい》は、幾重にも紅葉が重なり合い、そのあいだから秋の陽が洩《も》れている。

菊治はその紅葉を見るうちに、なぜともなく冬香の掌《て》を思い出し、その一葉を拾って紙に包み、鞄《かばん》におさめる。

そのあと予定の取材を終えて駅の上にあるホテルに戻り、チェックインすると午後三時半だった。

部屋に入って、まず髭《ひげ》を剃《そ》り、髪を整え、白のスタンドカラーのワイシャツに濃いベージュのジャケットを着る。

これでいいだろうか。鏡の自分にたしかめて、約束の四時少し前に十五階のスカイラウンジに向かう。

前回、会ったときは、ホテルのフロントに続くコーヒーラウンジだったが、そこでは人目が多くて落ち着かない。とくに密会というわけではないが、冬香にしても人目につかないほうが好ましいに違いない。

それらを考えて上のラウンジにしたのだが、冬香はまだ来ていないようである。

菊治はひとまず、入口から見えやすい手前のテーブルに座る。

午後四時という中途半端な時間のせいか、ラウンジは閑散として客は他に一組いるだけである。そこでコーヒーを飲んでいると、入口のほうで逡巡《しゅんじゅん》するような女性の姿が見え、そこから一歩入ってきたところで、冬香だとわかる。

思わず立上がり、「こちらへ」と手招きすると、冬香は軽く一礼して小走りに近づいてくる。

「すみません、お待たせして……」

「いや、僕もいま来たところです」

冬香の顔が軽く紅潮して、ここまで懸命にたどり着いた気配が、菊治の気持をかきたてる。

「来てくれて、よかった。ありがとう」

「いいえ……」

「ようやく、逢えた」

それはいまの菊治の、偽らぬ実感である。

今日の冬香は襟のない淡いピンクのスーツを着て、胸元にオープンハートのペンダントをつけている。彼女なりにお洒落をしてきたのだろうが、とくに目立つわけでなく、そのほどのよさが、菊治にはかえって好ましく思われる。

「もう、お仕事はよろしいのですか」

「ええ、明日また少し廻りますけど……」

今日、尋ねた他に、さらに三ヵ所、寺院を廻る予定だが、日が暮れてからではやりにくい。

「大変ですね」

冬香がつぶやいたときウェイトレスがきて、冬香は紅茶を頼む。

「もしかして、来てくれないんじゃないかと、心配しました」

「いえ、十分前には駅に着いたのですけど、少し迷ってしまって、ごめんなさい」

たしかに、このホテルは駅と続いているので少しわかりにくいが、そんなところで迷うところが冬香らしい。

「祥子さんなら、まっ直《す》ぐ来るかも……」

菊治が冗談めかしていうと、冬香は素直にうなずいて、

「そうなんです。あの方はどこに行っても慣れていて、わたしはいつもあとを従《つ》いていくだけで……」

「でも、一人で来てくれてよかった」

「本当に、わたしだけでよろしいんですか」

「もちろん、まさか祥子さんにはいっていないでしょうね」

「ええ、でも……」

冬香はいい淀《よど》んでから、

「ちょっと、子供を預かってもらったので……」

菊治の頭は突然、現実の話に戻される。

子供を祥子に預けてきたとあっては、冬香が申し訳なく思うのは無理もない。

「じゃあ、あまりゆっくりできない?」

「すみません……」

たしかに主婦にとって、夕方は一番慌ただしいときかもしれない。そんなときに出て来るように指示した自分が、悪かったと思う。

そのまま窓を見ると、秋の京の街がそろそろ暮れかけている。

冬香も窓を見て、家のことを思っているのか。瞬間、菊治はいってみる。

「よかったら、僕の部屋に行ってみませんか」

冬香は驚いたように顔を上げ、菊治を見てから目を伏せる。

あまり突然なので、真意をはかりかねているのか。たしかに戸惑うのは当然だが、正直いって、それは菊治が初めから考えていたことである。

冬香にどれくらい時間があるのかわからないが、帰りには自分の部屋に誘いたい。

そのときのことを思って、山々に囲まれた京都の街を見渡せる、少し高価なダブルの部屋をとってある。

さらに最上階のスカイラウンジで逢ったのも、帰りぎわ、エレベーターで下りるついでに、「ちょっと、寄っていきませんか」と誘いやすいからである。これを逆に、下で逢って上に誘うのでは、いかにも目的があからさますぎて、たとえ女性がその気でいても受けにくい。

このあたりは、かつて菊治が売れっ子だったころ、何人かの女性と接しているうちに得た知恵である。それをいまさら、思い出したようにつかうことに菊治は照れながら、いってみる。

「あなたの事情も知らずに、夕方の忙しいときに呼び出してすみません」

「いいえ……」

「でも、部屋からは見晴らしがよくて、京都の街が見下ろせるのです」

菊治はことさらに明るくいう。

「とにかく、少し眺めてから帰ってください。夕暮れの街もいいものですよ」

そこから、さらに思いきって一歩踏みこむ。

「ちょっと、行ってみましょう」

一度誘ったら、あとは一気にすすむべきである。

菊治が伝票を持って立上がると、それに誘われたように冬香も立上がる。

そのままレジに行き、代金は部屋につけてエレベーターホールへ向かう。幸いまわりには誰もいなくて、すぐ上がってきたエレベーターに二人だけで乗る。

そのまま自分の部屋のある十階のボタンを押すが、冬香は無言のまま項垂《うなだ》れている。

菊治がその白くて細い項《うなじ》を見ているうちに十階に着き、「さあ……」と促すと、冬香は素直に降りる。

「このホテルは駅の上にあって便利なせいか、結構、混《こ》んでいるようです」

あたりさわりのないことをいいながら、菊治は廊下の先の自分の部屋へ向かう。

エレベーターホールの先をすぐ右に曲り、二十メートルほど行ったところに部屋がある。そのドアにカードキーを差し込むと、冬香は一歩さがった位置で待っている。

なにもいわぬが、身を硬くしているのがわかる。

そんな冬香に、「どうぞ」といってドアを開くと、冬香は一瞬たじろぎ、それからそろそろと入ってくる。

それを見届けてドアを閉めると、冬香はまた驚いたように立止る。

いかにファンとはいえ、男一人がいるホテルの部屋に入るのは緊張するのであろう。

菊治は気持を和らげるように、「内装は落ち着いているでしょう」といってから、窓ぎわのカーテンを開ける。

部屋は入ってすぐ右手にダブルベッドがあり、その反対側に縦長の机が広がり、奥の窓ぎわにテーブルをはさんで二つの椅子が置かれている。

その椅子に座るようにいって、菊治は冷蔵庫の扉を開ける。

「なにか、飲みませんか?」

「いえ、べつに……」

かすかに答える冬香に、菊治はオレンジジュースを取り出してグラスに注ぎ、自分のにはビールを注ぐ。

「じゃあ……」

軽くグラスを合わせてから、菊治は窓ぎわの机を見ながらいう。

「これくらい広いと、書き易くて……」

事実、菊治はこのあと、その机で今日、取材してきた紅葉の記事を書くつもりである。

「いつも、この部屋にお泊まりですか」

冬香がようやく口を開く。

「いや、いろいろですけど……」

いつもはもっと小さなシングルだが、そこまでいうこともない。

「でも、あなたと逢えてよかった。本当は一緒に紅葉を見に行きたかった」

密室で二人だけになって緊張している冬香を、菊治は窓ぎわに誘う。

「ちょっと、見てごらん」

呼ばれて冬香は立上がり、窓ぎわへ近づく。

「ほら、京都の街がよく見えるでしょう」

部屋は十階で、眼下に広がる街は暮れなずみ、ところどころに明りが輝きはじめている。

「向こうが東山で、あの高いのが比叡《ひえい》山です」

指さす菊治の左手に、冬香がひっそりと立っている。

このまま抱き寄せたら、冬香は素直に応じるか、それとも逆らうか。暮れていく京の街を見ながら菊治は考える。

多分、激しく逆らうことはないと思うが、といって無理強いすることもない。

むろん、いまここでベッドまで誘う気はない。

ただ、せっかく二人だけになれた以上、接吻《くちづけ》ぐらいはしたい、それもごく自然な形で。

ここでも、菊治の過去が生きてくる。あの、若く人気のあったころ、菊治は何人かの女性と関《かか》わったが、初めての接吻は窓ぎわに立って、夜景を眺めているときが多かった。二人並んで街に灯《とも》る明りを見れば、自然にロマンチックな気分になり、そのまま寄り添いたくなってくる。

いままさに、二人はその状態にいる。

外は急速に夜の帳《とばり》につつまれてくるが、といってまだ暮れきっていない。その名残り惜しげな風情を見ながら、菊治はさらに冬香に近づく。

瞬間、腕が冬香の肩に触れ、左手が腰のあたりに当る。

だが冬香は動かない。なにもいわぬまま夜の窓を見詰めているが躰《からだ》を退《ひ》く気配はない。

「いまだ……」

もう一人の菊治が菊治を促し、その声に励まされたように横を向き、そのまま一気に抱き寄せる。

瞬間、冬香は怯《おび》えたように顔をそむけるが、菊治はかまわず唇を追いかけ、動きの止まったところで、しかと接吻《くちづけ》をする。

ようやくとらえた……

いま、菊治の唇はたしかに冬香のそれをおおっているが、口は閉じられたままである。

だが菊治は焦らず、しばらく、やわらかい唇の感触をたしかめてから、かすかに左右に動かすと、冬香の唇がゆっくりと開いてくる。

そこから軽く舌を忍びこませ、怯えて縮こまっている舌先に触れる。

そのまま二度三度とからませるうちに、冬香の舌がそろそろと伸びてくる。

ここまできたら安心である。もはや、冬香は逆らう気持はなさそうである。舌を触れたままさらに抱き寄せると、冬香の全身が菊治の腕のなかにつつまれる。

そのたしかさを感じたところで、菊治はそっと唇を離し、冬香の耳許《みみもと》に囁《ささや》く。

「好きだよ……」

瞬間、冬香は首をすくめ、軽く首を左右に振る。

それだけ見ると避けているようだが、耳許のくすぐったさに、いたたまれなくなったようである。

そんな動きが、菊治には愛しく、さらにしかと抱き締める。

すでに初めの戸惑いは消えたのか、今度は冬香のほうからも、ひしと寄り添ってくる。

互いの唇が唇を求め、舌が舌を求め、からませながら、菊治は改めて冬香の躰を実感する。

見たところ、やや痩《や》せているようだったが、抱き締めてみると、ふっくらとして、お臀のあたりもしなやかである。耳許から項の線も細くて白く、そこだけ見るかぎり子供がいるようには思えない。

菊治はいま一度抱き締め、それからゆっくりと手を離す。

ここまできて、冬香の自分への気持は、愛とまではいえないかもしれないが、好意をもっていることだけは間違いない。

菊治はその自信と安堵《あんど》のなかで、左手を冬香の肩に軽く添えたまま窓を見る。

接吻《くちづけ》する前、暮れかけていた街はすでに夜になり、わずかに西の空だけが、夕べの名残りをとどめて淡いブルーに染まっている。

二人が接吻していたあいだも、空は動いていたようである。

「暮れてしまった」

菊治はつぶやき、次の瞬間、冬香の帰る時間が迫っているのを知る。

帰したくないが、これ以上求めるのは、欲張りというものである。

「ありがとう……」

いま、菊治は素直に冬香に礼をいいたい。

「逢えてよかった」

「………」

「そろそろ……」

「帰る?」といいかけたとき、冬香はいやいやをするように首を振ると、いきなり菊治の胸元に顔をうずめる。

菊治も帰したくはない。そのまま冬香の温《ぬく》もりを感じていると、突然、冬香はなにかに怯えたように顔を上げ、窓を見たままぽつりとつぶやく。

「あのう、帰ります……」

もちろん、それはわかっている。菊治がうなずくと、冬香が再びつぶやく。

「バスルームを、かしてください」

菊治はうなずき、入口の左手のドアを示すと、冬香がそっと入っていく。

乱れた髪でも整えているのか、そのまま待っていると冬香が出てくる。

短いあいだに髪も顔も整えられ、ついいましがたまで熱い接吻を交していたとは思えない。

「じゃあ、わたしは……」

立去りかける冬香を、菊治は呼びとめる。

「ちょっと待ってください、あなたに渡そうと思って……」

菊治は机の上に置いてあったバッグから、小さな紙包みを取り出し、冬香の前に広げる。

「今日、東山の真如堂に行って、あまりきれいだったので一枚拾ってきたのです」

境内に落ちていた紅葉だが、小さな葉の先まで燃えるように赤い。

「これ、あなたに似ていると思って……」

拾ったときは、冬香のしなやかな掌《て》を思い出したが、いま改めて見ると、薄く浮いている葉脈が冬香の白い肌に浮きでた血管のようである。

「わざわざ、わたしに……」

「つまらぬものですから、邪魔でしたら捨ててください」

「いえ、大切にします」

冬香はいま一度紅葉を見てから紙に包み、それをバッグに入れて軽く頭を下げる。

「いろいろ、ありがとうございました」

「いや……」

別に、礼をいわれるようなことを、したわけではない。

「また、逢ってくれますか」

冬香は少しためらうように間をおいてから、小さくうなずく。

「今度はいつごろがいいですか、あなたの時間に合わせます」

考えこんでいる冬香に、菊治はさらにきく。

「もっと早い時間がいいですか、それとも土、日とか……」

瞬間、冬香がそっと顔を上げてきく。

「本当に、わたしでいいのですか」

「もちろん、あなたに逢いたいのです、あなたが逢えるときならいつでも……」

「じゃあ、あとで連絡させていただきます」

「本当に、必ずくださいよ」

そのまま、菊治が近づき、口紅を落さぬように舌だけさしだすと、冬香も目を閉じたまま、そっと舌を寄せてくる。

互いに唇を寄せ合っているが、触れているのは舌だけである。

それは口紅を落さぬためだが、菊治はふと、「淫《みだ》ら」という言葉を思い出す。ちらちらと先だけ触れて舌はいっそう鋭敏になる。

だがそれに浸る間もなく、互いに顔を引き合い、かすかにうなずく。

もう、帰らなければならないことは、ともに充分わかっている。

「それじゃ……」というように冬香が軽く頭を下げ、ドアの把手《とって》に手をかけたのを見て、菊治がつぶやく。

「送ろうか?」

「いえ……」

「また、迷うといけない」

「大丈夫です、もうわかりました」

ドアが開き、冬香はそのあいだをすり抜けるように外に出る。瞬間、淡いピンクのスーツを着た冬香が、一人だけ広い廊下に立って急に心もとなく見える。

「じゃあ、気をつけて……」

冬香は「はい」と小さく返事をして、いま一度頭を下げると、エレベーターホールのほうへ歩きはじめる。

やはり送ろうか、と思いながら、一緒に歩いてはかえって迷惑かと考え、そのままうしろ姿を見送っていると、廊下の半ばで冬香が再び振り返る。

思わず手を振ると、冬香はさらに一礼して、すぐ左に曲って廊下から消える。

「行ってしまった……」

思わずつぶやき、それからいま一度、廊下の左右をゆっくりと見渡してからドアを閉める。

改めて一人になってみると、大きなダブルベッドのある部屋が、急に空々しく思われる。

これから一人で眠るのに、こんなベッドはいらない。なにか余計な贅沢《ぜいたく》をしたような気がするが、すぐそんな自分にいいきかせる。

でも接吻をできたからよかった、それもあんなに深くて淫らな……

正直いって、冬香がそこまで受け入れてくれるとは思っていなかった。夫と子供もいる立場でとくに逆らいもせず。

いや、だからこそ妖しかったのか。

菊治は躰に残る冬香の感触を思い出しながら、なにごともなかったように家に帰っていく、冬香の白い横顔を思い描く。

密《みっ》会《かい》

中央線を千駄ヶ谷で降りて、まっ直ぐ鳩森《はともり》神社のほうへ向かう。

その手前の大きな通りの信号が赤になったところで菊治は立止り、なに気なく振り返ると、新しく来た下りの電車が新宿のほうへ去っていく。

十両は続く長い車列でまだ発車したばかりである。

夜八時を過ぎて、ほとんどが家路へ向かう人々だが、吊革《つりかわ》を握った男性がいて、その横に女性が立ち、手前に座っている客の背が見える。数分毎《ごと》に行き来する電車がとくべつ珍しいわけではないが、今夜はひときわ鮮やかになかの様子が見通せる。

菊治は遠ざかる電車の光の列を追いながら、「秋冷」という言葉を思い出す。

秋が深まるとともに大気が澄んで見透しがよくなり、それが電車の窓にもおよんだのか。

漠然と考えているうちに信号が青になり、菊治はまわりの人と一緒に歩きだす。

たしかに冷んやりしているが、コートがいるほどではない。菊治もジャージを着ているだけで、軽い冷気は覚えてもむしろ爽やかである。

こういう気配は秋気というのか、それとも爽気《そうき》とでもいうのか。

爽やか、という言葉を思い出して、菊治は自然に冬香のことを思い出す。

考えてみると、冬香のことは、さきほど下りの電車を見たときから菊治の脳裏に浮かんでいた。あの電車のなかで立っている女性のように、冬香も家に帰っていく。そして冬香の夫も電車に揺られて帰り、一家の夜がはじまる。

それらは夜の電車を見送るうちに、なに気なく菊治の頭のなかに影絵のように浮かんだ情景である。そしていま、明りの途絶えた暗がりの道を自分の部屋に向かって歩きながら、菊治は改めて冬香の家を想像する。

いまごろ、どうしているのか。冬香もまた、この秋冷のなかでもの思いに耽《ふけ》っているのか。想像したところでわかるわけはない。そうと知りながら菊治はそっとつぶやく。

「ふゆか……」

京都のホテルで接吻を交して別れてから、すでに一週間が過ぎている。

たしかにそのときは、接吻までできたのだからそれでいいと一応は納得した。それから先は、東京へ戻ってからゆっくり考えよう。そんな余裕とも安堵ともつかぬ気持で帰ってきたが、いざ離れてみるとやはり落ち着かない。

あのままでは半ば満たされて満たされない、中途半端な状態である。

あそこまですすんだ以上、きちんと求めるべきである。そう思う一方で、そこまで踏みこんでどうするのか、と迷うところもある。

だが、それは冬香も同じに違いない。いや、冬香にとっては、より深く、重い問題かもしれない。

やはりきちんと、かたをつけるべきである。

「かた」という言葉が頭に浮かんで、菊治は思わず苦笑する。正しくは「片が付く」と書き、「物事のけりがつく、決着がつく」といった意味かと思うが、なにか暴力団のようである。

「まさか、そんな……」と思いながら、これ以上、冬香に近づくことは愛の暴力団のような気がしないでもない。

だが、そんな内省的な気持になった次の瞬間、また冬香に逢いたいと思う。

今度逢ったら、接吻だけではとどまらない。それどころか、もっと強く求めそうである。そんな不安を抱きながら、思いはさらに高じていく。

とにかく、中途半端はいけない。菊治はそう自分にいいきかせて、またメールを打つ。

「あの日のことは忘れません。なにか自分が少年にかえったような気がしました」

そう記したあと、「帰ってきたばかりなのに、すぐに逢いたくなるのです」と記し、さらに大きなハートマークをつける。

冬香からは一日おいて、「またお逢いできて、なにか夢のようでした。寒くなりますから、お体に気をつけて」と、文章だけは控えめだが、小さいハートマークがついている。

ようやく心を許してくれたようである。それに自信を得て、菊治はさらに打ち返す。

「やはり、別れたままでいるのは辛すぎます」

いまの思いを正直に告げると、また半日もせずに冬香からメールがくる。

「辛いのは同じです、あなたがいけないのです」

それを見て、菊治はきっぱりと決心する。

「あなたに逢うためだけに京都に行きます。もっとゆっくり逢えるよう、時間をつくってください。すべて、あなたの都合に合わせます」


二日間、冬香からのメールが途絶える。

「今度はゆっくり時間をとって逢いたい」といわれて、冬香は困惑しているのか。

少し強引すぎたかと反省し、息を潜めていると、三日目にようやく返事がくる。

「週末以外ならいいのですが、できたら午前中にしていただけないでしょうか」

午前中ときいて時間を尋ねると、「すみません、九時過ぎからお昼までなら大丈夫ですが」と記し、「子供がいるものですから」と、申し訳なさそうにくわえてある。

それを読んで、菊治は思わずうなずく。

冬香に子供がいることはわかっていた。一人か二人か、はっきりきいてはいないが、昼過ぎまでに帰るとしたら、まだ小学生の低学年なのか、それとも幼稚園児なのか。

この前、夕方、ホテルで逢ったときも、子供を祥子に預けてきたといっていたから、一人では留守番できない年齢なのであろう。

一瞬、菊治はしらけた気持にとらわれる。

冬香はいま三十六、七歳で結婚しているのだから、それくらいの子供がいるのは当然である。そう思いながら、子供と接している冬香の姿を想像すると、急に現実の生活を見せられたような気がして、少し気が滅入《めい》る。

「そうだったのか……」

独りでうなずき、宙の一点を見詰めてから、「しかし……」と思う。

誰でも、現実の生活があることは否めない。表面とは別に、他人にはあまり知られたくない、もうひとつの裏面を秘めている。そして自分も、冬香には知られたくない、沢山の現実を抱えている。その裏面をいいだしたら、冬香の比ではないかもしれない。

菊治はそこで、自分にいいきかす。たとえ夫がいて、幼い子供がいたとしても、冬香は冬香である。

事実、それを承知で彼女に好意を抱き、惹《ひ》かれたのである。

「じゃあ、来週の水曜日に、約束どおりの時間に行きます」

その日なら、大学の講師の仕事もないし、関わっている週刊誌も校了明けである。

「この前と同じホテルの、初めにお逢いしたコーヒーラウンジで待っています」

いまはただ、逢うことだけを考えることにする。

考えてみると、不思議な逢引《あいび》きである。

普通、デートといえば、夕暮れか夜に逢って食事をするか、飲みに行く。

それが朝の九時半にホテルのコーヒーラウンジで逢うとは、これでは朝の出社か、早朝からの仕事の打ち合わせと変らない。とくに夜の遅い出版関係で仕事をしている菊治には、まったくといっていいほど馴染《なじ》みのない時間帯である。

だがとにかく、冬香の希望に合わせて、その時間に行くよりない。

そう決めて、菊治はいまひとつ、ホテルの予約をとりにくいことに気がついた。

何時であれ、逢う以上は部屋で二人だけになり、今度こそ冬香を思いきり抱き締めたい。

だが、朝の九時半から正午まで、と区切って貸してくれるところはなさそうである。

それでも、フロントにきいてみると、「予約をいただいても、空いていればよろしいのですが、前日に他のお客さまが入ることもありますので、はっきりお約束はできません」という。

もともと、きちんとしたシティホテルを、ラヴホテルのようにつかおうとすること自体が間違っているのである。くわえて、その時間帯は部屋を掃除する時間であるうえ、チェックアウトタイムは十一時だから、それ以上つかうと割増し料金をとられるかもしれない。

あらゆる点で面倒な時間帯だが、といって早朝からラヴホテルに行く気にはなれない。

やはり前夜から予約して、先に行って泊まっているか、朝早く行って部屋に入るかの、いずれかしかなさそうである。

考えた末、菊治は前夜から部屋をとり、「もしかすると、朝早くチェックインすることになるかもしれません」といっておく。

フロントではそのとおり受けてくれたが、前回と同じダブルの部屋を頼むと三万円をこす。それに新幹線の往復代をくわえると、五、六万は軽くかかってしまう。

正直いって、子供のいる人妻と逢うのがこれほど大変だとは思っていなかった。

それに菊治にとっては、かなり大きな出費だが、といっていまさらやめるわけにもいかない。

「前の夜から泊まっていて、朝、冬香が駆けつけてくるのを待つのも悪くはないかもしれない」

菊治は、これからの楽しみのほうだけを考えることにする。

その日、菊治は朝七時少し前に、東京駅から新幹線に乗った。

できることなら前夜、最終のにでも乗ろうかと思ったが、週刊誌の校了日で、すべてが終ったのが午後十一時を過ぎていた。

六年前から、菊治は週刊誌のアンカーマンをやっている。仕事の内容は、さまざまな記事について、取材記者が集めてきたデータをまとめて原稿を書く。最後の重しのような役目で、アンカー（錨）と呼ばれているが、実際は、編集長の意向に合わせて原稿をまとめていくだけである。その意味では自分の思いどおりに書く、作家の仕事とは根本的に異なるが、それでもいまでは大きな収入源のひとつである。

校了のあと、みなと飲みに出かけることが多いが、菊治は一軒だけ軽く際《つ》き合い、午前一時には部屋に戻ってきた。

スタッフはいずれもよく知っている仲間ばかりだが、ほとんどが菊治より年下だし、菊治のようなフリーで、元作家みたいのがいては、若い編集者たちには少し気が重いかもしれない。そのあたりのことをわきまえて、先に帰ってくることになんの不満もなかったが、翌朝六時に起きるのにはいささか苦労した。

目覚まし時計の音をいつもより大きくして、なんとか起き、前夜に用意しておいたシャツとジャケットを着て東京駅へ駆けつけた。

とにかく、乗りさえすれば、あとは眠っていても京都に着き、冬香に逢える。

菊治は背凭《せもた》れを倒して目を閉じるが、気が高ぶっているのかなかなか寝つかれない。

それにしても、こんな早い時間に遠くまで行くデートは初めてである。

菊治は朝陽《あさひ》の輝く野面《のづら》を見ながら、その異常さに溜息《ためいき》をつくが、それは冬香も同じかもしれない。

いまごろは朝食の支度をして、子供たちに食べさせているのか。そこに、夫も起きてきて、軽く朝食を終えて会社に出かける。それを見送ってから、再び子供たちの面倒をみて、送り出す。それらを終えて、ようやく自分の時間になり、急いで髪と顔を整え、外出のための服を着て、戸締りをして家を出る。

それなりに冬香も大変である、そう思うと、菊治は少し切なく、そして優しい気持になり、軽く仮寝《うたたね》する。


菊治にも女性がいないわけではない。

別れたままの妻とは、もう十数年、なんの関係もないが、それとは別に、当時から何人かの女性と親しくなった。そのなかには、菊治がデビューして間もなく知り合った女性の編集者やフリーター、そして銀座のクラブの女性もいた。

菊治が三十代から四十代の、もっとも人気があったころで、とくにハンサムというわけではないが、柄の大きいわりにお茶目なところがある、といわれて、それなりにもてたときである。

だが四十半ば過ぎから、思うように書けなくなり、世間から忘れられるとともに、もてかたも急速に落ちてきた。クラブに行っても、新しい女の子は菊治のことをほとんど知らず、たまにいても、この人がそうかと、半信半疑にうなずくだけである。

世間から確実に忘れられつつある。その焦りが態度にも表れるのか、デートに誘ってもなかなか応じてくれず、たまに成功してもあとが続かない。

それでも、三十半ばの広告関係の仕事をしている女性や、パーティで知り合ったバンケッターの女性などと際き合ったが、それぞれ結婚したり田舎に帰って疎遠になってしまった。

いま、際き合っているのは、日中はコンピューター関係の仕事をしていて、夜、新宿のバーでアルバイトをしている女性だが、三十代を目前にして、彼女は彼女なりにひとつの転機を迎えているようである。

妻との不和があって以来、菊治は自分が結婚に不向きなことがわかり、二度と結婚する気はなくなった。そんな先のない男と、だらだらと際き合っても無駄だと思う女の気持もわからぬわけではない。

それにしても、かつては華やかな銀座のクラブの女性と際き合っていたのが、いまは新宿のささやかなバーに勤める女性が相手とは、女性の内面に違いがあるわけではないが、この十数年の菊治の衰退を表している、といえなくもない。

そしていま、菊治は冬香を追いはじめている。

正直いって、人妻と際き合うのは初めてである。それも、三十半ばをこえて子供もいるのを承知で、京都まで追いかけるとは。菊治はそのことにも、ある種の敗北感を覚えるが、いまさらそんな我儘《わがまま》をいったところでどうなるわけでもない。

半ば眠り半ば起きたまま京都駅に着いたのは定刻の九時二十分だった。

そこからまっ直ぐホテルに行き、フロントに向かう。

だが、菊治は一瞬、冬香が確実に来るかどうか不安になる。

もし来なければ、チェックインしても無駄になる。そこで冬香に、「いま、どちらですか?」とメールで尋ねると、「ごめんなさい、間もなく着くところです」と返事がくる。

それに安堵して、チェックインすると部屋に行く。

今度の部屋は八階だが、やはりダブルで窓から京の街が見下ろせる。

予報では、曇りのち雨だったが、すでに霧雨のような雨が降り、京の街がひっそりと濡《ぬ》れている。

とくに願ったわけではないが、雨の朝が菊治には好ましい。

これから二人で逢うのに晴れすぎていては辛い。秘めやかな逢瀬《おうせ》には陽が陰った雨の日のほうが似合っている。

菊治はレースのカーテンを残したままロビーに下り、フロントの前を通り過ぎてコーヒーラウンジに入る。

ロビーも一階下の駅のホールも、行き交う人々で騒《ざわ》めいている。

みな、これから一日が始まる、もっとも気忙《きぜわ》しいときである。そんな時間に密かに女性を待っている自分を、呆れた奴だと思いながら、同時に少し自慢したい気持もある。

ともかくコーヒーを頼み、再び視線を入口に戻すと、見計らったように冬香が現れる。

今日の冬香は、白いカットソーの上にベージュのブレザーを着て、右手にバッグと折り畳んだ傘を持っている。

すぐ菊治に気がついたらしく、うなずくとテーブルのあいだをまっ直ぐ近づいてくる。

「大丈夫だった？」

菊治は家庭のことをきいたのだが、冬香はあっさりと、「はい」と答える。

「いつ、いらしたのですか？」

「僕も、いま少し前、新幹線で……」

ウェイトレスがきて、冬香は紅茶を頼んでから再び菊治を見る。

「ごめんなさい、こんな早くに……」

申し訳なさそうに頭を下げる、その恐縮しきった表情を見ただけで、菊治は来た甲斐《かい》があったと思う。

どういうわけか、冬香は少し蒼《あお》ざめて見える。まだ朝が早いせいか、それともなにか眠られぬことでもあったのか。

だが、そんな儚《はかな》げな風情が、さらに愛しさをかきたてる。

「お昼までは、大丈夫ですね」

菊治がたしかめるのに、冬香は「はい」と小さく答える。

いまはまだ十時前だから、二時間近くあることになる。

「こんな早く、デートをしたのは初めてです」

少しおどけていうと、冬香がかすかに笑う。

「ここで、朝食もとれるようだけど」

「いえ、わたしは……」

いりません、と小さく手を振る冬香に、菊治はいってみる。

「実は、このホテルに部屋をとったのです」

「……………」

「部屋のほうが、落ち着くでしょう」

返事はないが、拒否しているわけでもない。

それならいっそ、早いほうがいいかもしれない。

ともにコーヒーと紅茶に軽く口をつけたところで、菊治が誘う。

「行きませんか」

冬香は戸惑ったようだが、菊治が立つと、つられたように立上がる。

そのまま菊治が一歩先に歩き、北側のエレベーターホールへ向かう。

なにかの旅行会なのか、胸に同じバッジをつけた人々がいて乗り合わせるが、みなそれぞれに話して、菊治たちに関心を示す人はいない。

その人々を分けて、八階で降りる。

「雨なのに、大変だ……」

観光に来た人たちに同情しているようなことをいいながら、その実、今日のような密会には雨のほうが似合っていると思う。

廊下にはすでに、掃除のためのリネンワゴンが停《と》まっているが、その横を過ぎて八〇六号室の前に立つ。そのドアにカードキーを差し込み、菊治が先に入り、続いて冬香が入るのを待ってドアを閉める。

ようやく二人きりになれた。その安堵のなかで菊治は思いきり冬香を抱き締める。

部屋に入ればもはや誰の目も気にすることはない。

菊治が軽く唇を重ねると、それに応《こた》えるように冬香の口がかすかに開く。

それを待って舌を忍びこませると、なかで息を潜めていた冬香の舌に触れる。

ここまでは前回逢ったときに、すでに体験ずみである。

だがいまは、さらに深く触れ合いたくて、「おいで」というように舌の先をなぞる。

新しい刺戟《しげき》を受けて、冬香の舌は少し戸惑っているようである。どうしたものか、思案しているる舌をさらに呼び寄せると、耐えきれぬようにそろそろと伸びてくる。

誘われるままに素直に応じる。そんな動きが愛しくてさらに舌先をからませると、冬香が軽くのけ反る。くすぐったさに、いたたまれなくなったのか。そこで一旦《いったん》引き揚げるが、それで終ったわけではない。

一息つくのを待って、再び菊治の舌が冬香のなかに忍びこむ。いまは無防備に軽くあいた歯のあいだからさらに一歩踏みこみ、口蓋《こうがい》の奥まで侵入する。

思いがけない急所を襲われて、冬香は狼狽《ろうばい》したようである。

再びのけ反るが、今度は菊治の手がうしろから頭を支えていて逃げきれず苦しげにもがく。

どうやらそのあたりが冬香の弱いところらしいが、そこまで舌を這《は》わせておくのは、こちらも容易ではない。

悪戯《いたずら》はそのくらいにして舌をおさめ、今度は冬香の耳許にささやく。

「あの、舌を上に……」

咄嗟に冬香は意味がわからなかったようだが、やがてそろそろと舌をあげてくる。その先が上顎《うわあご》の歯の裏に達したのを見計らって菊治の舌がそっと寄り添い、下から上に、そして左右に揺らす。

そのまま冬香は仰向けに顎を突きだした形で、自らの舌の裏をゆっくりと嬲《なぶ》られている。もはや逃れられぬ、その拘束のなかで舌全体が熱く燃えているようである。

その熱さとくすぐったさに耐えきれぬように、冬香が「ああっ……」と叫んだところで、二人は抱き合ったままベッドに倒れこむ。

一瞬、冬香は慌てたようである。顔を左右に振り、上体を起して立上がろうとする。

それを斜め上から抱えこんで菊治がささやく。

「好きだよ」

冬香よりかなり大きい菊治が押さえつけたら、容易に逃れられない。

とにかく大人しくさえしてくれれば手荒なことはしない。

菊治は押さえつけた腕の力をゆっくりと抜き、肩口を撫《な》ぜてやる。

それで冬香は安堵したらしく小さく息をつき、そっと顔をそむける。

その耳から頬の線が愛しくて、菊治は空いたほうの右手でほつれた髪をかきあげる。

「きれいだ……」

見られていると知って冬香は軽くいやいやをするが、菊治はかまわず接吻をする。

今度はベッドの上に横たわっているので冬香の躰を支える必要はない。ただ寄り添い、軽く接吻をしたまま右手で胸元を探る。

だがブレザーの下は白いカットソーで、その上から胸のふくらみに触れるだけである。それも冬香にさえぎられるので、肝腎のところには容易に近づけない。

「脱いで……」

このままでは、可愛《かわい》い縫いぐるみを抱いているようなものである。

「お願いだから」

女性を裸にするときはお願いするよりない。その先に美しい果実があるかぎり、いかに平身低頭しても過ぎるということはない。

「待って」

そこで菊治は、部屋が明るすぎるのに気づいて起きあがり、レースのカーテンの上に厚いカーテンをかぶせる。

瞬間、小雨に煙る京の街が消え、かわりに部屋は闇に閉ざされる。

「暗くなったでしょう」

菊治が振り返ると、冬香がベッドから抜け出して立っている。

「あのう、浴衣を借りていいですか」

菊治がうなずき、部屋に揃えてあった浴衣を渡すと、冬香はそれを持ってバスルームに消える。

冬香をしかととらえるには、いま少し時間がかかりそうである。

菊治はバスルームのなかで、浴衣に着替えている冬香を想像する。

やはり暗いとはいえ、初めての男の前で脱ぐのは恥ずかしいのか、それとも急いで駆けつけてきて汗ばんだ躰を拭《ふ》いているのか。

一人になった菊治は、先に下着だけになって冬香が現れるのを待つ。

ここまできたら、冬香の柔らかい肌に触れられることは間違いない。目前に迫ったときめきのなかで菊治はそっと股間に触れる。

新しく女性と接するときには、いつも自分のものが気がかりになる。

はたしてきちんと役目を果たせるか。せっかくのチャンスに萎《な》えたりすることはないだろうか。若いときはともかく、菊治の年齢になると体力の衰えが気がかりである。

冬香のような素敵な女性を前にして駄目になることはないと思うが、あまりに恋いこがれて萎えるということもある。自分のものでありながら信用できないところが不安だが、触ってみるとほどほどの硬さである。

これなら大丈夫かと、一人でうなずいていると、バスルームのドアが開いて冬香が現れる。

目はようやく闇に慣れてきたが、菊治は薄目を開けたまま眠っているふりをする。

静かすぎるので、冬香は戸惑っているのか。しばらく様子を窺《うかが》っているようだが、やがてゆっくりとこちらへ近づいてくる。

それでも菊治は沈黙を続け、ベッドの横まできたところでささやく。

「おいで……」

だが冬香は入ってこない。まだ躊躇《ちゅうちょ》しているのか、それとも素直に従うことに抵抗しているのか、それでもベッドの端まできてそっと腰をおろす。

それを見届けて、菊治はそろそろと両手を伸ばし、ほとんどまうしろから羽交い締めのようにして抱き寄せる。

瞬間、冬香は不意をくらって背中からベッドに倒れこみ、「あっ……」と小さく叫ぶ。

だが、冬香の上体はすでに菊治の腕のなかにある。

そのままブランケットのなかに引きずりこみ、改めて襟元を見ると、表は浴衣を着ているが、その下に白いスリップが見える。

どうせ脱がされるのに二重に重ねている。その厳重さが可笑《おか》しく愛しくて、菊治はうしろからしかと抱き締める。

スリップと浴衣と二重に着ていても、冬香の肌の温もりが伝わってくる。

明りはないが闇に慣れた菊治の目に、うしろから抱き締められた冬香の胸元が白く浮きでている。菊治は、しばらくそれに見とれてから浴衣の襟を開く。

きっちりと合わせたつもりかもしれないが、腰紐《こしひも》だけで締めた浴衣の襟は簡単に開き、そこからスリップの白い肩紐《かたひも》がのぞいている。

下着にもさまざまな色があるが、シンプルな白が清楚《せいそ》でもっとも心をそそられる。

それも、いずれ脱がせたいが、いまはまず浴衣の腰紐を解くことである。

左手で冬香の肩口を抱き、空いているほうの手で腰紐に触れると、冬香がびくりと躰をひく。

すでに許すことに決めていても、躰は本能的に逆らうのか。

菊治は一旦、手をとめ、少し間をおいて再び結びめに挑むと、するりと解けてしまう。

紐さえなくなれば前は自ずと開けてくる。

一歩前進、といった感じで、今度は浴衣を肩から脱がせようとするが、冬香が上体をかすかに振って逆らう。

だが紐が解かれた浴衣は、動いたことによってかえって緩み、いま一度右手で引くと、呆気《あっけ》なくすべり落ちて、小さな肩がぽっかりと顔をだす。

ひっそりと頼りなげな肩である。

菊治はその円い肌を撫ぜながら、その手を徐々に項《うなじ》に移す。そのままなに気なく左の肩に触れたのを機に、肩紐も外し、さらに背中まで廻して浴衣をすべて脱がせてしまう。

これでようやく第一の関門は突破したが、まだスリップでおおわれた第二の関門が残っている。

なにごとも、焦ってはことをし損じる。菊治はいま一度、白い胸元を覗《のぞ》き、それからスリップに手をかけるが、その下をさらにブラジャーが守っている。

なんとも厳重だが、それが冬香という女のけじめなのか。

菊治はいま一度、冬香を抱き寄せ、背中をまさぐり、なかほどに留金があるのを察知する。それに触れ、次々と外し、浮きあがったブラジャーを一気に取り除く。少し強引すぎるかもしれないが、それが二重に手間をかけさせた冬香への愛の仕置きである。

ようやく菊治の目の前に、冬香の右の乳房が恥ずかし気に顔を出している。

まだすべてではない。見えているのは上半分だけで、肝腎の乳首も、肩紐がゆるんだスリップの下に隠れている。

だが乳房の全貌《ぜんぼう》はすでにわかっている。

白く、ふっくらとしているが、さほど大きくはない。冬香はそれを知ってか、左手で隠そうとするが、菊治はその手をそっと払う。

ことさらに乳房は大きくなくていい。巨乳などといって騒いでいる男たちもいるが、菊治はほどよいふくらみで充分である。異様な大きさより、秘めやかで慎《つつ》ましやかなほうが好ましい。

いま垣間《かいま》見える乳房は、菊治の掌にそっと入るほどの大きさなのか。

若い女性のように、はちきれるような弾みはないかもしれないが、成熟した女性の鋭敏さを秘めていそうである。

実際、菊治はいま、それを知りたくて、半ば現れた乳房に顔を近づける。

かすかに残っている肩紐を除《の》け、スリップを下げると、その下から乳首が顔を出す。

肌が白いせいか、円く赤い。

その先端に唇を寄せるが吸いはしない。ただ軽く触れて舌の先でなぞる。

それもなに気なく、動かした舌が思いがけず乳首に触れて戸惑ったように、ふいと触れてふいと引く。

それを数回くり返し、今度は乳首のまわりを、やはり軽く触れながら行き来する。

行為だけ見ていると戯《たわむ》れているように見えるかもしれないが、されている冬香はたまりかねたように首を振り、「あっ……」とつぶやく。

もう何人の女性と、こんなことをくり返してきたのか。

それぞれに愛の強さに違いはあったが、それらの女性と際き合うことで菊治はさまざまなことを教わった。

ときには、「ああして」「こうして」といわれ、なるほどと思いながら従ううちに、女性を愛するすべを教わった。

その意味では、どんな女性も男性にとって教師である。

そしていま、長いあいだ、さまざまな経緯で教わったものを一気に冬香に向けて注ぎこむ。

はっきり、触れられたかと思うと、そらされる、そんな接吻に冬香はいたたまれなくなったようである。

「いやっ」とつぶやき、「だめっ」と叫ぶや、いきなり菊治に抱きついてくる。

そのままぐいぐいと頭をおしつけ、そんな気をもたせる接吻をしたことに、怒りと歓《よろこ》びを訴えているようである。

ここまできたら、もはや男の軍門に降《くだ》ったも同然である。このまま一気にスリップまで脱がせても逆らうことはないだろう。それなりの確信を得て、菊治は自らの下着を脱ぐ。

むろん、冬香もいずれ脱ぎたくなるはずである。

そのときがくるのを期待して、今度はいままで放っておいた左の乳房を攻撃する。

やはり見た目は慎ましやかな乳房だが、乳首はすでに硬く勃《た》っている。

その先に、同じようにまず唇で触れ、それから舌でなぞる。

それも触れてはすいと去る、もの思わせぶりな動きとともに、左手の指先でもう一方の乳房をゆっくりと撫ぜる。

初めは軽く乳首に触れ、そこからまわりを円を描くように愛撫《あいぶ》して、再び乳首へ戻る。

両の乳房を責められて、冬香は首をすくめ、さらに左右にもがく。

そんな切なげな風情が、菊治には愛しい。

自分の愛撫に的確に反応する、その素直さが嬉しいとともに、思いがけない反応が菊治の好奇心を刺激する。

少なくとも一ヵ月前、ホテルのラウンジで祥子と一緒に逢ったときは、こんな乱れる姿なぞ、想像もしていなかった。

ふと、眩しげに額に手を当てて陽をさえぎった。そのとき脳裏に浮かんだ、編笠を深くかぶって風の盆でおわらを踊る、女の印象にはほど遠い。

だが菊治には、その意外性が好ましい。

平常はひっそりと、さまざまな思いを秘めて静かに生きている。そんな女が思いがけない男の愛撫に乱れて、悶《もだ》える。

表からは窺えない、もう一人の冬香を覗きたい。

そこまで考えたとき、菊治のなかに火花のような思いが燃えあがる。

もっともっと、冬香を乱して狂わせたい。慎ましやかに、控えめに見える女だからこそ、思いきり、その仮面を剝《は》ぎとりたい。

ひとつの決意とともに、菊治の手はそろそろと目的地へ向かって動きだす。

スリップは着たままだが、とくに脱がせることもない。

胸元の白い刺繡《ししゅう》が愛らしく、軽くずれた肩紐も艶めかしい。そしてなによりも、すべすべした絹の感触が心地いい。

それらを愛《め》でながら、菊治の手はゆっくりと秘められた一点へ向かっていく。

思ったとおり、冬香はショーツを穿《は》いている。

その端に触れた途端、素早く身をよじる。

たしかに、そこは最後の砦《とりで》だけに簡単に脱がせることは難しい。そう思いながら、ここまできたら脱がせないわけにいかない。

菊治はさらに手を添えるが、冬香は再び腰を引く。

それを数回くり返したところで、ついに強権を発動し、逆らえぬように左手で強く抱き締めたまま、強引に右手を伸ばして引き下ろす。

それでも、冬香はもがくが、抗しきれずに片肢《あし》を脱がされると、あとはあきらめたようである。

もう一方は、むしろ協力するように膝《ひざ》を曲げて簡単に脱げ、そこで冬香をおおっているのはスリップだけになる。

ようやく、ここまできた……

苦心の果ての結果に満足して抱き寄せると、冬香もそっと寄り添い、全身から柔らかな肌の温もりが伝わってくる。

裸のまま触れ合って、菊治は改めて、冬香が意外に豊かなことに気がつく。

外から見たときは少し痩せぎすのように思ったが、骨が細いせいか、それなりに肉がつくべきところにはついている。

「すべすべしている……」

スリップの下から背を、そして円いお臀を摩《さす》りながら、菊治はつぶやく。

「白い……」

闇のなかでも、冬香の肌がきめ細かく、白いことがわかる。

やはり雪の降る富山の女のせいか、それとも冬香だけが特別なのか。

それにしても、自分の見る目に間違いはなかったと、菊治は改めて思う。

たしかに、ラウンジで、いきなりファンだといわれて心をそそられたが、それ以上に、一目見た瞬間、感じるものがあった。

どこがどうとはいえないが、「いい女」と思った、その第一印象は見事に当っていたようである。

ようやく白いスリップ一枚になった冬香が急に頼りなく見える。子供がいる人妻というより、なにか、獣《けもの》の前にさしだされた子羊のようである。むろん獣は菊治だが、自らにいいきかせる。

「焦っては、いけない」

ここまできたら、一刻も早く冬香と結ばれたい。

だが乱暴な求めかたは避けなければならない。ゆっくりと優しく、ときには焦《じ》らすくらいのほうがいい。

それは長年、女性と接して、自ずと体得した実感でもある。

菊治は改めて接吻をし、それからスリップの下に右手を忍びこませ、冬香の股間に近づける。

瞬間、冬香が腰を引くが、それは拒否というより、羞恥心《しゅうちしん》がさせたようである。

菊治はひとつ間をおき、また思い出したように手を伸ばし、ようやく目的の場所に到達する。

秘めやかで、柔らかい叢《くさむら》である。

ここでも菊治は、黒々しく茂って豊かなのを好まない。

冬香なら淡くて秘めやかなのではないか、と密かに思っていた。その想像が当って、菊治はさらに愛しくなる。

そのまま、なに気なく淡い叢の上を行き来しながら、さ迷っていた指先が、ふと気がついたように立止る。

ようやく、茂みの先に小さな泉を発見したようである。そこから一歩すすめば快楽の沼に浸ることができる。

だがここでも、菊治は走りだしそうになる自分を抑えて、泉の手前の小さなベルを軽く押す。

中指で、ときに薬指もくわえて、柔らかな唇を優しく左右へなぞる。

冬香は仰向けに横たわっているが、顔はかすかにそむけ、腰もやや左にそらしている。

それだけ見ると避けているようにも見えるが、躰の位置は変っていない。

それに安堵して菊治はさらに愛撫を続け、なに気なくさ迷ったように泉に踏みこむと、冬香が小さく喘《あえ》ぐ。

その忍びやかな声にたまらず、さらに茂みを分け入ると、菊治の指先に泉の潤《うるお》いが伝わってくる。

いま、冬香はたしかに感じているようである。

ならば、さらにさらに追い詰めたい。

若さは衰えても、事前の戯れの優しさでは負けはしない。

ゆっくりと、しかしたしかに、冬香の躰が燃えていくのがわかる。

スリップ一枚になったときは、どこか稚《おさな》く頼りなげに見えたのが、いまは菊治の念入りな愛撫を受けて、充分満ちているようである。

そして菊治のほうも、願っていたとおり逞《たくま》しくなっている。

「求めるならいまだ……」

心のなかでつぶやき、スリップの裾《すそ》をゆっくりと巻き上げ、躰を寄せる。

瞬間、冬香の右手が慌てたように逃げていく。

菊治のものが、その手に触れたようである。

驚いたのか、それとも怯えたのか、ともかく、そこまで知られたら、もはや猶予はできない。

菊治はさらに近づき、冬香のやわらかな腰にぴたりと触れたところで、軽く左肢をあげさせ、開いたところへ横からそっと入っていく。

瞬間、冬香は「あっ……」とつぶやくが、かまわずすすむと、今度は小さく溜息をつく。

ようやく結ばれることができた。

歓びのなかで、菊治もひとつ息をつく。

もしかして抵抗されて気まずくなったり、たとえ許してくれても、自分のものが萎えたりしないか。さまざまなことを考えながら案じていた。

そのすべてが杞憂《きゆう》に終って、いま間違いなく菊治は冬香のなかにいる。

それも、正面から男が挑む仰々しい姿勢とは異なり、側臥位《そくがい》で女にも男にも優しく無理がない。

その形で、菊治は改めて冬香のなかにいる自分を実感する。

温かく、優しい秘所である。その内側に潜む無数の襞《ひだ》が、ぴたりと菊治のものをとらえて、つつみこむ。

「気持いい」という月並みな言葉では表しきれない。それよりなにか、熱い冬香のなかに分け入り、焙《あぶ》られてはじけだす。そんな焦燥感のなかで菊治のものが勝手に動きだす。

初めは慎重に、途中からは少し大胆に、より深くすすめて軽く引き、またすすむ。

それと同時に、空いているほうの手で冬香の胸元を愛撫する。

そんな動きをくり返すうちに、冬香も徐々に馴染んできたのか、自分から合わせてくる。

横からなのですべては見えないが、動く度に乳房がかすかに揺れ、軽く横向きの顔は眉根《まゆね》を寄せて、いまにも泣きだしそうである。

いまここで冬香に呼びかけたいが、なんといえばいいのか。

それはこの一ヵ月ほど、菊治が悩んでいたことでもある。

むろん、「冬香」と、名前どおり呼べれば問題はないが、まだそこまで呼ぶのはゆき過ぎである。

とくに人妻で、夫がいる身だと思うと、いっそう呼びにくい。

それなら、「あなた」とか「君」といえばいいのかもしれないが、「君」ではムードがないし、「あなた」では少し他人行儀である。

二人で好意をもちあい接吻まで重ねている。そんな関係を、品よく表す言葉はないものか。

いつものことだが、菊治は、日本語は愛に関する言葉が貧困だと思う。

最愛の妻にさえ、「おい」とか「おまえ」と呼んでいるし、子供がいると、「ママ」になる。英語のように、「スイートハート」とか「ハニー」「ダーリン」「ラバー」といった甘い言葉がない。せめて妻の名前をそのまま呼べばいいほうだが、それもごく一部の人にかぎられている。

夫婦のあいだでこうだから、恋愛関係にある男女でも適切に呼び合う言葉がない。

実際、菊治はこれまで冬香をメールのうえでは「あなた」と呼んできた。本当ははっきり、名前を記したかったのだが、それでは図々《ずうずう》しい気がして控えていた。

だが、いまはもはや遠慮することはない。

二人はベッドでしかと結ばれているのだから、堂々と名前を呼んでもかまわない。それも漢字よりひらがなのイメージで呼んでみたい。

「ふゆか……」

思いきってささやくと、待っていたように冬香が「はい」と答える。

その喘ぐ息のあいだから洩れてきた声が愛しくて、菊治はさらにささやく。

「好きだよ」

泣いているようで、どこかに甘さが潜んでいる。そんな冬香が再び「はい……」と答える。

いま、冬香はたしかに感じはじめているようである。それを知って菊治も燃えあがり、動きが速まるが、同時に耐えきれなくなってくる。

このまま、なかで果ててもいいのか……

突然、現実的なことが頭を横切り、急に不安になるが、冬香はひたすら感覚の世界に浸っているようである。

あらかじめ、気がつかなかったわけではない。

もし、それをつけてといわれたら、そうするつもりだったが、なにもいわれなかったので、ついそのまま求めてしまった。

そしていま、熱い快楽のなかで耐えきれなくなっている。

でも、もし妊娠するようなことがあっては……

歓びと不安の交錯するなかで、菊治はそっときいてみる。

「このままで、いいの？」

冬香は答えない、というより、そんなことに答える余裕はないのか。

だが、菊治も限界である。

「ねえ、もう……」

耐えきれない、といおうとしたとき、冬香がつぶやく。

「ください……」

なんといったのか、菊治はもう一度ききかえす。

「いいんだね？」

「はい……」

毅然《きぜん》とした返事に、菊治は震える。

こんな自分に対して、「ください」といい、「はい」といいきるとは、なんと優しくて大胆な女なのか。

もしかして、冬香はいま、躰が大丈夫なことを知っているのかもしれない。安全なのを知ったうえで、許してくれたのか。

だがそれにしても、女性に、「ください」といわれたのは初めてである。

その一言に、女のかぎりない愛の深さと広さを感じてしまう。そして男はみな、そんなことをいわれたら、愛しさのあまり狂ってしまう。

もはや、菊治はなにも考えない。その言葉どおり冬香のなかに埋もれ、呑《の》みこまれていくだけである。

もう耐える必要はない。思いきり果てていいのだ、と思った瞬間、菊治の躰がはじける。

「あっ……」と、叫んだのは菊治が先であったが、それと合わせたように冬香も叫ぶ。

ほとんど同時に、二人は昇り詰めたのか。

そのまま、菊治はしかと、冬香の上体を抱き締め、冬香も全身をあずけてきて、たしかに満ちていく時間を共有する。

そしていま、菊治は初めて自信をもって冬香の名前を呼ぶ。

「ふゆか……」


熱情からの醒めかたは、女より男のほうが早い。

精を放出する性と、受けとめる性とでは、躰に残る余韻も違うのかもしれない。

むろん女も、男にさほどの愛着をもっていなければ醒めかたは早く、早々に起きあがる。

だが冬香は軽く背を向けたまま、なおベッドに横たわっている。それも右肩のスリップの紐は腕の位置まで落ち、裾が軽くまくれたままになっている。

そんな無防備な姿がかえって艶めかしくて、菊治はそっと抱き寄せる。

ゆっくりと寝返りをうつように、冬香の躰がこちら向きになり、さらに引き寄せると、ひたと寄り添ってくる。

結ばれたあとの、初めての抱擁である。

もはや戸惑ったり、躊躇することはない。

菊治は、胸元で重なり合っているスリップを頭から脱がせるが、冬香はなんの抵抗もしない。

全裸になった冬香を、菊治はいま一度、正面から抱き締める。

菊治の胸元に冬香の顔が、そしてお腹の上に冬香の乳房が当る。そしていま燃えたばかりの冬香の股間に菊治の左膝をおしつけ、もう一方の肢を冬香のお臀にのせて両側から挟《はさ》みこむ。

冬香の躰は成熟しているようで、どこか頼りない。豊かなようでひ弱である。そんなアンバランスなところが愛しくて、さらに抱き締めていると、再び冬香の温もりが伝わってくる。

情事の名残りか、肌が軽く汗ばんでいる。

菊治はこんなしっとりとした肌が好きだ。以前、際き合っていた女性のなかに、やや色黒でゴムまりのように弾む肌があったが、それにはなぜか馴染めなかった。

ともかくいま結ばれたことで、躰も肌も、そして秘所も、すべて菊治が期待していたとおりであることがわかった。

そしてさらに、菊治が耐えきれずにきいたとき、「ください」といったことも。

正直いって、こんなことはセックスをしなければわからない。男と女が飾らぬ姿をさらけだす、セックスという行為の下でこそ互いの本当の姿がわかってくる。

「好きだよ」

いまや、それは単なる口説きのための言葉ではない。すべてさらけだしたセックスのあとで、菊治は素直に、冬香が愛しいと思う。


そのまま菊治は微睡《まどろ》みかける。

今朝、早く起きて、新幹線で駆けつけてきて、冬香とようやく結ばれて安堵した。こんな安らぎのなかで、柔らかな肌に触れたまま眠りたい。

それは冬香も同じなのか、菊治の胸のなかにすっぽりと入ったまま動かない。

小雨の京の街の一隅で、ひっそりと一組の男と女が眠っている。なにか小説の一節にでてくるような情景だと思いながら、目を閉じていると、隣りの部屋でかすかに音がして、女性の話しかけるような声がする。

そろそろ部屋を掃除する時間なのか。菊治は来たとき廊下で見たリネンワゴンを思い出す。

この部屋に来ることはないから気にすることはない。そう思いながら軽く上体を起し、ベッドの脇にある時計を見ると十一時を少し過ぎている。

部屋に入ったのは九時半過ぎだったから、すでに一時間以上いたことになる。

菊治の動きで、冬香も気になったのか、胸元で、「何時ですか」ときく。

「まだ、十一時を過ぎたばかりだけど」

菊治は続けてきいてみる。

「十二時に、出ればいいんだね」

冬香がかすかにうなずく。

それまで一時間もない。そう思うと急に離すのが惜しくなって、再び冬香を抱き寄せる。

そのまま触れ合っていると、再び胸の温もりが伝わってきて、また欲しくなる。

だが、いま果てたばかりで、すぐできるのか。

迷いながら背中に手を這わせていると、冬香がくすぐったそうに上体をすくめる。それが面白くて、さらに這わせると、「やめて……」という。

「いや、やめない」

少し意地悪な気持になって、今度は脇腹に這わせると、冬香がもがく。

「くすぐったいわ」

そんなことはわかっている。わかったうえでいじめているのである。

といっても本気ではない。戯れているのと同じだが、こんな遊びをできるのも躰を許し合った仲だからである。

このまま、いつまでもベッドの上で肌を寄せ合ったまま戯れていたい。

くすぐっては抱き寄せる。そんな戯れをくり返していると、ふと冬香が動きをとめ、ベッドサイドの時計を覗こうとする。

「何時ですか?」

きかれて、菊治が答える。

「十一時半かな……」

「そろそろ、起きなくては……」

それは菊治もわかっているが、改めていわれると未練が残る。

「帰したくない」

せっかく部屋までとったのだから、もう少しいて欲しい。それは冬香も同じなのか、しばらく菊治の胸のなかに潜んでいたが、再びそっと顔を浮かせる。

「ごめんなさい」

やはり家のことが気になるのか。そこまでいわれては無理強いをすることもできず、腕の力をゆるめると、冬香はするりと抜け出す。

手許《てもと》から白い兎《うさぎ》が逃げ出すように、自由を得た冬香は、まわりに散った下着をかき集めると、前屈《まえかが》みにベッドの足元のほうに移る。

そこなら、菊治の視線から外れると思っているようだが、少し横向きになると、冬香がしゃがんで浴衣を着ているのが見える。

そんな恥じらう姿を淡い闇のなかで見ながら、菊治はきいてみる。

「何時までに、戻るの？」

「あのう、一時前には……」

冬香が浴衣を着替えて立上がり、腰紐を締めている。

「誰か、帰ってくるの？」

「はい、下の子が……」

「いくつなの？」

「五歳です」

ベッドの脇を、軽く頭を下げながらすり抜けて、バスルームへ向かう。

そのうしろ姿に、菊治はさらにきいてみる。

「他に、お子さんは?」

「二人です」

「じゃあ、全部で三人……」

「ごめんなさい」

再び冬香がつぶやくが、それは先にバスルームをつかうことを謝っているのか、それとも、三人も子供がいることを謝っているのか。

冬香がバスルームに消え、一人だけになった部屋で菊治は小さく溜息をつく。

冬香に子供がいることはわかっていた。一人か二人か、ともかくそのなかに、幼い子供がいることもわかっていた。

だが、三人とは、それも、まだ小学校にもいっていない子供がいるとは……

男は好きな女性に対して一方的に夢を抱く。それも美しく純粋な夢を。

そんなとき、突然、現実の生々しさを知らされると、いささかしらけてしまう。

だが子供のことは冬香が隠していたわけではない。きけば教えてくれたのに、菊治がきかなかっただけである。正直いうと、きくのが怖かったからだが、深い仲になった以上、知っておくべきだと思ってきいてみた。

そして、いま本当のことを知らされて、少しショックを覚えている。

「しかし……」と、菊治は宙の一点を見詰めながら考える。

冬香のようないい女なら、夫がいて、夫がいたら子供がいるのは当然である。いま都会には、子供を欲しくない女性が増えつつあるが、冬香はそんなタイプとは違うようである。夫に求められるままに応じているうちに、いつのまにか三人も産んでしまった。

ただ、それだけのことかもしれない。

ともかく冬香に罪はない。いや、罪ということ自体、間違っている。三十半ばに達していたら、三人くらい子供がいるのは当然である。

それをいまさら気が滅入るとは……

とにかく、冬香に夫がいて、子供が三人いることはたしかだが、だからといって愛せないわけではない。それが愛の障壁になるとは思えない。

ただ、勝手なことをいわせてもらえば少し残念である。

どうして、自分が現れるまで一人でいてくれなかったのか。そして子供も産まないでいてくれなかったのか。

だが、いまさらそれをいったところで時間が戻るわけではない。

とにかく、菊治はいま一人の女性に惚《ほ》れ、その女性にたまたま夫がいて、子供がいた、というだけのことである。

「いまさら、あと戻りすることはできない」

菊治はつぶやきながら、見知らぬ冬香の夫のことを考える。

それにしても、冬香の夫のことは以前から頭のなかに、なかったわけではない。

どういう感じの男性で、どんな仕事をしているのか。当然、菊治より十歳以上は若いと思うが、いまも冬香を愛しているのか、それとも二人のあいだは冷《さ》めているのか。

冬香が人妻と知ったときから、それらのことが気になっていたことはたしかである。

だが、冬香に惹かれ、密かに逢おうと思ったときから、夫のことは考えないことにした。

実際、考えたところで、どうなるわけでもないし、むしろ考えないほうが、精神の衛生にも好ましい。そう割り切っていたはずだが、家庭的なことを知らされると、再び夫のことが気になってくる。

いま、抱き締めた冬香の白いやわらかな肌も、軽く開けた唇も、そしてあの熱い秘所も、すべて夫に触れられ、自由にされ、そして三人の子供を産んでしまったのか。

考えるうちに菊治は切なく、息苦しくなるが、次の瞬間、慌ててその想念を振り切る。

そこまで考えるのはゆき過ぎである。たとえ、夫がどのように冬香に触れ、自由にしたところで、冬香はもともと夫のものである。

それを盗んだ男が、盗まれた男を羨むこと自体間違っている。

菊治はふと、「一盗《とう》二婢《ひ》三妾《しよう》」という言葉を思い出す。

昔から、男の愛のときめきで、もっとも盛りあがるのが他人の妻を盗んだときである。そして二番目が婢、すなわち自分がつかっている女中や召しつかいと接したときで、三番目が、いわゆるお妾《めかけ》さんと関わるときである。それからいえば、第一位の、人妻を奪ったのだから、そのことだけで充分、満足すべきである。

菊治は改めて、バスルームにいる冬香のことを考える。

いま、愛をたしかめあったばかりの男が、こんなことを考えていること自体、冬香にとっては心外であり、迷惑なことに違いない。

とにかく、いま恋は始まったばかりである。そのスタートの時点で、三人の子供がいることを知ったからといって、それにこだわるのは勝手すぎる。

改めていいきかせたとき、バスルームのドアが開いて、冬香が現れる。

すでに冬香は白いカットソーの上にベージュのブレザーを着て、同色のスカートを穿いている。

「まだ、休んでいますか？」

冬香にきかれて、菊治は仕方なく起きあがる。

そのまま浴衣を着て窓ぎわにゆき、カーテンを開くと外の光が一気に流れこんでくる。

二人が部屋に入ったときに降っていた雨は、ほとんどあがって、なお低くおおっている雲のあいだから昼の光が洩れている。

明るいなかで改めて見ると、冬香は軽く前髪を垂らし、口紅も薄く塗られて、このまま外へ出ても、情事が終ったばかりとは誰も気がつかない。

「何時なのかな……」

菊治が時計を見ると、十二時十分前である。

「まだ少し、時間があるでしょう」

独り言のようにいって冬香を窓ぎわに呼ぶ。

「見てごらん、雨に洗われて京都の街がきれいだ」

いわれたとおり、冬香は菊治の横に並んで京の街を見下ろす。

東山の山間《やまあい》にかかった雲から洩れた光が、そこだけ紅葉の山肌を赤く映《うつ》し出している。

「あのお客さんたち、喜んでいるでしょうね」

冬香は部屋に来る前、エレベーターで会った観光客のことをいっているようである。

「でも、われわれは悲しんでいる」

「どうして……」と振り返る冬香の肩に手をのせて、菊治がささやく。

「こんな街を、君とゆっくり歩きたい」

そのまま肩を引くと、冬香がそっと寄り添う。その白い項を見ていると、菊治はまた抱きたくなってくる。

「帰したくない……」

窓に向かってつぶやくと、冬香が項垂《うなだ》れる。

「ごめんなさい」

もう何度、冬香は同じ言葉をくり返したことか。これ以上責めると、冬香は崩れてしまうかもしれない。

「また、逢ってくれる?」

「はい……」

低いがたしかな返事をきいて、菊治はようやく別れることに納得する。

「じゃあ、また来る」

「本当に、来てくださるのですか?」

「もちろん」

恥ずかし気に髪をかきあげる冬香に、菊治は別れの接吻をする。

そのまま接吻を交していると、突然、電話のベルが鳴り、冬香が怯えたように躰をひく。

いまごろなんの電話なのか。菊治がベッドの横の受話器をとると、「フロントですが」といって、「お部屋のほうは、延長でしょうか」ときく。

たしかチェックアウトは十一時だから、すでに一時間近くオーバーしていることになる。

菊治は冬香を振り返って、「いえ……」と答える。

「いま、もう出ます」

これから五、六分もあれば出かける準備ができる。それに、いまなら延長料金は払わなくてすむかもしれない。

菊治は受話器をおいて、冬香にきく。

「少し、待ってくれませんか、僕も一緒に出ます」

冬香がうなずくのを見て、菊治は急いで浴衣を脱ぎ、服に着替える。

そのままバスルームにいって鏡を見ると、髭が少しはえているが剃るまでもない。

菊治は濡れたタオルで顔をごしごしこすっただけで、準備は完了する。

「お待たせしました」

「もう、いいのですか」

あまりの早さに呆れたのか、冬香がかすかに笑う。

「大丈夫です」

菊治はいま一度、部屋を見廻し、忘れ物のないのをたしかめてから、片手でバッグを持ち、空いたほうの手で、冬香のお臀に軽く触れる。

「行こうか」

廊下に出ると、相変らず掃除のリネンワゴンが停まっているが、人影はない。

その横を通り抜け、エレベーターに乗る。

幸い、誰もいなくて、二人は手を握り合ったままロビー階へ下りる。

昼を過ぎて、初めて会ったコーヒーラウンジやフロントの前は、人であふれている。

こんなところで、あまり寄り添っていては人目につきそうである。

ロビーの端で菊治が立止り、「じゃあ……」というと、冬香がうなずく。

そのまま、しばらく見詰め合ってから、冬香は軽く一礼して人混《ひとご》みのなかに去っていく。

うしろ姿はすらりとしているが、足の運びが軽く内股《うちまた》に見える。

瞬間、菊治は風の盆で踊る姿を想像し、そして熱く、ひたと締めつけてきた秘所の心地よさを思い出す。

そのまま冬香の姿が人混みにもまれ、階下へ向かう階段の先に消えたところで、菊治はひとつ溜息をつく。

ついに帰ってしまった……

短い時間しか逢えないことは、初めからわかっていたが、いざ現実に別れがくると急に淋《さび》しくなる。

一瞬、菊治は追いかけたい衝動にかられるが、それを辛うじて抑える。

「仕方がない……」

菊治はつぶやき、改めて、まだチェックアウトをしていないことに気がつく。

早くしなければ時間延長になるかもしれない。慌ててフロントに戻り、部屋番号を告げてキーを渡すと、フロントの男性が、部屋での飲みものなどを尋ね、ないと答えると請求書を示す。

宿泊代だけで三万円ときいていたが、それに税金などがつき、三万を少し超えるが、延長分はくわえられていないようである。

菊治は安堵し、カードで支払いをすませて、階下へ続くエスカレーターのほうへ向かう。

これからどうしようか、まだ正午を少し過ぎたばかりである。外は夜来の雨もあがって晴れているし、今日はこれから用事もない。

久しぶりに、京都の街や東山のあたりをのんびり散策してみようか。

だが、菊治は少し考えて、このまま帰ることにする。

これから一人で京の街をぶらついても、なにか虚《むな》しい。それより、冬香との思い出だけを胸に秘めて、帰ったほうがよさそうである。

冬香と雨の京都を見ただけで、心は満たされている。

下りのエスカレーターで駅のロビーへ下り、十分後に「ひかり」が出るのをたしかめて、チケットを買う。

そこでいま一度、冬香と過した部屋のある方角を見上げてホームへ行く。

平日の昼間で電車は空《す》いている。その窓ぎわに座り、晩秋の京の街が遠ざかるのを見ながら、菊治は朝の逢引きがいま、ようやく終ったのを知る。

朝七時に東京を出て、正午過ぎには早くも戻って行く、その慌ただしさに呆れながら、菊治は一人でうなずく。

とやかくいっても冬香と深く結ばれた。その満たされた感覚は気怠《けだる》く、いまもたしかに躰に残っている。

黒《くろ》　髪《かみ》

暦が十二月に入り、再び年の瀬が近づいてくる。

毎年、師走《しわす》という言葉をきく度に、菊治はひとつの俳句を思い出す。

「去年今年《こぞことし》貫く棒の如《ごと》きもの」

虚子《きよし》の作で、去年から今年へと、人間はいろいろなことを考え決断し、そこに断層があるように思いこむが、それらとは無関係に綿々と連なる、確たる太い棒のようなものがある、という意味のようである。

さすが人生の達人というか、しっかりと人生を見据えた人にしか詠《よ》めぬ生の気魄《きはく》が表れている。

「去年今年《こぞことし》……」

なに気なくつぶやきかけて、菊治はふと、自分にとって去年今年と貫く棒のようなものとはなにか、と考える。

格別、生きていくうえでの信念とか、目標といったものは浮かんでこない。

それより、いつの日か、かつての栄光をとり戻したい。また多くの人々が納得し、評価する一作をひっ下げて文壇に返り咲きたい。

「やはり、凡人か……」

そんな俗なことしか考えられない自分に苦笑するが、それが正直な本音でもある。

もう、このあたりで見果てぬ夢は捨てよう。そうつぶやく自分もいるが、はたしてあきらめきれるのか。

「でも……」と菊治は思う。

これから来年にかけては少し違うかもしれない。冬香に逢い、新しい恋が芽生えたことで、変りそうな予感がする。たとえ創作の上で飛び立てなくても、冬香との愛が、なにか新しいものを運んできてくれるかもしれない。

そう思うと自ずと心が弾んできて、菊治はまたメールを送る。

「あなたと別れたばかりなのに、すぐ逢いたくなるのです」

自分の堪《こら》え性《しよう》のなさを訴えると、すぐ冬香から返事がくる。

「そんなふうに、いっていただけるだけで嬉しいです」

その律義さが愛しくてまた送りたくなるが、すでに夜の十二時を過ぎている。

こんな時間に送っては迷惑ではないか。もしかして夫に気づかれるようなことはないのか。

案じながら、菊治はふと思う。

冬香と夫は、夜、どんな形で休むのだろうか。そして夫とはいまも関係があるのだろうか。

むろん二人のあいだに三人も子供がいるのだから、関係があったことはたしかである。

だが、いまはどうなのか。菊治は、冬香と夫との夜の姿を想像する。

マンションに住んでいるようだから、二人はやはり一つの部屋で休むのではないか。それもあまり広くはないだろうから、ベッドを二つおくことは難しい。

とするとダブルベッドを一つおき、そこで夫婦が寄り添う形で休むのか。

そこまで考えて菊治は首を横に振る。

できることなら別々のベッドで休んで欲しい。さらにいえば、冬香だけ別の部屋で、末の子供とでも一緒に寝て欲しい。

いずれにせよ、冬香が夫に抱かれる姿を想像することは耐え難い。

それだけはやめて欲しい、と願うが、冬香の大人しく、控えめなところが気がかりである。

もし、夫が求めてきても、冬香は拒否できないのではないか。「今日はやめてください」と頼んでも、夫は強引に迫り、裸にされる。

あの、どこか頼りなげな白い躰が、夫という男の下で組み敷かれる。

考えるうちに菊治はいたたまれなくなり、一人で酒を呷《あお》る。

「そんなことは、断じてありえない」

結婚して、もう十年以上も経っている夫婦である。子供が三人もいて、夫はすでに妻に性的好奇心は失っている。

仕事から帰ったら、ただ「疲れた」といって勝手に休んでしまう。

そういう夫だからこそ、冬香は密かに自分と逢い、受け入れたのではないか。

二人の夫婦仲はすでに冷えている。そう思いたいがセックスはまた別である。

たとえそういう夫でも、ときにいきなり冬香を求めてこないとはかぎらない。

「もう考えるのは、よそう」

正直いって、人妻を愛したのは初めてである。人妻なら節度もあり、独身の女性のように面倒なこともない。そんな軽い考えで近づいたが、いまは違う。

家庭をもっているが故にさまざまなしがらみが重なり合い、制限される。この切なさは、人妻を愛した男にしかわからない。


師走に入って一週間後の夜、菊治は昔の同僚だった中瀬《なかせ》と会って食事をした。

作家としてデビューすると同時に、菊治は勤めていた出版社を辞めたが、中瀬はそのまま残って、いまは同じ会社の広告担当の役員をしている。

いっときフリーになって脚光を浴びていたころは、菊治のほうがはるかに収入が多くてスターだったが、いまは中瀬のほうが収入も社会的地位も上である。

売れなくなった菊治に、週刊誌のアンカーマンの仕事を世話してくれたのも中瀬で、その点では頭が上がらないが、古い友達ということで、唯一、心を許せる相手でもある。

夜の食事も中瀬が行きつけの銀座の小料理屋で、彼の支払いだが、こんな機会でもなければ菊治は滅多に銀座に出て来ることもない。

「久しぶりだ」

互いにビールのグラスを交して、まず寒鰤《かんぶり》の刺身をつまむと、中瀬が不思議そうにいう。

「なにか、元気そうだな」

いわれて、「そうかな……」と顎を撫ぜていると、すかさずきいてくる。

「いいことでも、あったのか？」

「いいことねえ……」

菊治は曖昧に答えてから、偶然、紹介された人妻に惚れて、京都まで逢いに行ったことを告げる。

「京都でデートとは、凄い遠距離恋愛だ」

「まったく自分でも驚いている。この年齢《とし》になって、こんなことになるとは思わなかった」

「美人なのか？」

菊治が、三十六歳で子供がいることを告げると、中瀬は呆れたというように目を見張って、

「なにもいまさら、人妻なんかに手をだすこともないだろう。若くて独身のいい女は沢山いる」

「いや、違う……」

実物の冬香に逢ったことがない中瀬に、彼女の愛しさを伝えることは難しい。

「この年齢で恥ずかしいけど、好きなんだ」

中瀬は仕方がない、というようにひとつ溜息をついてから、

「じゃあ、小説を書けるかもな」

「小説？」

「なにか、凄い恋愛でもしたら、書けるかもしれない、といっていただろう」

たしかに、そんなことをいった記憶はあるが、それですぐ書けるという自信はない。

中瀬に、冬香のことを話したのは偶然である。「なにか、いいことでもあったのか」ときかれて、つい喋《しゃべ》ってしまった。

その意味では、軽率なことをしたと思うが、気持はむしろ爽やかだった。一人で心に秘めていたものを、親しい友人に告げて、なにか恋の許可証をもらったような感じである。

もっとも、中瀬はそれに賛成したわけではない。相手が人妻ときいて、少し拍子抜けしたようだが、「じゃあ、小説を書けるかも」といわれたことが嬉しかった。

たしかに、いまの冬香への思いを発条《ばね》にして、新しい小説を生みだせるかもしれない。

中瀬によると、男の作家は恋愛中にいい小説を書くことが多いという。恋の情熱と仕事への意欲は両立するのかもしれない。

「でも、女流作家は違う」

中瀬の意見では、女性は恋の最中は、相手の男に熱中してペンをもつ気になれず、むしろ恋が終り、熱が冷めてから、やおら書きだすという。

「それも、何度も反芻《はんすう》して、ゆっくりと舐《な》めまわすようにね」

長年、文芸のセクションにいて、さまざまな作家を見てきた中瀬らしい見方だが、だとすると、菊治にとっては、これからが大切なときである。

「とにかく、こんな気持になったのは初めてだ」

菊治が正直にいうと、中瀬は軽く溜息をついて、

「やっぱり、おまえは気が若い」

「若い？」

「そう、普通、われわれの年齢なら、このあたりでいいかと、おさまってしまう」

われわれの年齢、といっても、まだ五十半ばである。

「でも、いい女なんだ……」

「そこだよ」

中瀬は、自分と菊治の盃《さかずき》に酒を注いでから、

「いい女だ、とは思っても、そう簡単には動きださない。これからどう口説いて、うまくデートまでこぎつけても、最後のところまでいけるのか。たとえ、いけたところでそのあとは、と、いろいろ余計なことを考えてしまう」

「そんなことを考えていたら、なにもできないだろう」

「できない、できないうちに年齢だけとる」

一流出版社の役員という、はたから見ると恵まれた地位にいる中瀬が、そんな窮屈な考えでいるとは。いや、きちんとした地位にいるからこそ、考えることが真っ当なのか。

「でも、遊んでいる男もいるだろう」

中瀬は、あっさりうなずいて、

「俺の知っている、あるメーカーの役員なんか、毎晩、飲み歩いて、彼女が三人もいると偉張っている」

たしかに、そんな男はいそうである。

「出版とか編集なんかより、メーカーのほうが元気があるのかな」

「そうかもしれない」

中瀬は、一人だけ飲んだように顔を赤くして、

「ただ、こういうのは癖だからな……」

「くせ?」

「そうだ。ちょっと、いい女と見たらすぐ手をだす。それが癖になってないと」

「じゃあ、俺もか……」

冬香の場合は、かつて愛読していた作家として、まず初めに自分を尊敬してくれた。それが嬉しくて、菊治のほうもたちまち惹かれてしまった。

「好きになるきっかけなんて、意外に他愛ないかもしれない」

「そのとおりだけど、問題はそのあとだ。そこからさらにすすんでいけるか……」

菊治の場合は、逢った瞬間から、冬香とのあいだに電波のようなものが交錯した。恋の始まりは、いつもそうした予感がある。

「要は、好きか嫌いかだろう」

「それだけではない。はっきりいうと、恋愛体質みたいなものがあると思うんだ」

「恋愛体質?」

「そう、いつも女に目を向けていると、追いかけて口説くのが苦にならない。ごく気軽に、自然体でできるようになる。しかし自分を抑えて、やらずにいると、それはそれですむ、やらな癖がついてしまう。これはゴルフや麻雀《マージャン》でも同じだろう。いっとき、あんなに狂っていたのに、やらなければやらなくても平気になる」

恋愛をゴルフや麻雀と同じに考えるとは、少し乱暴だが、たしかにそういう傾向はあるかもしれない。

「やらな癖か……」

菊治はつぶやきながら、そんな癖だけは絶対につけたくないと思う。


中瀬に刺戟を受けたこともあって、翌日、菊治は冬香にメールを送る。

「この前、逢ったばかりなのに、また逢いたくなるのです。このあとで、都合のいい日はありませんか」

すでに十二月に入って、主婦である冬香はなにかと忙しいかもしれないが、そんな隙《すき》を狙《ねら》って逢えないものか。

そのまま息を潜めて待っていると、翌日すぐ冬香から返事がくる。

「もちろん、わたしもお逢いしたいのです。ただ、せっかく来ていただいても、この前のような時間にしか、お逢いできないのです」

それは、初めから覚悟していたことである。

「かまいません、今度は前の夜から行って待っています」

また行けばかなりのお金がかかり、菊治には辛い出費だが、いまは仕方がない。

とにかく、逢えばまた新たな喜びと勇気がわいてきそうである。

「では、来週の木曜日は、どうですか」

その日なら、大学の講義もアンカーの仕事もなく、フリーである。

だが、冬香は都合が悪いらしい。

「ごめんなさい、次の週の月曜日はいかがでしょうか」

月曜日は、週刊誌の取材記者からのデータをまとめる日だが、午後早めに帰ってくれば、なんとか間に合うかもしれない。

「わかりました。その日に、この前のホテルで待っています」

メールを送り返して、菊治はひとつ溜息をつく。

たしかに、大変な恋に落ちこんだものである。東京と関西と離れて、しかも相手は自由な時間がかぎられている人妻である。

中瀬は、恋愛体質が必要だといったが、それだけでカバーしきれるものでもない。

「やはり、冬香が好きなのだ」

それだけはたしかだが、どこが好きかときかれるとはっきり答えられない。

冬香の控えめな態度も、そのくせ奥に淫らさを秘めているような、そしてなによりも、どこか頼りなげで、耐えている風情が心をかきたてる。

「いま、行ってやらなければ」

なぜともなく、菊治は冬香を救い出す騎士《ナイト》のような気持でいる。

「再び、京都へ行く」と決めたのを気づいたように、翌々日、吉村由紀《よしむらゆき》から電話がかかってきた。

「今晩、どこかで逢えませんか」

週刊誌の入稿日なので、九時ごろになると答えると、二人でよく行ったことのある四谷の「ソルダ」というバーで待っている、という。

由紀とは二年前、新宿の東口のバーで知り合ってから、際き合っている。

さほど美人というわけではないが、軽い斜視で、焦点が定まっていないようなところが愛らしくて、誘ったのがきっかけである。

そのときは小娘のように思っていたが、二人で話してみると意外にしっかり者だった。昼間はコンピューター関係の会社に勤めていて、夜、生活費を補うために、一日おきにバーに出ていることもわかった。

菊治と際き合いはじめたときは二十七歳で、いまは二十九歳だから、二年間続いたことになるが、その実態は恋愛というほど熱いものではない。

もちろん初めは、菊治が小説を書いている、ということで好奇心を抱いたようだが、じきに、いまは書いていないことを知って、興味を失ったようである。

それでも、菊治のマイペースであまりうるさくいわないところが気楽、とでも思ったのか、それとも年上で、なにかのときに頼りになるとでも思っているのか、いまだに続いている。

むろん、菊治のほうも由紀と別れる気はない。五十半ばの男に、二十歳以上も違う若い恋人がいるのは喜ぶべきことだし、一人で女っ気がないのも淋しすぎる。

もっとも、二人が多少とも燃えたのは知り合って半年くらいで、じきどちらからともなく醒めてしまった。

口にこそ出さないが、菊治は結婚する気はなく、由紀としても、そんな男といつまでも際き合っていても得るものはない。そんな先が見えた不安にくわえて、三十を目前にした年齢が、由紀の気持を落ち着かなくさせているようである。

いずれ別れる、そんな予感を抱きながら、ともに必要なときだけ、どちらからともなく寄り添う。

そんな気持で、今夜も来るつもりらしいが、菊治の心にかすかに疼《うず》くものがある。

いま、冬香に心を奪われていることを由紀には話していないし、冬香も、菊治に由紀のような女がいることを知らない。

だがそれにしても、今夜、由紀が近くのバーで逢いたい、といいだしたのは珍しい。

以前から由紀には部屋のキーを渡してあるから、逢いたければ部屋に来ればすむことである。実際、夜遅く来て、翌朝、まっ直ぐ会社に出かけていくこともあった。

それをことさら、近いとはいえ、バーで待っているとはどういうわけなのか。

最近、由紀は夜のアルバイトは休んでいるようだから、急に外で飲みたくなったのか、それとも、とくべつ話でもあるのか。

菊治が八時過ぎに週刊誌の原稿を送ってから四谷のバーへ行くと、由紀はすでに来て、カウンターに座っている。

細身の躰を千鳥格子のジャケットと白のジーンズでつつみ、胸元を広く開けて、そこに二重のネックレスが輝いている。

今夜は飲むつもりで、初めからお洒落をしてきたのか。

菊治が軽く手を挙げて由紀の横に座ると、馴染みのバーテンが「なににしましょうか」ときく。由紀はすでに、好みのバーボンのソーダ割りを飲んでいるようなので、菊治も同じにして、できあがったところで軽くグラスを合わせる。

「おつかれさまでした」

由紀の軽い斜視の眼が、クリスマスを控えて派手になった電飾の明りを受けて小さく光る。

「久しぶりだ」

菊治が一口飲んであたりを見渡すと、ママがきて、「もう少しお顔を見せてくださいよ、由紀さんはよく見えているのに」と、不満そうにいう。

たしかに菊治はこのところご無沙汰《ぶさた》していたが、由紀がそんなに来ていたとは知らなかった。

「そうなの?」というように振り向くと、由紀がうなずき、ママが去るのを待って話しだす。

「今夜はちょっと、真面目な話をしたくて……」

「なんだ、急に改まって」

「これは、冗談じゃありませんから、きちんときいてくださいね」

由紀は再び、光る眼で菊治を見て、

「わたし、結婚しようと思うんです」

「結婚……君が?」

由紀は静かにうなずくと、グラスを両手で握ったまま答える。

「前から、際き合っている人がいたのです」

由紀に、他に男がいるかもしれない、と思ったことはある。

二十歳以上も違う、自分のような男と際き合っていたところで、どうなるわけでもない。いつかは由紀も新しい男を見つけて巣立っていくに違いない。

それは以前から思っていたことだし、そのときがきても仕方がないと心に決めていた。

だがいざ、それを面と向かっていわれると、いささか慌てる。

「それで、相手は?」

極力、冷静さを装ってきくと、由紀は待っていたようにうなずいて、

「同じ会社にいる人で、わたしの一つ年下なんです。でも前から結婚しようといわれていて……」

由紀は前髪を軽くかきあげて、

「わたしは若い男はあまり好きじゃないし、まだ結婚する気もなかったんだけど、田舎の親がいろいろいうものだから……」

たしかに由紀は、年下の男は頼りなくて嫌だ、といっていたことがある。結婚も焦るつもりはないといっていたが、やはり二十九歳という年齢に急《せ》かされたのか。

「で、いつするの?」

「来年の春ごろに……」

いまは十二月だから、あと三ヵ月くらい先のことになる。

「でも、昼の仕事は続けるわ。働かないと食べられないし、専業主婦なんていやだから」

菊治は一瞬、冬香の顔を思い出す。

そのまま黙りこんでいると、由紀が急にしんみりした口調で、

「菊治さんには、よくしてもらったわ」

「そんなことはない」

経済力のなかった菊治がやれたことは、わずかな小遣いを渡すことと、ときどき彼女が求めてくる優しさを、与えただけである。

「だから、こういうことは、きちんと話して、わかってもらおうと思って」

「わかるといっても……」

そんな単純に納得できるものでもないが、といって、「行くな」と叫ぶほどの気力もない。

「ごめんなさい。勝手なことばかりいって」

突然、由紀はハンドバッグから菊治の部屋の鍵を出すと、カウンターの上におく。

「これ、お返しします」

結婚する当てもなく、熱く愛しあってもいないカップルが、だらだらと際き合っていても仕方がない。由紀がそう考えて、別れると決めたのは当然である。

考えてみると、たしかにいまが別れどきかもしれない。

だが、カウンターに投げだされたキーを見ていると急に淋しくなる。

由紀とは二年少しで、それも激しく燃えたわけでもない。ずるずると、互いに都合のいいときだけ会っていた、といった仲だった。

それでも二年という歳月が、この鍵を返すということで閉ざされ、終ると思うと、なにか淋しくて虚しい。

「じゃあ、これからは逢えないいんだね」

「そんなことはないわ。わたしたち、いつだって逢えるし、今夜のように飲むこともできるでしょう」

それは、菊治にも異存はない。

「ただ、もう、いままでのように一緒に寝たり、泊まることはできないというだけで、だって結婚するんだから仕方がないでしょう」

ききながら、菊治は冬香のことを考える。

彼女は結婚しているが、自分という男と関係し、明日も密かに逢う予定になっている。

「その鍵、みっともないからおさめて……」

いわれて菊治は、ズボンのポケットに入れる。

「こういうのって、どこかでけじめをつけなければね」

たしかに、由紀にはけじめが必要だったのかもしれない。きっぱりとどこかで線を引かなければ、前にすすめないと思ったのか。

それにしても女は潔《いさぎよ》い。妻もそうだったが、別れぎわは毅然として鮮やかだった。

菊治が溜息をつくと、由紀がささやく。

「あなたも、よかったでしょう」

「よかった?」

「いま、好きな人がいるのでしょう」

図星をさされて顔をあげると、由紀が悪戯っぽい笑顔でいう。

「なんとなくわかるの、だから、いまがお互い、いいときよ」

次の夜、菊治は夜九時過ぎの最終の「のぞみ」に乗って、京都へ向かった。

到着するのは十一時半だが、ホテルに入って休むだけだから、急ぐ必要はない。

窓ぎわに座り、遠ざかっていく街の明りを見ながら、菊治は由紀のことを思い出す。

この無数に輝く光のどこかで、由紀は結婚する相手と二人だけの夜を過しているのかもしれない。

もしかして、どこかで飲んでいるのか、それともカラオケででも歌っているのか。あるいはもうベッドに入っているのか。

いまさら、自分の前から去っていった女を追いかける気なぞないが、猫のように寄り添ってきた女が、いまは別の男と肌を合わせていると思うと、やはり落ち着かない。

あのすらりと伸びた肢や、ふっくらとしたお臀を、若い男に触らせているかと思うと、なにか大きな落し物をしたような気持になる。

だが正直いって、由紀の躰そのものにはさほど未練はない。たしかに若くて肌にも張りがあったが、肝腎のセックスそのものは、さほど充実したものではなかった。

むろん、菊治はそれなりに努めてみたが、もともとそういうことには淡白というか、冷ややかなタイプなのか。結ばれても反応は薄く、菊治自身も相手を満たしたという実感はない。

「若ければいい、というものでもない」

考えながら、菊治は冬香のことを思い出す。

由紀よりは年上で子供がいるといっても、冬香の躰はすぐにも未来に向かって展《ひら》ける可能性を秘めている。まだすべて知り尽したわけではないが、性の充実感という点では、冬香のほうがはるかに深く、豊かそうである。

「由紀が若い男がいいと思うのなら、そちらに行ったほうがいい」

闇のなかを消えていく光を見ながら、菊治は多少の口惜しさとともにつぶやく。

京都へ着いたのは、予定どおり十一時三十分だった。

そのまま、まっ直ぐホテルへ行き、フロントでチェックインする。

今回も奮発して北側のダブルの部屋をとり、入ってまず窓から外の景色を見る。

すでに十二時に近く、駅前の明りはいくらか淋しいが、まだまだ夜は長そうである。

菊治はしばらく窓からの夜景を眺めてからバスルームにゆき、シャワーを浴びる。

そのあと浴衣を着て、ビールを飲み、いま京都に着いたことを冬香に告げようかと思うが、時間が遅いのであきらめる。

そのまますることもなく明りを消し、ベッドにもぐってテレビを見たが、それも飽きて休んだのは午前一時を過ぎていた。

それからどれくらい眠ったのか、明方、菊治は夢を見た。

ホテルのロビーなのか駅の改札あたりなのか、かなりの人々が行き来する先に、冬香がこちらを向いて立っている。

それを見つけて、「こちらだよ」というように手招きするが、冬香はいつもの癖の、額にかかった髪をかきあげるだけで、はっきり答えない。そのまま右往左往するうちに冬香の姿が消え、慌てて追いかけようとするが、人波が邪魔して容易にすすめない。

そんな不安な夢から覚めると躰が軽く汗ばんで、冬香と逢えなかった侘《わび》しさだけが頭のなかに残っている。

枕元の時計を見ると、まだ六時になったばかりで、外は明けきっていないようである。

今日、これから逢う約束なのに、気にしすぎてあんな夢を見てしまったのか。

菊治は思い出して枕元の携帯を見るが、とくに電話やメールが着信したあとはない。

なにも報《しら》せがないということは異状はないということだ。そう自分にいいきかせて再び目を閉じるが眠られず、仕方なく起きて窓を見ると、東山のほうが白み、比叡の山並みがかすかに浮き出ている。

まだ、冬香が来るまで三時間もある。

今日は直接、部屋に来ることになっているから、まずチャイムが鳴るはずである。そこでドアを開くと入口に冬香が立っている。

そんな姿を想像して、菊治は軽く仮寝《うたたね》する。


突然、チャイムが鳴って、時計を見ると九時二十分過ぎである。

菊治はとび起き、浴衣の襟元を合わせてドアの前に立つ。

そこで一呼吸おき、把手《とって》を引くと、目の前に冬香が立っている。

顔を合わせた瞬間、冬香はいつものように微笑み、目を伏せる。照れと喜びがないまぜになっているのか、そんな冬香に菊治がうなずく。

「どうぞ……」

手招きして冬香の躰が部屋に入るとともに、菊治はドアを閉め、一気に抱き寄せる。

よく来てくれた。今朝も大急ぎで駆けつけてきてくれたに違いない。そう思うと愛しくて、唇をまさぐり、しかと触れる。

上向きに唇を吸われている冬香の頬が冷んやりとしている。寒かったのか、そこに菊治は自分の頬をすり寄せる。

もはや誰に気兼ねすることもない。抱き合ったまま、菊治は部屋の奥へ引きずりこみ、ベッドの脇まできたところで、ともにベッドに倒れこむ。

冬香は、いきなり迫られるとは思っていなかったようである。慌てて起きあがろうとするのを上からおさえて、菊治がささやく。

「逢いたかった……」

昨夜から待ちすぎて、菊治は高ぶっている。

「今日は、このまま脱がしてしまう」

耳許でささやくと、くすぐったいのか、冬香が首をすくめる。

それにかまわず上衣《うわぎ》に手をかけると、冬香がつぶやく。

「待ってください、脱ぎますから……」

自分で脱ぐから乱暴しないで欲しい、ということなのか。ならば、そのとおりさせてやろうと力を抜くと、冬香は片手で乱れた髪をおさえ、もう一方の手で襟元を合わせて起きあがる。

「あのう、暗くしてください」

明方、窓から外を見たまま、カーテンのなかほどがわずかに開いている。菊治がそれを閉めると、冬香がクローゼットの前で脱ぎはじめる。

どこまで脱いでくれるのか、今度はスリップの上に浴衣を着たりはしないだろう。

思い返しながらベッドで待っていると、冬香がそっと近づいてくる。白いスリップ一枚で、胸元を隠すように両手を前に当て、そろそろと忍び寄ってくる。

約束どおり、冬香は自ら脱いできたようである。

ならば、こちらも無理をせず、紳士的に対することにする。

「入って……」

菊治がブランケットの端を上げると、冬香がそろそろと入ってくる。

腰から肢と、ほぼ全身が忍びこんだところで、菊治はしかと冬香を抱き締める。

もう初回のような不安はない。すでに一度、深く結ばれているという安心感が、菊治はもちろん、冬香の心も和ませているようである。

ともに抱き合い、互いの温もりと呼吸までたしかめあったところで、菊治は腕の力をゆるめ、改めて冬香の胸元を見る。

やはり白いスリップが、冬香には一番似合うようである。その刺繍で飾られた胸元を軽く下げると、鎖骨が見える。

菊治はやや痩せぎすの女性の鎖骨の下の窪《くぼ》みが好きだ。

肩から骨を伝って手をすべらせ、首の下の窪みに触れていると、女の心のすべてをとらえたような気がする。

そこからゆっくりと項《うなじ》に手を廻すと、くすぐったいのか顔をそむける。

そこで攻撃目標を下に変え、右手をそろそろと股間に近づける。

思ったとおりスリップの下にショーツを穿いているが、これでは約束違反である。

菊治は脱がせかけるが、急に予定を変更して、ショーツの下に指先だけを忍びこませる。

脱がないのなら、このまま苛《いじ》めてやろう。

冬香が軽く躰をひねるが、かまわず叢《くさむら》へたどりつき、愛しいところの上端へ指を添える。

思いがけない方向からの侵入に冬香は戸惑ったようだが、菊治はかまわず攻撃を開始する。

いまは中指だけでやわらかく、触れているのかいないのか、わからないくらいに、ゆっくりと左右になぞる。

すでに一度攻められて、冬香はその感触を覚えているはずである。

焦ることはない。ただ指の動きをくり返して、冬香が燃えてくるのを待つだけでいい。

菊治は自分の高ぶりを抑えながら、ある残忍な計画を思いつく。

このまま冬香のほうから、「脱がせて……」といいだすまで続けてやろう。

そのままゆっくりと、しかしたしかに続く指の攻撃に冬香は耐えきれなくなったようである。

表情をゆがめ、小さく喘ぎ、やがてたまりかねたように訴える。

「ねえ……」

欲しい、ということなのだろう。菊治はそうと知りながら、あえてきいてみる。

「なあに?」

淡い闇のなかで窺うと、冬香がゆっくりと首を左右に振っている。

それでもかまわず、中指を鋭敏な個所に集中すると冬香が再び訴える。

「ねえっ……」

今度は前よりさらに甲高く、躰が小刻みに震えているようである。

そんな冬香に、菊治は再びきいてみる。

「欲しい?」

「はいっ……」

ようやく答えた一言に、さらにきいてみる。

「なにを?」

さすがに、そこまで答えないが、冬香がいま求めていることだけはたしかである。

だから、初めから素直に脱げばよかったのである。

菊治が渋々という形でショーツを引くと、あっさりと脱げ、続いてスリップまで一気に脱がせてしまう。

瞬間、全裸になった冬香は躰を海老《えび》のように円くして隠そうとするが、すでに白い女体をおおっているものはなにもない。

いまさら慌てたところで手遅れである。

菊治は上体を起し、円くなっている冬香の躰をゆっくりと仰向けに戻そうとする。

だが冬香は逆らい、そこで小さな揉《も》み合いがあってから、ようやく仰向けになる。

いまは、一糸もおおっていない。

恥ずかしさに耐えて、しかと目を閉じている顔も、虚《うつ》ろに開いた唇も、思いがけなく露出されて戸惑ったような両の乳房も、そこからくびれて、腰に続く艶めいた線も、股間を守るように寄り添った淡い茂みも、すべてが生々しく女の匂いをかもしだしている。

「凄い……」

いままで若い女を追いかけてきたが、冬香の女体はそれとは違う、成熟した女の美しさと妖しさが溢《あふ》れている。

もはや菊治は待てない。

これだけすべてをさらけだしている女体を、抱かずになぞいられるわけがない。

だがここでも、菊治ははやる心を抑えて、冬香の躰の上に自分の上体を重ね合わせる。

そのまま上から下へ、そして下から上へ躰をずらし、それにつれて冬香の胸のふくらみとお腹のへこみが、そして下腹の茂みがゆっくりとすれ合う。

それを数回くり返され、肌と肌が和むうちに、冬香の受け入れる準備は整ったようである。

しかし菊治は焦らず、頭の脇にある枕を取り、冬香の腰の下に横から差し込んでやる。

なにをされるのか、一瞬、冬香は不安になったのか、躰を硬くする。

だがかまわず押しこみ、冬香の下半身が軽く突きでたところで、両手で股間を開き、熱くなったものをゆっくりとうずめていく。

「あっ……」

軽い受口の冬香の唇から声が洩れるが、それがたしかに二人が結ばれたサインでもある。

そのままさらに一歩すすめ、上から冬香の全身を抱き寄せると、冬香も両手でしかと菊治の肩に抱きついてくる。

いままさしく二人は合体している。それも胸と胸が、お腹とお腹が、そして男と女が、寸分の隙もなく溶け合っている。

この前もそうだったが、冬香の秘所は温かく、ひたと密着する。こんなしなやかさをどこに秘めていたのかと驚くほど、菊治のものにまとわりついてくる。

その温かさに応えるように、菊治がゆっくりと動きだす。

上体は両手で抱き締めながら、下半身を後ろから前へ、それもできるだけ腰を落し、枕で高くなった愛しいところを、下から上へ突き上げるように。

それは菊治がこれまで、他の女性と接して覚えてきたことである。

その動きをゆっくりとくり返すうちに、女の躰はしかと密着し、燃えてくる。

そしていま、冬香も確実に燃え、積極的に応えはじめたようである。

徐々に息を弾ませ、自ら腰を動かしながら、冬香の両手が蜘蛛《くも》のように菊治の首に巻きついてくる。

女のほうから積極的に動きだす。それを知ることほど男にとって嬉しいことはない。

いま、二人の股間は寸分の隙もないほど密着し、上体も首に廻された冬香の両手に引きこまれたようにひたと触れ合っている。

まさに一心同体、全身が一本の紐のように重なり合っている。

ここまできたら、もはや「好き」とか「愛している」などとささやく必要はない。

互いに触れ合い密着した躰そのものが、すべての言葉をこえて、たしかに愛を訴えている。

その充実感に浸りながら、菊治はふと相手の顔を見たくなる。

いまこの瞬間、冬香はどんな表情をしているのか。男の高ぶりは、触れると同時に視《み》ることでも、さらにかきたてられてくる。

興味にかられて、菊治は徐々に上体を起していく。

まず首に絡んだ手を一本ずつ振りほどき、自由になったところで上体を起すと、冬香が「あっ」と叫ぶ。

菊治の上半身が起きたおかげで腰の位置が下がり、いままでと違う刺戟に見舞われたようである。

菊治はそれに自信を得て両手はベッドにつけたまま、下から上へ突き上げる形で動きを速めると、冬香の喘ぎが速くなる。

暗さに慣れた目には、淡い闇のなかでも冬香の仰向けにのけ反った顔がよく見える。

軽く頤《おとがい》を上にあげた白い小さな顔の先に、髪が総毛立つように広がって無数の黒髪に引きつられているようである。

そこだけ見ると苦しめられているようだが、切なげに閉じられた目には甘さがあり、軽く開いた口はどこかもの欲しげで、顔全体がかすかに左右に揺れている。

「ふゆか……」

思わず、菊治は呼びかける。

たしかに、いままで何人かの女性と躰を重ねてきたが、これほどぴたと密着し、これほど従順で、淫らな女は初めてである。

「好きだよ」といいかけて、菊治は慌てて動きをとめる。

このままでは、こちらが保《も》たなくなる。

まさに、乾いた砂漠に水が吸いこまれるように、冬香の躰は自然のうちに男の精を呑みこんでいくようである。

いま、菊治の気持は大きく揺れている。

このまま果てたいが、しかしこのままつながっていたいとも思う。

男の性は果てるとともに狂おしい快楽に満たされるが、次の瞬間、急激な喪失感にとらわれる。まさに高層階から地階に落ちこむような墜落感とともに、身も心も萎えてくる。

いま菊治は、その頂きの寸前で辛うじてとどまりながら、昇るべきか否か迷っている。

ともかく、果てるのは簡単だが、いましばらくその手前にいて、冬香が喘ぎ、悶えるのを見ていたい。

むろん冬香も、いま確実に頂きに向かっているようである。

だがこのまま一気に果てて、ともに昇り詰めるのか。それとも、まだ少し間があるのか。できることなら同時に果てたい。

「それに……」と、菊治は高まる心のなかで考える。

いま、このまま果てたのではすべてが終ってしまう。

たしかにその一瞬、全身が震えるような快楽にとらわれるが、そのあと急速に冷めることは間違いない。

それでは、なにかもったいない。

むろん若ければまた挑むということもできるが、菊治の年齢では再びできるか否か覚束《おぼつか》ない。もう少し、この頂きの手前の絶頂でとどまれないものか。この昇り詰める直前の、快楽と忍耐の入りまじった高ぶりのなかで、さ迷っていたい。

「せっかく……」と、菊治の脳裏に、突然、現実的なことが甦る。

せっかく京都まで来て部屋までとったのである。そこまでして、いま果てたのでは虚しすぎる。

「ふゆか……」

菊治はつぶやきながら、再び冬香の胸元に顔を近づける。

「まだしばらくは、このままで……」

そういいたくて、口を耳許に寄せると、素早く首をすくめる。

そういえば、冬香は耳が弱いようである。この前、なに気なく触れたときにも、身震いしたように顔をそらした。

それなら、少し戯れてみたい。

今度は肩から首をしかと抱き締め、動けぬようにして耳許に唇を当てると、「いや……」と甲高い悲鳴とともに、激しく顔を左右に振る。

菊治の唇が近づくと、冬香の耳が懸命に逃げ、それを追ってさらに迫ると、激しく顔を左右に振りながら悲鳴をあげる。

「やめて……」

初めは戯れのつもりだったのが、冬香があまり辛そうにするので、また挑み、それをくり返すうちに、ともに加虐と被虐の交錯した妖しい感覚のなかに浸っていく。

しかし、そんな戯れも長くは続かない。

「だめ、だめです」

のけ反りながら、冬香が哀願する。

「お願いですから、やめて……」

そこまでいわれてはやめざるをえない。

仕方なく攻撃の手をゆるめて、上体を起すと、少し悪戯が過ぎたのか、冬香は放心したように荒い息をくり返す。

苛められて、冬香の躰はさらに感じ易くなったようである。

だがこんな素敵な女と、ここで果てて終るのではもったいない。いま少し別の形で結ばれて楽しみたい。ようやく知った美味をここで食べ尽すのはもったいない。

辛うじて理性を取り戻してベッドの脇の時計を見ると十時半である。

冬香が帰るまでにはまだ少し余裕があるのを見届けて、菊治はそっと腰を退く。

名残惜しいが、一旦、この形からは引き揚げることにして躰を離すと、冬香が叫ぶ。

「ああん……」

いきなり引き離されて驚いたのか、声には軽い失望と不満が入りまじっているようである。

そんな好色な冬香が愛しくて、今度はベッドに横たわり両手で抱き寄せる。

「まだ、帰さない」

いままでは正面から結ばれていたが、今度は横からつながりたい。

短い、かぎられた時間だからこそ、さまざまな形で求めたい。

そのまま二人はしばらく息を潜めていたが、再び菊治のほうから動きだす。

まず抱いていた腕をゆるめ、空いたほうの右手をそろそろと秘所に近づける。

冬香のそこは、すでに一度攻められて熱く濡れているようである。

そこを再び愛撫しながら、やがて股間を開き、横からゆっくりと入っていく。

前回と同じ形だが、冬香はすでに慣れたのか、むしろ自分から腰を浮かして協力し、二人は再び深々と結ばれる。

一度きた道を、冬香はたしかに覚えているようである。

女はほとんど仰向けで、男はその右手に横たわり、横から股間を割って入っていく。

ちょうど、チョキが二つ交わり合った形だが、菊治のような年配の男には、それがもっとも結ばれ易く、躰の負担も少なくてすむ。

それにこの形なら、秘所のもっとも鋭敏な上面に菊治のものが直接、密着する。さらに気が向けば冬香の乳房にも腋《わき》から腰へのラインにも触れることができる。

そのまま動きをくり返すうちに、冬香が再び喘ぎだす。

すでに一度、正面から攻められて火がついているだけに、燃えだすのは早い。

再び、冬香の忍び泣くような声が洩れてきて、菊治も着実に燃えていく。

だが、冬香はたしかに昇り詰めてくれるのか。

いま菊治だけ、一人で果てるのは容易である。辛うじて抑えている自制心をかなぐり捨て、一気に走りだせば、たちまち歓びの渦のなかに飛びこむことができる。

しかし、できることなら、自分とともに冬香も満たされて欲しい。それは五十半ばという菊治の年齢のせいなのか、それとも冬香を愛しく思っているからか、ともかく一人だけ果てるのでは虚しすぎる。

せっかくここまできたら、冬香も歓び、乱れる姿を見て、ともに果てたい。

いま菊治は、冬香に奉仕する立場で動きながら、横からそっと窺う。

互いの躰がややVの字に開いているので、冬香の上半身がよく見える。

顔は軽く反らし、両の胸は突きだし、それが菊治の動きに合わせて左右に揺れ、そのリズムとともに喘ぎがさらに強くなる。

冬香も感じて、あと一息かもしれない。

菊治は一度、動きをゆるめ、それから再び激しく動きだす。

そのテンポの変化が、新たな刺戟になったのか、冬香が「あっ」とつぶやき、「だめ」という。

その声に今度は菊治が刺戟され、さらに暴れると冬香が叫ぶ。

「とめて……」

髪を振り乱して哀願する、その姿が愛しくて菊治はこれまでとばかり、冬香の手を握ったまま一気にゆき果てる。

考えてみると、セックスは音楽に似ているのかもしれない。

たとえば、ピアノコンチェルトのように、男はオーケストラで女はピアノで、互いに共鳴し、感情を通わせながら次第に盛り上がっていく。

そして、あのラフマニノフのピアノコンチェルト三番の第三楽章では、ときに甘く、ときに激しく切なく、波のように押しては返し、また寄せてくる。

その波間に漂いながら、二人は徐々に歓びの頂点に向かって駆けだし、曲が終る寸前、一気にクライマックスに向かって駆け上っていく。

まさにオーケストラとピアノが寄り添い、溶け合い、もはやこらえきれぬと思ったとき、突然、甲高いトランペットの音色とともに頂点におし上げられ、次の瞬間、今度は底深いティンパニーの音とともに、快楽の淵《ふち》に突き落される。

いま二人は、その最後のクライマックスに昇り詰め、夢とも現実ともわからぬ世界を漂っている。

あの拍手と喝采が鳴りやまぬ会場で、やり遂げた充実感で満面に笑みを浮かべている指揮者とピアニストのように、ベッドの上でしかと寄り添っている。

拍手は長く、それは二人の歓びの余韻が長いのと似ていて、再びアンコールに応えて登場する度に快感が甦り、それを何度かくり返して、ようやく心と躰が落ち着いてくる。

そのまま冬香は菊治の胸に顔をおしつけ、菊治はその黒髪に軽く手を添えたまま、極《きわ》みのあとの名残りを追いかける。

だが聴衆を魅了した音楽は終り、会場はいつもの静寂に戻っていく。

そして菊治も、ゆっくりと頭をあげてベッドの脇の時計を見る。

十一時を過ぎているが、まだ少し余裕がある。密かに自分にいいきかせて菊治は再び冬香を抱き寄せる。

激しく果てて気怠いが、なおしばらくやわらかな肌に触れていたい。そのまま寄り添い、温もりを感じていると、冬香がつぶやく。

「ごめんなさい……」

なにを謝っているのか、不思議に思っていると、さらにつぶやく。

「恥ずかしくて……」

そんなことを気にしていた冬香が愛しくて、菊治は接吻を浴びせてやる。


このまま時間が停まればいいと思いながら、時間は刻々と流れていく。

時が停まることはないのか。冬香も同じ思いのようだが、そっと時計を窺う。それを見て、菊治は冬香を離してやる。

だがこのまま別れるのでは淋しすぎる。ともに服を着終えたところで、菊治がつぶやく。

「まだ少し、時間がある」

菊治は窓ぎわにある椅子に座りそれと向かい合ったソファに冬香が座る。

考えてみると、冬香が部屋に入るとともにいきなり接吻をして、ベッドに誘いこんだので、面と向かって顔を見合わせるのは初めてである。

「なにか、飲む?」

「じゃあ、お冷やをいただきます」

冬香が冷蔵庫からボトルを取り出したので、菊治もそれをグラスに受けてテーブルにおく。

「寒そうだ……」

窓からは晴れている空しか見えないが、空気が冷んやりと張りつめているのがわかる。

「家まで、どれくらいかかるの?」

「三十分くらいです」

それをきいて、菊治は、二人を引き合わせてくれた魚住祥子のことを思い出す。

「祥子さんは、元気かな?」

「はい、昨日もお逢いしたんですけど、お仕事が忙しそうで……」

たしかに祥子は、外でIT関係の仕事をしているといっていた。

「すぐ、近いんだよね」

「ええ、同じマンションですけど、村尾先生はどうしているだろうって……」

突然、先生といわれて菊治は慌てる。

「でも、われわれのことは……」

「もちろん、なにもいってませんけど、鋭い方ですから」

たしかに、祥子は以前からよく仕事ができて他人の情報にも詳しかった。

「まさか、こんなに親しいとは思わないだろう」

万一彼女に知れても菊治はかまわないが、冬香のほうは大変なことになるかもしれない。

そこで思いきってきいてみる。

「あのう、ご主人はなにをしているの?」

一瞬、冬香は戸惑った表情をしてから、

「製薬関係の会社に勤めています」

だとすると、大阪の道修町《どしょうまち》のほうにでも通っているのだろうか。

菊治が考えていると、冬香が腰を浮かす。

そろそろ帰らなければならない時間であることはわかっているが、別れるときだけは再び二人の世界に戻りたい。

菊治は、バッグを片手にした冬香の前に立ちふさがってきく。

「今度は、いつ逢えるの?」

「もうじき学校が休みになるので、それからは出づらくて……」

「休みは、いつから?」

「二十三日からだと思います」

冬香はバッグから手帳を取り出し、「来年の十日までです」という。

そんなに逢えずにいるのは辛すぎる。菊治はきっぱりと首を横に振る。

「じゃあ、その前にもう一度来ます」

「いけません、そんなに……」

「だって、逢いたいんだ。君は逢いたくないの?」

「もちろん、あなた以上に逢いたいんです。でも、それでは、あなたにだけ負担をかけて、申し訳なくて……」

白いカーテンごしの冬の光のなかで、冬香がそっと項垂《うなだ》れる。

その額にかかった髪を見るうちに、菊治はたまらなくなって抱き寄せる。

そのまま接吻をして離れると、冬香がつぶやく。

「でも、お休み中に、一度くらい出られるかもしれません」

「出られるって、どこへ?」

「東京です」

「東京へ来られるの?」

「暮れから正月にかけて実家へ帰るのです。そうしたら、母が面倒をみてくれますから」

その隙を狙って、東京まで出て来るというのか。

「実家って、富山でしょう?」

「はい、行っても、いいですか」

「もちろん、でも泊まれるの?」

「一晩ですけど……」

そんな大胆なことを冬香はいつから考えていたのか。母や子供や、そして夫には、なんといって出て来るのか。

「それは大変だ、そんな無理をしなくても僕が行ってやる」

「いいえ、大丈夫です」

冬香にどんな秘策があるのか。ともかく、そこまで考えていた女がさらに愛しく、そして少し怖いような気もしてくる。

いま一度接吻してから、二人は一緒に部屋を出てエレベーターホールへ向かう。

この前は名残り惜しくて、駅のホールに続く階段まで見送ったが、今日は部屋でいろいろ話すこともできたので、エレベーターの前で「じゃあ」と目と目でうなずき合っただけで別れる。

そのあとフロントへ行ってチェックアウトし、十二時半の「のぞみ」に乗る。

今度も平日の昼間で車内は空いていて、菊治は窓ぎわの席に座り、遠ざかっていく京の街を眺めながらつぶやく。

「また、何処《どこ》へも行かなかった」

京都まで来てホテルにいただけだが、といって何処かへ行きたかったわけでもない。

それより、冬香が一人で東京に来る、といってくれたことが嬉しい。

暮れから正月のいつになるのか、まだはっきりしないようだが、もし来たら一夜ゆっくり過すことができる。いままでの慌ただしさからは想像もできない、優雅なデートになりそうだが、どこに泊めようか。

もちろん、ホテルの部屋をとってもいいが、千駄ヶ谷の部屋に来てもらってもいい。ホテルほどきれいではないが、自分の生活の様子も知って欲しい。

「それに……」と、菊治はうなずく。

冬香のほうから来てくれると、お金の点でもずいぶん助かる。

今回もそうだが、京都に一度来ると七、八万はかかる。それを二度くり返して、すでに十五万近い出費である。

毎月、四、五十万の収入で部屋代も払っている状態ではかなり苦しいが、菊治には少し貯えがある。

かつてベストセラーを出したころは一億近い年収があり、二子玉川にマンションを買ったが、別居して家を出るときに妻に渡してしまった。他にあった貯えも、その都度つかってきて、いまは七百万ぐらいしか残っていない。

はっきりいって、退職金もないフリーの立場でこの程度の貯えでは心細いし、京都へ行く費用もそこから取り崩している。

残り少ない貯えをこんなことにつかっていいのか、とも思うが、せっかくの恋である。

改めて「最後の恋」などときざなことをいう気はないが、この恋のためならすべてを失ってもいいと菊治は思う。

蓬《ほう》萊《らい》

年の暮れから正月といっても、生活の上でとくに変りがあるわけではない。離婚同然の妻とも逢うことはないし、ただ一人いる息子が、様子をうかがいがてら訪ねてくるくらいのものである。

「おふくろは暮れから友達と、ハワイに行くみたいだよ」と教えてくれるが、「そうか……」とうなずくだけで、それ以上、尋ねる気もおきない。

すでに一人の生活に慣れているし、都心に近い便利なところにいるので、年末年始といっても生活に困ることはない。

むろん、一人で過す大晦日の夜はさすがに淋しいが、それもいまでは慣れてしまった。改めて、紅白歌合戦を見る気などはなく、それより日頃、読みたいと思っていた本を誰に気兼ねもなく暢《の》んびり読めるのが楽しみでもある。

さらに大学時代から好きだった碁を、仲間とたっぷり打つこともできるし、見逃した映画を見ることもできる。

それに、暮れから正月にかけては、バーやクラブで働いている女性で田舎に帰らず、東京にとどまっている子も多い。実家と折り合いでも悪いのか、それとも帰れぬ理由でもあるのか。そんな女性となに気なく食事をしたり、飲むのも悪くはない。

みなが一家団欒《だんらん》を楽しんでいるときに、ともに都会で孤独という思いが、かえって親しみを増すことになる。実際、由紀とは、そんなことから親しくなった仲だった。

要するに、一人で過す年の瀬にも慣れてきたというわけだが、今年は明《あき》らかにいつもとは違う。

冬香とのあいだに新しい恋が芽生えたのである。いや、芽生えたというより、すでに赤い焔《ほのお》となって燃えあがっている。

そのせいもあって、元旦早々、菊治は近くの明治神宮にお参りに行ってきた。

この、冬香との恋がさらに順調に長続きしますように。そして今年こそ、新しい小説を書き上げて発表できますように。

菊治の願いは、この二点に尽きる。

その一つ、冬香との恋は間違いなく、新しい一歩を踏み出すはずである。

年が明けた直後の冬香からのメールには、「明けまして、お目出とうございます。本年もよろしくお願いします」という、ありきたりの文章のあとに、はっきりと次のように記されている。

「二日の夜、富山からそちらに参ります」

富山は、冬香の実家があるところである。そこから二日の夜に羽田に着く便で来る、ということは、その日の夕方にでも実家を出るのだろうか。

この前のメールでは、三十日に富山に帰るといっていたから、それから三泊したことになるが、その間、三人の子供と夫も一緒だったのか。

もしかすると、夫の実家も富山か、その近くなのか。そうだとすると、家族全員で夫の実家に行って年を越し、明けてから冬香の実家のほうへ戻ってきたのか。

そこで一夜を過し、二日の午後に冬香一人、東京へ向かう。

菊治はいろいろ想像するが、それにしてもよく時間をとれたものである。

東京の友人に会うとでもいったのか。それとも他の理由を考えて説得したのか。

いずれにせよ、夫や実家の両親などを欺いて出て来ることだけは間違いない。

しかし考えようによっては、冬香が自由になれる日は、一年のうちでこの日くらいしかないのかもしれない。

あとは年中、夫と子供に拘束されているのだから、一日くらいは仕方がないとも思う。

ともかく、その滅多にないチャンスに東京に出てくれるとは。

やはり、冬香も自分を愛してくれている。

もちろん、それは京都での逢瀬の度に感じていたことである。一度目、二度目、そして三度目と、逢瀬を重ねるうちに冬香が確実に燃えてきていることもわかった。

だが、家に縛られている人妻では時間的にもかぎりがある。そう思っていた矢先に、敢然と東京にまで出て来るという、その決意に菊治は改めて感動する。

一見、とくに目立つわけではない。気をつけずにいると、ごく普通の、少し頼りな気な女性としか映らない。そんな女のなかに、こんな強さと大胆さが潜んでいるとは。

「明日、大丈夫ですか」

それでも心配になって、元日の夜にメールを送ると、間もなくして返事がくる。

「あと一日で逢えると思うと落ち着かないのです。不安でわくわくして」

菊治は、雪の降る旧家で眠る、冬香の寝姿を想像する。

その返事を見ても、菊治はなお不安だった。

はたして本当に来られるのか。突然、子供が風邪をひいたり、夫の都合で来られなくなるのではないか。たとえ家を出ても、雪で飛行機が欠航したりしないだろうか。

大晦日《おおみそか》から元日にかけて、菊治はそのことだけが心配でよく眠れなかった。

だがとくべつ変ったこともなく、二日の朝には、「こちらは寒いですけど晴れています。予定どおり行きますから、よろしくお願いします」と、メールがくる。

冬香は三年前に一度、上京して以来で、東京のことはほとんど知らないようである。

菊治は、冬香が戸惑うことがないように、早めに家を出て羽田まで迎えに行く。

到着は午後六時だが、三十分前に着いて空港内にあるカフェでコーヒーを飲み、到着時間きっかりに、「出会いの広場」と記した柱の前に立つ。

すぐ真上の到着案内を見ると、いまちょうど到着したようである。

あと十分もすると、この前のガラスのドアから冬香が現れる。

菊治が息を殺して待っていると、新しい乗客のかたまりが降りてくる。いずれもオーバーにマフラーを巻いて、寒い国から来たことがわかる。

その一団を懸命に見ていると、家族連れのあとにベージュのコートを着た女性が見える。

「冬香だ……」

一目、見ただけで菊治にはわかる。さほど大きくなく、前の男の動きによって見え隠れするが、コートの上の小さな少し蒼ざめた顔がこちらを見ている。

「ここだよ」

菊治が手を振ると気づいたのか、冬香がにっこりと笑い、小走りに近づいてくる。

出てくる客の横をすり抜けるようにして、菊治の前に立つ。

「よかった……」

本当に来てくれたんだ。嬉しさのあまり思わず抱きかかえようとして、出した手を慌てて引く。

こんなところで抱き合うのはやりすぎかもしれない。かわりに冬香の手をしかと握ってつぶやく。

「ご苦労さま……」

そのまま強く握ると、冬香もしかと握り返してくる。

遠路はるばる来てくれた冬香のために、菊治は奮発して空港からタクシーに乗る。

すでに六時を過ぎているので、どこかで夕食をと思ったが、まず一旦、菊治の家に行くことにする。

「まさか、正月に逢えるとは思わなかった」

「わたしも、思いきって来てよかった」

夫や実家の親たちには、なんといってきたのか。きいてみたいが、いまはまず逢えた喜びに浸っていたい。

車中で二人は手を握り合ったまま、車は首都高速を経て外苑《がいえん》で降り、菊治の部屋のある千駄ヶ谷に向かう。

「小さな部屋だけど……」

「そこに、直接、行ってもいいのですか」

以前から、菊治は一人で住んでいることを伝えてあるが、冬香はまだ不安なようである。

「大丈夫、誰も来ません」

いま一度、強く握り締めたところで、車はマンションに着く。

五階建てのマンションの三階の1LDKで、リビングと書斎を兼ねた部屋と、ベッドルームがあるだけだが、菊治一人には充分の広さである。

「ここで、お仕事をしているのですか」

冬香は書斎の窓ぎわにある机と書棚を珍しそうに見てから、奥の寝室にくる。

「荷物は一応、ここに置いて」

一夜の泊まりだが、着替えでも持ってきたのか、やや大きめのバッグを片隅に置いたところで、菊治は冬香を抱き締める。

「よく来てくれた、ありがとう、大好き、愛してる」

そんな言葉をすべて含めて長い接吻をし、腕をゆるめたところで菊治は大きく息をつく。

「まだ、七時半だ……」

これから、二人のあいだにはかぎりない時間が残っている。

「明日は、お昼に出ればいいんだね」

「はい……」

それまでなにをしようか。まず夕食だが、そのあとの長い夜は一睡もせずに結ばれていたい。

「今夜は、いっぱいいじめてやる」

菊治がいうと、冬香が首を横に振りながらつぶやく。

「ずっと、横にいさせてください」


ともかく、まず食事である。

せっかくの夜だから、どこか素敵なところへ案内したいが、生憎《あいにく》、正月休みで菊治が知っているところはみな閉まっている。

それならいっそホテルがいいかもしれない。そう考えて、新宿の都庁に近いホテルのレストランを予約しておいた。

「フランス料理だけど、いいかな」

「そんな立派なところでなくても……」

冬香は遠慮するが、かまわずタクシーを拾ってホテルへ行く。

「こんな恰好で恥ずかしいわ」

今日の冬香は淡いニットのセーターにアイボリーのジャケットを着て、珍しくフレアーのスカートを穿いている。

「とっても素敵だよ」

髪も軽く巻きあげて、とても子供が三人もいるとは思えない。

ホテルはまだ正月の二日で混んでいて家族連れも多いようだが、最上階のレストランは正月の飾りがつけられて、落ち着いた雰囲気のなかに華やかさがある。

ウェイターはそのなかほどの、窓ぎわの席に案内してくれる。

「凄いわ……」

冬香はすぐ横の窓の下に広がる、東京の夜景に目を見張る。

「向こうが銀座のほうで、右手に見えるのが六本木ヒルズで、あの黒く静まりかえっているところが皇居かな」

説明しているとウェイターがメニューを持ってくるが、ここでも菊治は奮発して二万円のコースを選び、食事の前にグラスシャンパンで乾杯する。

「ハッピー・ニューイヤー……そしてわれわれの愛のために……」

終りのほうは声を低めていうと、冬香はくすりと笑ってグラスを合わせる。

「これ、強いんじゃありませんか」

「まだまだ、このあと赤ワインがくるから」

「わたし、すごく弱いんです」

たしかに冬香と飲むのは初めてである。

「大丈夫、あとは部屋で休むだけだから」

とやかくいっても、今夜は冬香は自分の部屋に泊まって帰らない。その安心感が菊治の心を弾ませ、浮きたたせる。

正直いって、菊治はフランス料理はやや苦手である。それよりイタリアンか焼肉のほうが好みだが、冬香と二人で、こんなロマンチックな雰囲気で食事をできるのだから、おおいに満足である。

それは冬香も同じらしく、「美味《おい》しいわ」と何度もいいながら、「これはなにかしら」と首を傾け、ウェイターの説明にうなずいている。

飲物はシャンパンのあと赤のワインに変り、ワイングラスに注がれると、冬香は「本当に酔ってしまいます」と不安そうである。

「どうぞどうぞ、介抱してあげる」

菊治は酔って乱れた冬香を脱がせて、ベッドに横たえるシーンを想像するが、それはそれで楽しみである。

「でも、そのまま眠ってしまいますよ」

「僕も、横に眠る」

他愛のないことを話しながら、菊治は冬香の実家や家族のことをききたくなる。

しかしここできいたのでは、せっかくの場がしらけるかもしれない。そう考えて、まずあたりさわりのないことからきいてみる。

「向こうは、雪が積っている?」

「暮れから元旦にかけては降ったのですけど、街のなかは軽く積っただけで……」

そんななかを、冬香は一人で出て来たのか。

「実家は富山市なの？」

「そこの少し南の、山寄りのほうですけど」

だとすると、やはり風の盆の八尾のほうに近いところなのか。

菊治はさらにワインを飲んでから、なに気なくきいてみる。

「ご主人の実家も富山？」

「はい……」

あっさりと答えるが、そうだとすると、二人は幼いときから知り合いでもあったのか。

「じゃあ、お子さんたちはまだ向こうに……」

「明日、戻ってきます」

それに合わせて、冬香も明日、高槻に帰るというわけか。

なにか、余計なことをきいてしまったような気がするが、もしそうだとすると、夫はなにも知らずに、子供とともに高槻へ戻って妻と合流するのだろうか。

そう考えると、冬香が急に悪女のように思えてくるが、当の冬香は頬を軽く染めたまま東京の夜景を眺めている。

正月に人妻とこんな時間を過している男がいるだろうか。菊治はそのことに罪の意識を覚えながら、さらに気持が高ぶってくる。

そんな至福の時間に浸って、食事が終ったのは九時を過ぎていた。

料理は美味しかったが、ボトルのほとんどを一人で飲んだので少し酔ったようである。

「まっすぐ、部屋に戻る？」

菊治は冬香にきいてから、すぐいいなおす。

「そうだ、お参りに行こう」

せっかく、正月に逢ったのだから一緒に初詣《はつもうで》をしたい。

「本当ですか」

冬香も嬉しそうにうなずくので、菊治はタクシーを拾って山王《さんのう》の日枝《ひえ》神社に行くことにする。

そこならさほど遠くないし、江戸の総氏神《そううじがみ》として、古くから信仰されてきた神社である。

だがかなり高台にあって石段を登らなければならないが、二人は手をとり合って登り、人影の少ない境内で並んでお参りをする。

「今年は、冬香との恋がますます順調にゆきますように。そして、健康でいい仕事ができますように……」

菊治は心のなかで二度つぶやき、一礼して顔を上げると冬香はまだ頭を垂れている。

横から盗み見ると、両掌《りょうて》を合わせて祈る姿が真摯《しんし》で愛らしい。

やがて顔を上げるが、菊治に見られていたと気づいて恥ずかしそうに笑う。

「なにを祈ったの？」

「内緒です、お祈りしたことを人にいうとご利益《りやく》がなくなるでしょう」

「そうかな……」

少し疑わしいが、そんなことを素直に信じているところが冬香らしい。

「さあ、これで今年は大丈夫だ」

再び手をつないで階段を降り、タクシーに乗る。

「千駄ヶ谷へ」

帰ったら二人で休むだけである。それも朝まで誰に邪魔されることもない。

菊治が胸を弾ませていうと、冬香がつぶやく。

「ありがとうございました」

なんのことかと振り向くと、さらに続ける。

「こんな、素敵なお正月を過したのは初めてです」

夫や子供たちと過す正月より、こちらのほうがよかったということなのか。


二人で初詣をして、部屋に戻ってくると十二時少し前だった。

今日夕方、冬香は富山を出て羽田に着き、それからすぐ食事に行き、お参りをしてと、動き続けたので疲れたに違いない。

「すぐ、休んだらいい」

菊治は部屋を温め、寝室に導こうとするが、冬香は「少し、待ってください」という。

「バスルームを、おかりしていいですか」

「もちろん、こちらだよ」

狭い部屋で、入口の右手がすぐバスルームになっている。菊治が案内すると、冬香は一礼してドアを閉める。

疲れたといっても、女性は女性なりに化粧を落したり、シャワーを浴びたり、眠る前にしておかねばならぬことがあるらしい。

菊治はTシャツとパンツに着替え、寝室に入って部屋の温度を二十五度まで上げる。

ベッドはセミダブルで、二人で休むにはまずまずの大きさだが、その頭側に枕を二つ並べ、タオルケットと掛け布団を重ねる。さらにカーテンを閉め、枕元のスタンドを弱にして、準備は完了。もはや、いつ冬香がきても大丈夫である。

だが、冬香はまだバスルームにいるようである。

早くくるといいのに、なにをしているのか。ベッドの端に腰をかけたまま待っていると、かすかにメロディがきこえて、すぐ終る。

音が出たところを追うと、部屋の端に置いてある冬香のバッグのなかの携帯が鳴ったようである。

電話なのかメールなのか、菊治にはわからぬが、誰かが連絡してきたのか。

もしかして、夫からの電話ではなかったのか。

「まさか……」

菊治が首を横に振ると、冬香がセーターとスカート姿で現れる。

「いま、携帯が鳴ったようだけど」

うなずいて、冬香はバッグを開いて携帯を見るが、すぐなにごともなかったように閉じる。

「大丈夫？」

「はい」

あっさりと答えて、とくに気にしている様子はない。

菊治は安堵して、「休もう……」というと、冬香はベッドの足元でスカートを脱ぎはじめる。そのまま息を潜めて待っていると、冬香はいつものようにスリップ一枚でベッドに入ってくる。

菊治は布団の端を上げ、冬香の全身が入りきるのを待って一気に抱き寄せる。すでに逢ってから五時間以上経っているが、この間、抱きたいのを抑えてきただけに、その分も含めてさらに強く抱く。

冬香も、抱かれることには慣れたようである。自分のほうからひしと寄り添い、菊治が求めるままに唇をさしだす。

その、淡いスタンドの明りのなかに浮きでた冬香の顔は穏やかで、すべてを投げだして菊治の意のままになることを表しているようである。

「好きだよ……」

いま菊治は間違いなく冬香を独占している。長年一緒にいた夫から、この瞬間、奪いとっていることだけは間違いない。

長い、深い接吻を終えてから、菊治は冬香の耳許に囁く。

「今夜は、姫始めだよ」

咄嗟に、冬香は意味がわからなかったようである。「えっ……」といった表情をしているのに、さらに囁く。

「男と女が、新しい年になって初めて関係する。それをヒメハジメと……」

きいているうちに冬香は恥ずかしくなったのか、「いや……」というように額をおしつけてくるが、かまわず菊治は宣告する。

「初めてだから、いままでと違うことをする」

「…………」

「逆らっちゃ、駄目だよ」

そこまでいって、抱いていた腕をゆるめると、改めて冬香の乳房に唇を寄せる。

まずまわりに触れ、次にすでに勃っている乳首に触れ、その全体を舌でつつみこむ。

そのまま舌先で撫ぜるように、しかし気持のうえでは嬲《なぶ》るように。それを続けながら右手は徐々に伸ばして叢《くさむら》を分け、秘所に達して、そこも優しく左右へ分ける。

今日は慌てなくてもたっぷり時間がある。そんな安心感がいつもよりゆるやかに間をもたせ、それに応えて冬香が喘ぎだす。

だがその程度で、今夜の愛撫は終りはしない。

「ねえ……」とつぶやき、欲し気に躰をくねらせたところで、菊治は突然上体を起すと、愛しいところに向かって自らの顔を近づける。

突然の動きに、冬香は驚いたようである。

それまでの甘い声が途切れて、「どうしたの?」というように顔を起すが、まだ菊治の本当の目的はわかっていないようである。

むろん菊治はなにもいわず、さらに胸からお腹へすすみ、股間に近づいたところで、冬香はようやくその狙いに気がついたようである。

「なにをするの……」

だが、いまさら慌てても手遅れである。菊治の唇はすでに叢に触れている。

そのまま両手で、そむけた下半身を戻し、さらに股間を開こうとすると、「だめっ」と叫ぶ。

そんなことはされたことがないのか、それならいっそうしてみたい。

菊治が強引に唇を近づけると、懸命に肢を閉じ、そこをさらに割って入ろうとすると躰をそむけ、それを数回くり返したところで、突然、抵抗する力がゆるむ。

もはや逆らいきれぬと覚《さと》ったのか。その隙をとらえて素早く顔面から分け入り、ようやく愛しい一点に到達する。

これこそ、菊治が「違うことをする」と宣言していた、新たな愛の試みである。

いま、菊治の唇は辛うじて達した一点をたしかにつつみ、舌の先でゆっくりと左右になぞると、「あっ」という悲鳴とともに、股間から急速に硬張《こわば》りが抜けていく。

心より躰のほうがはるかに正直なのか、さらに優しく舌を揺らすと、秘められていた蕾《つぼみ》は目覚めたように顔をだし、やがて芽生えるように膨らみだす。

ここまできたら、もはや離しはしない。

冬香の鋭敏な個所はすべて菊治の舌につつまれ、嬲られて、真紅の花となって開きだす。

「やめて、やめてください……」

それでも冬香は必死に訴えるが、それが無意味なことはすでにわかっている。

言葉とは裏腹に、躰は、そして秘所は確実に燃え、「ねぇ」といい、「やめて」と哀願する。

だが菊治の舌は、冬香が叫べば叫ぶほど非情な執行官のように蕾を的確に攻め、さらに弄《もてあそ》び、

やがて最後の瞬間が訪れる。

「だめっ……」

その一言で冬香の肢体は電流が走ったように痙攣《けいれん》し、のけ反り、それとともに股間にもぐりこんでいた菊治の顔がはじかれる。

いままさしく冬香の秘所は燃えあがり、焔が全身を駆け巡ったようである。

そのまま冬香は軽くうつ伏せのまま、渚《なぎさ》に打ち上げられた海藻のように横たわっている。

そんな冬香にうしろから近づき、抱き寄せようとすると、逆らうように首を左右に振る。

思いがけないことをされて、怒っているのか。それとも自分の躰の変化に驚いているのか。

「快《よ》かった？」

かまわず意地悪な質問をすると、そんな恥ずかしいことには答えられないというように、さらに背を向ける。

その拗《す》ねるところが愛《いと》しくてかまわず抱き寄せると、菊治のものが蠢《うごめ》きだす。

もっと前、冬香の秘所を求めて動きだしたときから、そこはすでに高ぶっていた。

それが、冬香に淫らなことをしているうちに、さらに逞しく、漲《みなぎ》りだしたようである。

「ごめん……」

言葉とは裏腹に、再び右手を冬香の股間に近づける。

ウエストからお腹へ、そして茂みへとすすんでも、冬香はもはや逆らわない。いや、それどころか、結ばれるのを待っているようである。

入口の鋭いところだけ苛められて放っておかれたのでは、中途半端である。

菊治は自分に都合よく考えて、さらに指をすすめると、思ったとおり冬香のそこは余熱をもったように潤っている。

いよいよここからが姫始めだが、その前に、きいておきたいことがある。

「あの、このままでいいの?」

この前は、結ばれてからたしかめたが、事前に知っておくにこしたことはない。幸いそのときは、冬香がきっぱりと「ください」といってくれたから、菊治は即座に満たされたが、耐えきれなくなって断られるのでは辛すぎる。

「大丈夫?」

再びきくと、冬香が「はい」と小さく答える。

もしかして、安全な日を計算しているのか。菊治が考えていると、冬香がいう。

「大丈夫なように、していますから……」

妊娠しないように、リングとかピルのようなものを服《の》んでいるということか。

そこまで気をつかってくれる冬香に感謝しながら、菊治は待望の快楽の沼に入っていく。

ここからが菊治が願っていた、本当の意味での姫始めである。まだ少し酔いが残っているが、正月の夜に落ち着いて求められるのが嬉しい。

「欲しい……」

菊治は正直に訴えると横向きになり、上体から腰を近づけて密着させる。

思いがけない接吻の攻撃を受けて、すでに一度落城した冬香の秘所は愛しい液で溢れている。

それをたしかめて菊治のものを近づけると、冬香は自ら協力するように軽く腰を浮かせて受け入れ、つつみこむ。

「あっ……」と菊治は思わず声を洩らしたが、冬香のそこは熱く、すべての襞《ひだ》が波立つように迫ってくる。

なんといい女なのか。よく男たちは女性の顔がいいとかスタイルがいいなどと評しているが、そういう見せかけとは違う花蕊《かしん》の味わいの深さほど、男を魅了するものはない。

それは冬香と初めて接したときから感じていたことだが、愛を重ねる度にさらに深まってくる。

「素敵だよ」

菊治はつぶやきながら、待ちかねたように抽送《ちゅうそう》をくり返す。それもたんにおして引くだけでなく、愛しいところのもっとも鋭敏な上面をなぞるように、やや下から上へ、そして上から下へ、ゆっくりとおしてはまた返す。

その動きに、冬香もすでに馴染んだらしく、やわらかだが波打つ襞に当る度に、「だめ……」と声を洩らし、引くとまた「いや……」とつぶやき、甘い溜息を洩らす。

まさにいま、冬香はストラディヴァリと変らぬバイオリンの名器で、菊治はそれを愛情こめて弾く奏者で、両者がぴたりと寄り添い共鳴しながら、二人はラストの頂点に向かって一歩ずつ、しかしたしかに昇り詰めていく。

すでに、菊治の感覚は結ばれた一点に集中し、冬香はそこから広がる、魔性の快楽をもはや離さぬとばかり、自ら躰をせりあげてくる。

そのまま、冬香の秘所は逸楽の神に捧《ささ》げられた生《い》け贄《にえ》のように宙に突きだされ、そこを下から窺う淫らな劔《けん》が花蕊のもっとも鋭敏なところを貫いた瞬間、冬香の全身が激しく震えだす。

「ああっ……」

それは雲の上から奈落《ならく》の底に突き落された女の叫びであり、その堕ちていく天女に誘われたように、男も一気に頂きから地の底へ果てていく。

いま、菊治にはたしかな実感がある。

間違いなく、冬香は昇り詰めて果てた。

もちろん、初めて結ばれたときも、二度目も、そして少し前、淫らな接吻をされたときにも、それらしい手応《てごた》えはあった。

だが今度だけは、それらとは違う。

女の秘めた一点から全身に、熱い焔が一気に広がり、躰のすべてが真紅の塊となって燃えあがり、狂い咲く。それは「エクスタシー」とも、俗に「いく」ともいう。

まさしく、冬香はいま、その女だけが感じることができる、歓びの頂点に追いあげられ、全身がその快楽の波に溺《おぼ》れ、溶けこんだようである。

歓びの深さが深いほど、その余韻も長い。

そのまま気息奄々《きそくえんえん》と、ベッドに軽く突っ伏したまま動かぬ冬香に、菊治は寄り添い、そっときいてみる。

「いった?」

それは質問のようで、尋ねているわけではない。たしかに恍惚《こうこつ》の頂点に昇り詰めるのを見て感じた。その事実を相手に伝え、歓びをともに分かち合いたい。

「凄かった……」

さらに囁くが、冬香は答えない。

だがその答えぬことが、まさしく冬香が悦楽の神に召された証しでもある。

「素敵だ……」

突っ伏している冬香をゆっくりと起し、自分のほうに向けて、菊治はしかと抱き締める。

セミロングのストレートの髪が頬に触れるのがくすぐったくて、菊治はさらに顔を近づける。

エクスタシーは、女性だけが感じうる最高の歓びに違いないが、自分と結ばれた女性が、そこまで感得してくれたことに、男も感動する。

女が満ちてくれてこそ、男は懸命に愛した甲斐があった、というものである。

菊治の年齢《とし》になると、もはや、自分だけ果てることにはさほど興味がない。それだけなら自慰でもできるし、躰を売る女とでも可能である。

だが女を愛した以上、その女性もともに頂きに昇り詰めて欲しい。それが心底、愛して愛される至上の愛というものである。

そして、冬香と自分はいま、まぎれもなくその頂点に達したのだ。

「快《よ》かった?」

菊治がさらにきくと、冬香が虚ろな眼差しで、そっとつぶやく。

「こんなの、初めてです……」

思わず、菊治はうなずく。

初めてだということは、これまでこんな状態に達したことはなかった、ということか。

もしそうなら、こんな嬉しいことはない。自分が冬香のなかに新しいエクスタシーという真紅の焔を灯したことになる。

いま菊治は、少し余裕をもって、きいてみる。

「本当に、初めてなの?」

「はい……」

素直に答えるところが愛しくて、耳許のほつれた髪を掻《か》き上げてやる。

「僕も初めてだよ」

「……」

「こんなに快《よ》かったことは……」

男に、女性のエクスタシーに相当するものはなさそうだが、これまでの誰よりも快かったという、熱い実感はある。

「離さない」

さらに抱き締め、熱《ほとり》の残る肌と密着しながら、菊治は新しい疑問にとらわれる。

こんな素敵な躰が、なぜいままで満たされることがなかったのか。むろん夫とは、セックスもそれなりに重ねているに違いない。

それなのに、ここまで感じないでいたこと自体が不思議である。

「あのう……」

菊治は戸惑いながらきいてみる。

「変な話だけど、彼とはもちろん、あったわけでしょう」

「はい」と、冬香は声にならない声でうなずく。

「そのときは……」

そこまできくのは露骨すぎるかと思いながらきいてみる。

「あまり、感じなかった?」

目を閉じたまま、冬香がうなずく。

「でも、子供が三人もいるでしょう」

「それは、ただそうなっただけで……」

「ただ?」

「ごめんなさい」

べつに冬香が謝ることではない。それより、「ただそうなっただけ」という言葉がなにか切ない。

たしかに、セックスさえすれば子供は生まれるが、そのとき、とくべつ満たされる愛の実感はなかった、ということか。

考えてみると、生殖とは意外に安易なものなのかもしれない。

菊治は、冬香の肌に触れながら考える。

子供を生《な》すだけなら、男と女が性的関係をもつだけで可能である。もちろん男女が健全でなければならないが、そうであるかぎり、結婚した夫婦はセックスさえおこなっていれば自然に子宝に恵まれる。たとえ夫婦でなくても、愛しあっている男女であれば、いや極端な話レイプでさえ妊娠することはありうる。

そこに、とくに難しい学問や技術は必要としない。本能のおもむくままに男と女が接しているだけで、子供をつくることはできる。

だが同じセックスでも、女性が圧倒的なエクスタシーにまで達するのは容易なことでは得られない。

愛のおもむくままといいながら、その背景には、まず相手が好き、という熱い思いが必要である。くわえて相手をエクスタシーに導こうとする、男の優しさと根気とテクニックが欠かせない。そして同様に、女性も自らその世界に憧《あこが》れ、そこに溺れこもうとする、無私の思いがなければ得られない。

要するに、生殖は本能だが、エクスタシーは文化である。

思いついた言葉が可笑《おか》しくて一人で笑うと、冬香がきく。

「なあに?」

「いや……」

こと改めて、冬香に話すことでもない。ただ冬香が、たんなる生殖という世界からエクスタシーという文化の世界に一歩、足を踏み入れた。そのことが嬉しく、そこへ導いたのが自分であることがさらに嬉しい。

「もう、忘れない……」

それは半ば自分にいいながら、半ば冬香に訴えている。

ここで一度得た歓びを冬香は忘れないで欲しい。そしてここまで昇り詰めるよう自分が努めたことも忘れない。

それはともに、躰のなかに刻印のように刻みこまれたものだから、忘れようとして忘れられるものではない。

頭などより躰の記憶のほうがはるかにたしかである。

菊治の脳裏に突然、デベロッパーという言葉が浮かんでくる。

もしいま初めて、冬香が愛の頂きを極《きわ》めたとしたら、自分はデベロッパーのような役目を果たしたことになるのかもしれない。

これまでの冬香の躰は、少したとえが悪いかもしれないが、いまだ展《ひら》かれていない、未開の地であったのかもしれない。

さまざまな可能性は秘めていても、まだ巧緻《こうち》な人工の手がくわえられないまま眠っていた。

その大地に菊治が初めて開発の手をそめた。圧倒的な愛と、度重なる口説《くぜつ》と、好色なテクニックで懸命に努めるうちに、荒野に芽が生え、蕾が開きはじめてきた。

そして最後に、信じられぬほどの大輪の薔薇《ばら》が一気に花開いた。

その過程は、まさしく荒地を沃野《よくや》に変え、近代的な都市に変貌《へんぼう》させる、デベロッパーの仕事と同じではないか。

もしかして、すべての女という大地には、芽生えて花開く可能性が秘められているのかもしれない。然《しか》るべきデベロッパーが、それなりの熱意と愛情で接したら、すべての荒れた大地は緑あふれる沃野に変りうる。

女の躰に、不毛という土壌はない。

だが、すべての大地に、適切なデベロッパーが立ち向かうとはかぎらない。一見、有能そうな男でも、花を開かせるとはかぎらない。

実際、菊治自身のことを振り返っても、妻には中途半端だったし、由紀にいたっては、蕾を結ばせるまでにもいたらなかった。

しかし冬香という大地にだけは間違いなく、大輪の花を咲かせることに成功したようである。この違いはなになのか。愛の深さか、技巧の良し悪《あ》しか、土壌の違いか。さまざまな要素がありそうだが、いまひとつ、二人の相性ということも重要かもしれない。

ともかく、菊治は冬香と肌が合い、冬香は菊治と肌が合うようである。それだけたしかめたことに満足して、冬香に囁く。

「そろそろ休もうか……」

菊治がいうのに冬香がそっとうなずき、自ら肌を寄せてくる。

外は月が冴《さ》えて冷えこんでいる。そんな正月二日の夜に二人はひたと寄り添ったまま、東京での初めての眠りにつく。


朝方七時に、菊治は目が覚めた。

といっても尿意を覚えてトイレにゆき、すぐ戻ってきたのだが、ベッドに冬香が休んでいるのを見て、また急に抱きたくなる。

いつもなら、そのままた眠るのだが、今日、冬香は昼には帰るといっていた。それまでかなりの時間があるが、といってこのまま寝たのではせっかくの二人だけの時間が惜しい。

ともかく、いま一度冬香が欲しい。

夜、抱いたまま眠ったときには、スリップを着ていただけだったが、いまはその下にショーツを穿いている。いつのまに穿いたのか、改めて見ると、ベッドの足元に菊治の脱いだものがきちんと畳まれている。

昨夜はほとんど同時に眠ったように思っていたが、そのあと冬香は起きてショーツを穿き、脱ぎ捨てられたままの菊治の下着を畳んでくれたのか。

そういえば、入口の靴も、いつのまにかきちんと出口へ向けて揃えられていた。亡くなった菊治の母はよく姉に、「靴はきちんと出船に揃えておきなさい」といっていたが、それも冬香がしてくれたに違いない。

しっかりしたお母さんの下で躾《しつけ》られたのか、菊治は冬香の、そんなきちんとしたところにも惹かれている。そして、そんなきっかりした女が、激しく乱れるところがさらに好ましい。

これが逆に、だらしない女が乱れたところでなんの興もない。それより、普段は控えめに、清楚に見える女が乱れてこそ、男は高ぶり、深入りしたくなる。

いま、冬香は呼吸しているのかいないのか、わからぬほど静かに眠り続けている。

それでも菊治の手がお臀から脇腹へ、そして胸のふくらみに触れると軽く身をよじる。

まだ朝方で、まわりは寝静まってもの音ひとつしない。そんなときに、昨夜乱れて果てた女の柔らかな肌を探ることほど幸せなことはない。

だが冬香はまだ眠りのなかにいるらしい。なにか触られているのはわかっていても、はっきり意識としては気がついていないようである。

もちろん、眠りたいならこのまま眠っていてもかまわない。

ただ菊治は、そんな眠れる美女に悪戯したい。

だからといって、乳首などに接吻したら気がつくかもしれない。それより密かに指を忍ばせて、そっと秘所に触れる。

そのまま左右に分けて、ゆっくりと撫ぜる。

べつに、起すつもりはない。ただ妖しい刺戟を受けているうちに、冬香が徐々に目覚めて気づく瞬間を見たい。そんなことをされていたと知って驚き慌てる冬香を見たい。

いま菊治は完全に目覚め、横向きに愛撫を続けながら冬香の肩から胸元を見る。

柔らかく、透きとおるように白い肌である。

もしここに接吻をして軽く噛《か》んだら、そのまま痕《あと》が残るに違いない。それも黒い痣《あざ》となってしばらく消えないかもしれない。

それを冬香の夫が見たら……

そう思った瞬間、噛みつきたい衝動にかられる。

そんなことをしたら、自ら墓穴を掘るようなものである。そう思いながらさらに指の動きを続けると、冬香が小さくつぶやく。

「いや……」

そのまま背を向けようとするのを抱き寄せ、唇を重ねると、冬香はようやく異変に気がついたようである。

ゆっくりと目を開き、「なにをしたの?」ときく。

「べつに……」

菊治はそ知らぬ顔を装って、「お早う」というと、冬香もかすかに笑って「お早うございます」と答える。

「知っていた?」

「なにを?」

「ここに触っていたのを」

菊治が秘所に手を添えると、冬香が首を左右に振る。

「いやだわ……」

「でも、濡れていた」

そこで菊治は躰を起して冬香の上になり、両手で抱き締めると股間がぴたと触れ合う。

そのまましばらく抱き合ってから、菊治が入ろうとすると、冬香も軽く腰を浮かして目覚めの朝の情事が始まる。


昨夜、菊治は果てているが、今朝再び元気をとり戻している。

遅くはなったが、柔肌《やわはだ》に触れながらぐっすり眠ったせいか、それとも相手の女がよかったからか。菊治のそれと冬香の花蕊は再び結ばれ、示し合わせたように動きだす。

だがもはや昨夜のような焦りはない。そしてなによりも、たしかに昇り詰めて果てた。その実感が互いの自信となり、ともに丹念に味わう余裕を与えている。

いま、菊治は正面から、燃えていく冬香の顔を眺めている。

カーテンから洩れてくる淡い朝の光のなかで、冬香は目を閉じ、口は軽く開け、眉間《みけん》に小さな皺が寄っている。それは泣いているようで、次の瞬間、悶えているようで、よく見ると逸楽をむさぼっているようでもある。

そのまま低く、甘くくり返される喘ぎに惹きつけられるように、菊治はゆっくりと上体を倒し、胸と胸が触れ合ったところで、冬香の耳許に囁く。

「ふゆか……」

昨夜はその秘所の妖しさに酔いしれたが、今日は、早くも感じて自ら動きだす、その鋭敏さに感動する。

とやかくいっても、男は燃える女が好きだ。自分のしていることを受け入れ、ただちに反応する。その素直さが嬉しくて愛しい。

「ふゆか……」

さらに呼びかけるが、冬香は「はい」としか答えない。

できることなら、こちらの名前を呼んで答えて欲しい。たとえば「きくじ」とか、「きくじさん」とか。それとも「あなた」とか。そこまで強要する自分に照れながらいってみる。

「あなた、といって……」

冬香はわかったのか、喘ぎ続け、それに煽《あお》られ、耐えきれなくなった菊治が、再び「ふゆか」と呼ぶと、冬香がたしかに答える。

「あなた……」

ようやく呼んでくれた。菊治はその一言に、すべてを任せている女の、甘えと優しさと信頼の深さを感じて、さらに抱き締める。

まさしく、言葉は愛の潤滑油である。

「ふゆか」と呼べば「あなた」と答える。二つの言葉がこだまのように交錯して、二人は確実に頂きに向かって走りだす。

一度、駆け抜けた道は、二度目になるとさらに容易になる。

いま、冬香はたしかに頂きに向かって走りだし、その歓びの声と自ずと悶える腰の動きに、菊治もつられて走りだす。

だがこのまま果ててしまうのは、いかにも惜しい。できることならいま少し、この状態を楽しみたい。

おおいかぶさったまま、菊治は徐々に動きをとめる。手綱を引き絞り、制御するように躰で訴える。

「少し、待って……」

だが冬香は止まらない。間違いなく、いまは冬香のほうが燃えて淫らになっているようである。仕掛けたのは男のほうなのに、女のほうが走りだし、貪欲《どんよく》になっている。

むろん、そんな女の積極性を菊治は嫌いではない。それどころか、むしろ嬉しく愛しく思う。

だが男の性にはかぎりがある。果てしなく無限で末広がりの女の性に対して、有限の先すぼみの性が太刀《たち》打ちしたところで勝ち目はない。

男は果てるまでが勝負である。果てて萎えてからでは、息をしている屍《しかばね》と変らない。

菊治はゆっくりとブレーキを踏むように小休止する。

途端に冬香が「ああん……」と、不満そうな声を洩らす。

「こんなときに、どうしたの」と訴えているようである。

たしかに八合目まできてやめられたのではたまらない。これでは、なんのためにここまで駆けてきたのかわからない。

「ごめん……」

菊治は声に出さず、冬香にそっと接吻をする。しばらくこれで我慢して欲しい。そんな気持で唇から肩口へ、そして耳許へ。

途端に、冬香が激しく首を振る。

そこは弱いと知っていたはずである。滅多なことでは触れてはいけない、その禁忌《タブー》を犯した以上、もはやとどまってなぞいられない。

再び鞭《むち》を打たれた馬のように冬香は走りだし、菊治は狼狽《うろた》え慌てる。

だが一度、「ひひん」と嘶《いなな》き、駆けだした牝馬《ひんば》は、いかな雄といえどもおさえきれない。

雌の走りに雄が煽られ、煽られた雄に雌がひたと吸いつき、そのまま二人は地響きをたてながら、快楽の先の死の谷めがけて突きすすむ。


男と女はこの一瞬、生と死の谷間にいる。

それにしても、女の秘所にはどれほどの快楽が潜んでいるのか。

冬香は軽く突っ伏したまま、その余韻を反芻しているようである。

少し前、狂ったように駆け抜けた荒々しさからは信じられぬ、穏やかで安らかな時間である。

そのまま再び、長い長い静寂が訪れる。

見知らぬ人が見たら、二人の姿は、悦楽をむさぼって神の怒りをかい、地上に突き落された罪人と見えるかもしれない。

そのまま、二人はひれ伏しているが、ここでも、快楽からの目覚めは男のほうが早い。満たされ、寝返りをうつのさえ億劫《おっくう》な気怠さのなかで、菊治はゆっくりと思い出す。

今度も冬香は昇り詰め、最後の一瞬、たしかに「いく……」とつぶやいた。

その前、菊治が同じことを訴え、それにつられたのか。ともかく、ともに叫び、ともに果てたことだけはたしかである。

今度で冬香はようやく、言葉と躰が合致して、ゆき果てるのを知ったようである。

思い出すとともに愛しさが甦り、菊治はそっと突っ伏している冬香を抱き寄せ、肩口までタオルケットを掛けてやる。

だが、しかと抱き締めるほどの気力はない。それより燃えた名残りをとどめる女体に接し、触れているだけでいい。

そのまま菊治は、胸に顔をうずめている冬香の肩から背をゆっくりと撫ぜてやる。上から下へ、そして下から上へ、数回行き来して、お臀のふくらみに手を当てておく。

すべすべとして柔らかい肌である。いま明るい光の下で見たら純白に違いない。

不思議なことに、手を当てているだけで冬香のすべてがわかってくる。

いま、燃え盛り、昇り詰めた快楽を、冬香はゆっくり反芻しているようである。

まさしく、手を当てることは手当てで、そこから全身に血と温もりが伝わっていく。

このまま柔らかい肌に触れているうちに、菊治はまた眠りそうである。

何時なのか、上体を戻して枕元の時計を見ると七時五十分である。

たしか七時に目覚めたはずだから、ほぼ一時間近く経ったことになる。

冬香が帰るまでにはまだ四時間少しある。そう思ったとき冬香が胸元でつぶやく。

「恥ずかしい……」

いまさら、恥ずかしがっても手遅れである。

菊治が額の髪を分けてやると、冬香がきく。

「起きてもいいですか」

「どこへゆくの?」

「バスルームへ……」

返事をきいて、菊治は抱いていた腕を解きながら、思いつく。

「お風呂へ入ろうか」

なあに、と不思議そうな顔をする冬香を誘ってみる。

「一緒に入ろう」

冬香がゆっくりと首を横に振る。

むろん即座にうなずくなどとは思っていない。

だがそこを説得するのが、男の楽しみでもある。

「先に入っているから……」

昨夜から二度も責められ、汗ばんで、冬香が入りたいのはよくわかる。菊治も昨日、空港に出迎えに行く前に入って以来である。

「きっとだよ」

念をおし、額に軽く接吻をして起きあがる。

そのまま先にバスルームにゆき、バスタブにお湯を張る。

小さな浴槽なので五分もせずに一杯になり、そこで湯につかったまま呼んでみる。

「いいよ……」

一度呼んでもこないので、もう一度、身をのりだして呼び、待っていると半ば開いたドアのあいだから冬香が顔を見せる。

「気持がいいから、入ろう」

誘うと冬香がきく。

「明りを消して、いいですか?」

こんな狭いところで、明りを消してはなにも見えなくなる。

だがそれより、まず入れることである。入ったところでドアを少し開けておけば、脱衣所から洩れてくる明りで、多少は見えるかもしれない。

「じゃあ、ここだけ消して……」

冬香は決心したのか、じき明りが消え、少し間があってドアのあいだから入ってくる。

前屈みに胸元にタオルを当て、狭い隙間《すきま》から忍びこむように入ると、すぐしゃがみこみ、シャワーを浴びようとする。

「いいから、そのままで……」

戸惑う冬香の手を引き寄せ、「なにも、見えないよ」というと、冬香はあきらめたように腰を屈め、小さくなって入ってくる。

そのままバスタブのなかに片肢を入れ、さらに両肢を入れて沈みかけると、湯が溢れだす。その勢いに驚いてとびだそうとするのを、菊治はうしろから抱きとめる。

「大丈夫……」

二人が入ったら水が溢れるのは当然である。それより狭い浴槽なので向かい合って入るのは難しい。

「うしろを向いて……」

いわれて、冬香はうしろ向きになり、まず腰を沈め、続いて背を沈めて、ようやく全身がすっぽりと湯につかる。

「気持いいだろう」

全裸の冬香が、菊治の両肢に挟まれた形でつつまれている。

「あったかいわ」

狭いが、湯のなかで互いの肌と肌が触れ合い、思い出したように湯がこぼれ落ちる。

正月早々、こんなことをしている男と女はいない。菊治はそのことに満足しながら、そろそろと、うしろから冬香の胸のふくらみに触れる。

湯のなかのせいか、乳首の先がかすかに揺れ、それに両手で軽く触れながら、髪をうしろに巻きあげて浮き出た項《うなじ》に、そっと接吻をする。

瞬間、冬香が身をよじり、湯が波立つ。

「だめよ……」

冬香がたしなめるが、明りがあれば冬香の透きとおるような肌も、薄く染まった乳首も見えるはずである。

こんな暗がりで残念だが、目が慣れてくると、仄《ほの》かな明りのなかで見る肌も湯に揺らいで艶めかしい。

菊治はしばらくそれに見とれてから、右手を項から両の肩のなだらかな線へ、そして腋から下腹にすすめて、そっと股間に近づける。

途端に、冬香は前屈みになり、それでも湯のなかで叢に触れていると、冬香が指をとらえて菊治のほうに戻してくる。

湯舟のなかで、「そんな、おいたをしてはいけません」ということか。それなら今日はひとまず引き揚げるが、いつか必ず触ってみせる。そんな子供じみたことを考えながら、菊治は目を閉じる。

果てたあと、好きな女性と湯に入り、肌に触れて戯れる。こんな逸楽がいつまで続くのか。ともかく、この先のことは考えまいと、自分にいいきかす。


ともに燃えたあと、二人で湯につかったせいか全身が心地よく気怠い。

「じゃあ、先にあがっている」

躰を拭き、ガウンを着て、郵便受けに差しこまれていた新聞をとって、書斎へゆく。

そこで冷蔵庫から取り出したビールを缶のまま飲みながら、新聞を読んでいると、冬香がドアを小さくノックする。

「どうぞ」

入ってきた冬香は、すでにシャツとスカートを穿いている。

「服を着ちゃ駄目だよ、これから寝るんだから」

机の上の時計は九時少し前だが、昼までにはまだ三時間近くある。

「なにか、飲む?」

「いえ、わたしは……」

冬香は軽く上気した顔を左右に振って、手に持っていた紙包みを差し出す。

「これ、おつかいにならないかもしれませんけど」

菊治が受けとり、紙包みを開けると、便箋くらいの大きさの和紙が出てくる。

「これを、僕に?」

「富山の和紙ですけど、つかわなければ、どなたかに差し上げてください」

たしかに最近、和紙に筆で書くようなことはなくなったが、冬香がわざわざお土産に持ってきてくれたものを、他人になぞ渡せるわけがない。

「高価なものを、ありがとう」

菊治は素直に嬉しいが、いまごろになってお土産を出すところが、いかにも冬香らしい。

「ずいぶん、本があるのですね」

冬香は書棚を見て感心しているが、大学の講義に必要な近代文学関係の本と、週刊誌の仕事に関わるファイルが雑多に置かれているだけである。

「いま、なにを書かれているのですか」

正直いって、一番きかれたくない質問だけに、菊治は曖昧に答える。

「この春ごろから、書き下ろしで始めようと思ってね」

「しばらく読んでいないから、楽しみだわ」

冬香はまだ、菊治が売れっ子で、小説を書いて生活していると思いこんでいるようである。

「本になったら、すぐ教えてくださいね」

そんなに素直に信じられると、かえって辛い。菊治はビールを飲み干して立上がる。

「もう一度、ベッドで休もう」


それからどれくらい眠ったのか。再び目覚めたとき、カーテンごしの明りはかなり強そうである。

菊治が慌てて、枕元においてある時計を見ると午前十一時である。

冬香が帰るまで、あと一時間しかない。追われるまま横を見ると、冬香はまだ休んでいるようである。

余程、疲れたのか。無防備に眠っている姿が愛しくて額に接吻をする。さらに乱れている前髪を整え、白い鼻筋にそって指を這わせていると、冬香がゆっくりと目を開く。

「お早う……」

そっと囁くと、冬香が微笑む。満たされて眠ったあとの優しい笑顔である。

「起きてたのですか?」

「いや、いま起きたばかり。でも十一時だよ」

冬香があたりを見廻し、起きだそうとするので、肩口を軽くおさえてきく。

「やはり帰るの?」

いっても仕方がないと知りながら、いってみる。

「帰したくない」

しかし、引き留めるほどの勇気もなくて、いま一度抱き締めると、冬香もひたと寄り添ってくる。

そのまま息をとめ、一息吐いてからたしかめる。

「また、逢えるね」

「はい」

その一言をきいて、菊治はようやく冬香を離して、起きあがる。

ベッドの足元に畳んであった下着を持って書斎へゆき、今度は服を着る。そこで朝、読みかけた朝刊を見て寝室に戻ると、冬香はすでに着終えてベッドを直している。

「お腹は減ってない?」

「わたしは別に……」

考えてみると、昨夜、部屋に戻って以来、二人はひたすら抱き合い、眠っただけである。

「じゃあ、コーヒーでも飲もうか」

「あ、わたしが淹《い》れます」

冬香がキッチンに行ってコーヒーメーカーに水を入れる。そのうしろ姿に菊治がきく。

「今度は、いつ逢おうか？」

むろん菊治のほうから行くつもりでいると、冬香が答える。

「わたし、東京に来ることになるかもしれません」

東京へ来るとはどういう意味なのか。菊治は慌ててきき返す。

「また、来る機会があるの？」

「いえ、こちらへ移ってくるかも……」

「移るって、家族で？」

「転勤になるかもしれないのです」

カップにコーヒーを注いでいる冬香に、菊治はさらにきく。

「それ、間違いないの？」

「まだ、はっきり決まったわけではないようですけど、多分、そういうことになるかもと……」

主語を外しているからわかりにくいが、冬香が、夫からきいた話のようである。

「じゃあ、いつごろ？」

「三月ころに……」

冬香の夫は、大阪にある製薬会社に勤めているようだが、東京へ転勤となると、多分四月からに違いない。そうなると、三月ごろからこちらに来ないと間に合わない。

「じゃあ、家を探したり、子供さんの学校のこともあるでしょう」

「そうなんです」

菊治の机の手前に小さな応接セットがある。冬香はそのテーブルにコーヒーをおくと、菊治と向かい合って座る。

「もしそうなったら凄い……」

菊治が身をのりだすと、冬香がうなずく。

「だって、同じ東京に住めるんだよ」

「でも、まだはっきり決まっていないので……」

「いや、間違いないよ」

夫がそこまでいうのなら、上司から内々に打診されたのかもしれない。

「本当に、来られるといいね」

東京に住む冬香を、菊治は想像する。

「逢う気になれば、毎日だって逢える」

いってから、少し調子にのりすぎたような気がして、いいなおす。

「もちろん、君の都合もあるだろうけど」

菊治は、にわかに自分たちに追い風が吹いてきたような気がする。

神様が自分たちのために、逢瀬をつくってくれたのかもしれない。なんという運の良さか。

だが次の瞬間、冬香が東京に出て来るということは、冬香の子供はもちろん、夫も出て来て、一緒に住む、ということである。それが二人にとってどのような影響があるのか、はっきりいって、菊治もそこから先は予測がつかない。

二人が千駄ヶ谷の菊治の部屋を出たのは十二時少し過ぎだった。冬香は一人で行けるといったが、荷物もあるので菊治は表通りに出て車を拾い、東京駅まで送っていく。

まだ正月の三日で、都内は空いていて三十分もせずに駅に着く。

冬香は一時くらいまでの新幹線に乗ればいい、ということなので、その五分前の「のぞみ」のチケットを買い、残りの時間は改札の先の売店があるコーナーで立ったままお茶を飲む。

「これだと、京都には何時に着くの？」

「三時半くらいだと思います」

それから在来線に乗り換えると、冬香の家のある高槻に着くのは四時ごろになるのか。ちょうどそのころ、冬香の夫と子供たちも富山から帰ってきて合流するのだろうか。

考えているうちに、菊治は落ち着かなくなってくるが、冬香はなにも知らぬように淡いベージュのコートを着て、温かい紅茶を飲んでいる。

テレビでは三日はUターン・ラッシュだと報じていたが、次々と新幹線から降りてくる客が、二人の横を通り過ぎていく。いずれも暮れから正月にかけて、田舎で過した人たちのようだが、やはり小さな子供と一緒の家族連れが多い。

菊治はそちらを見ないようにして、これからの逢瀬のことを話す。

「とにかく、半月以内に京都に行くよ」

「本当に来てくださるのですか？」

冬香が眼を輝かせる。

「それにもうじき、東京に出て来るかもしれないだろう」

「そうなると、いいのですけど」

「どんなになっても、俺たちは逢えるよ」

互いにうなずき合っていると、出発時間が迫ってくる。

「ホームに出ると辛いから、ここで別れる」

菊治がいうと、冬香がうなずき、思わず同時に手を出す。その手を互いに握り締め、「また、メールを送る」というと、「わたしもします」と答え、いま一度、顔を見合わす。

「行きなさい」

それに冬香はゆっくりとうなずくと、次の瞬間くるりと身を返し、白い鳥が羽搏《はばた》くように、エスカレーターのほうへ去って行く。

それを見送りながら、菊治はいま、ともに蓬萊の島で遊んだ夢の一夜が終ったことを実感する。

風《かざ》花《はな》

正月三ガ日が終っても、菊治はある不思議な高ぶりのなかにいた。

その原因はもちろん、冬香が、東京に出て来るかもしれないといった一言にある。

たしかに、大阪にいるサラリーマンが東京に転勤になることは、ままあることかもしれない。

だがよりによって、冬香との愛が一段と深まったこの時期に移ってくるとは。

まるで、二人のあいだを見透かしたようなタイミングのよさである。

まさか、冬香の夫が、われわれのことを知って出て来るわけでもないだろう。いや、知っていたら、いかな社命といえども出て来るわけがない。それとも、すでに知っていて、決着をつけるために出て来るのか。

考えだすときりがないが、ともかく出て来たら二人の状態はがらりと変る。

もはやこれまでのように、京都まで逢いに行く必要はない。東京といっても広いから、住むところにもよるが、一、二時間もあれば、都内はもとより近県でも容易に逢うことができる。

そうなると、これまでのように半月とか一ヵ月に一度、などということはない。週に一度か、その気になれば二度でも三度でも逢えるかもしれない。

それほど逢うと、二人はどうなるのか。

「待て待て、まだ、決まったわけじゃないんだぞ」

自らにいいきかせながら、それでもこの時期にこんな話がでるのは、やはり尋常ではないような気がする。

あの二日に、お参りしたことがきいたのか。

落ち着かぬまま、菊治は冬香にメールを送る。

「今度の京都行き、十二、三日ごろはどうですか」

それにすぐ冬香から、「十三日でよかったら、お待ちしています」と返事がくる。

「あのことは、まだわかりませんね」

暗に東京に来ることを尋ねると、「二月になると、はっきりするようです」と答えてくる。

「早く、十三日になるといい。君のことを思うと、じっとしていられないのです」

正直に訴えると、また冬香から返ってくる。

「わたしも、あなたのことを思うと、躰がざわめくのです」

ざわめく、とはどういうことなのか。

菊治は冬香の色白の躰を思い出して、妖しい気分にとらわれる。


今年初めての京都での逢瀬も、菊治は前の夜の新幹線の最終便で東京を発《た》った。

今度も七、八万円はかかりそうだが、もうお金のことは一切考えないことにする。

実際、考えてどうなるわけでもないし、もしかすると京都へ来るのも、この一、二回で終りになるかもしれない。

とにかく、いまは会うことしか考えないことにして、いつものホテルの、京の街を見下ろせる部屋に入る。

すでに冬香には、新幹線のなかから、今夜中に京都に入ることを告げてあるので、メールを打つのはやめて、まず風呂に入る。

ゆっくりお湯につかってから浴衣に着替え、ビールを飲み、ベッドに入る。

これから眠れば自然に朝がきて、冬香が訪れてくる。その約束された未来に満足しながら、菊治はふと思う。

いったい、こんなことだけしていていいのか。むろん、冬香との恋は、いまもっとも大切なもので、生き甲斐そのものでもある。

だが、肝腎の仕事のほうはどうなるのか。

一応、大学の時間講師と週刊誌のアンカーマンは生活のためにも続けていかなければならないが、小説のほうは相変らず手つかずである。

正月に逢ったときも、冬香にきかれて、この春から書き下ろしを始めるといってしまったが、本当にできるのか。

書くなら、まずテーマを決めなければならないが、それがいまだに定まらない。

かつてヒット作を書き続けていたころは、次々と書きたいものが浮かんできて、テーマに追われる感じであったが、いまはその第一歩の書きたいものすら浮かんでこない。

やはり長く筆を休めて、目先のことに安んじてきたせいか。

「おい、本当におまえ、どうするのだ」

目を閉じたまま、菊治はもう一人の自分に問いかけ、叱りつける。

「こんなことでは、冬香にも見捨てられてしまう」

いまでも素直に、自分がいい小説を書くと信じている冬香を裏切るわけにいかないが、といって即座に書きだせるわけでもない。

「今夜はともかく、東京に戻ったら考えよう」

結局、そんなところに落ち着いたまま、間もなく眠ったようである。


翌朝、目覚めると七時であった。

このごろ、五、六時間眠って一旦、目覚めることが多いが年齢《とし》のせいなのか。若いころは七時間も八時間も、明るい朝陽を浴びながらなお眠り続けていたが、してみると、眠り続けるのも体力なのか。

そんなことを考えながらトイレにゆき、またうつらうつらと眠るうちに九時になる。

間もなく冬香が来る。そう思うと急に目が覚めてきて、浴衣を着なおして水を飲み、窓を見ると今日も晴れている。

眼下に初冬の京の街が広がり、明るい陽が射《さ》しているが、よく見ると、光のなかでかすかに雪が舞っている。

どこからきたのか、白い一片が晴れた空をからかうように舞い降りる。

「風花《かざはな》か……」

そのまま見とれているとチャイムが鳴り、冬香が現れる。

この前と同じ、淡いベージュのコートを着ているが、寒さのせいか頬がかすかに赤い。

「寒かったろう」

正月に逢って以来である。

「ちょっと、見ないか」

菊治は冬香の冷たい手をとって窓ぎわにゆく。

「風花が舞っている」

冬香は意味がわからないようなので、目の前の白く小さな雪のひとひらを指さす。

「晴れているのに降っている、これを昔の人は風花といって、俳句などでもつかう」

冬香はようやく気がついたらしく、不思議そうに眺めながらきく。

「どうして、降るのですか？」

「わからない、でも、寒い冬の日にときどき見かける」

風花が降る理由は菊治にもわからないが、真冬の風物詩であることはたしかである。

「さっき、これを見ていて、冬香を思い出した」

「わたしを、どうして？」

冬香にはどこか、おっとりというか、人より半歩遅れて動くようなところがある。祥子と比べると、とくにそんな印象が強いが、その雰囲気が優しく優雅でもある。

「よくいえないけど、君のような気がして……」

そこで菊治はいきなり冬香を抱き寄せ、風花の舞う窓の前で接吻をする。

一度、抱き合ったら、ベッドへゆくのは二人がたどる必然のコースである。

正月に逢ってから、十日しか経っていないが、菊治には一カ月以上、お預《あず》けを食らった感じである。

それは冬香も同じらしく、菊治が「逢いたかった」と訴えると、「わたしもです」と答え、そのままひしと抱き合い、求め合う。

初めは上から結ばれ、そこで冬香は一度昇り詰め、次に横から結ばれて激しく悶えるうちに、冬香は菊治の股間に乗りあげた形になり、そのまま再びゆき果てる。

「すごおい……」

菊治は言葉には出さず、いまの冬香の乱れかたを思い返す。

はっきりどこからどこまでと区切りがあるわけではない。小さな休止はあっても、ほぼ断続的に結ばれ、悶え続ける。その一連の行為のなかで、冬香はたしかに二度は昇り詰めたはずである。

むろん菊治も果てたが、それは最後のときで、冬香より一度少ない。いや、それ以上に、ひとつひとつの快楽の深さは、菊治の味わうものとは比較にならぬほど深そうである。

「凄い……」

今度は、声にだしていい、さらに「快《よ》かった?」ときくと、冬香はきかないで、というように胸元にすがりついてくる。

自分でも、感じて燃え易い躰になったことに戸惑っているのか。

「素敵……」

菊治はすがりついている冬香の背からお臀を撫ぜてやる。

よく感じて、いってくれた。そんな冬香の躰を愛《いつく》しみ、褒めてやりたい。

菊治は愛撫の手を背から脇腹に戻しながら、ふと思う。

冬香の夫も、こんな乱れる冬香を知っているのだろうか。

そこまできくのはゆき過ぎかと思いながら、好奇心にかられてきいてみる。

「あのう、家で、彼ともこんなふうに……」

そのまま待っていると、冬香がゆっくりと首を横に振る。

「わたし、好きではないのです」

それは、どういう意味なのか。

かりにも、結婚して子供が三人もいるのに、そんなことがありうるのか。

菊治は愛撫の手をとめ、冬香の肩口に軽く手を添えたまままきいてみる。

「好きでないって、彼を?」

冬香は考えるように少し間をおいて、「はい」とつぶやく。

たしかに初めに逢ったときから、冬香にはどこか淋し気な、耐えているような気配があった。

それが雪国で育った女の特徴かとも思っていたが、そこにはもう少し、別の理由が潜んでいたようである。

「でも、彼とは恋愛結婚でしょう?」

「いいえ……」

冬香は軽く首を左右に振ってから、「見合結婚です」という。

いまどき、そんなことがあるのかと思うが、地方の古い家のあいだでは、いまも見合結婚が多いときいたことがある。

「やはり、好きだから結婚したのでしょう」

話が深刻になったせいか、冬香は乱れたスリップの胸元を整えてから答える。

「一応、みながすすめるので、いいだろうと思って……」

結婚には、あまり冬香の意志は入っていなかったということか。たしかに冬香は、幼いときからまわりの人のいうことに、反撥《はんぱつ》するような女ではなかったのかもしれない。

「で、結婚してみたら……」

「………」

「なにか、合わないことでもあったの?」

「そんなことでは、ないのですけど……」

冬香はそこで思い出すように、宙の一点を見詰めてから、

「わたし、あれがいやで、苦痛だったのです」

「あれって、セックスのこと?」

「はい」というように、冬香がうなずく。

こんな情感豊かな女がそんな思いを秘めていたとは、菊治には想像がつかない。

「でも、どうして?」

次々ときかれて冬香は困惑しているのか、しばらく間をおいてから答える。

「なにか、初めから辛くて……」

そこまできいて、菊治は思わず冬香を抱き締める。

いま話をきくかぎり、冬香は夫とは性的にはあまりうまくいかず、むしろ苦痛であったようである。

しかし、それならなぜ三人も子供を産んだのか。

「でも、子供は？」

冬香は申し訳なさそうに、声を低めて、

「ただ、なんとなく、そうなってしまって……」

はっきりした答えになっていないが、意外にそれが本当なのかもしれない。

見合結婚して、そのまま夫を受け入れているうちに、躰の歓びとは別に妊娠してしまった。

そこまではわかるが、ではなぜ三人も産んだのか。断りきれなかったのか、それとも産むのは妻の務めだと思っただけなのか。

「しかし、大変だったろう」

同情するようにいうと、冬香はむしろさばさばした口調で、

「子供がいるほうが、気がまぎれるし、それに、妊娠していると求めてこないので……」

「彼が？」

うなずく冬香の白い項《うなじ》を見て、菊治はさらに切なくなる。

そうまでして、夫と交わりたくない妻とはなになのか。冬香の夫の性的な特徴や癖まではわ

からないが、余程、求めかたが乱暴だったのか。それとも一方的だったのか、あるいは、いわゆる肌が合わなかったのか。

「もう、産まないのでしょう」

「はい……」

しかしそれなら、冬香はますます逃げ場がなくなるのではないか。

「でも、彼は求めてくる?」

菊治はなにか、他人の夫婦関係を覗き見する卑しい男のような気がしながら、きいてみる。

「そういうとき、どうするの?」

「体調が悪いとか、生理ですとか、いろいろいって……」

「それでも、といわれたら……」

「………」

答えないということは、やむなく受け入れるということか。考えているうちに、菊治の脳裏に、冬香の白い肌が夫の躰に組み敷かれ、挿入されている姿が浮かんでくる。

「そんな……」

突然、浮かんだ想念を振り払うように、菊治は思わず両手で自分の頭を抱えこむ。

それだけは、あって欲しくない。冬香が避けたがっているのに、強引に求めて犯すなど、そんな理不尽なことは絶対許せない。

思わず叫びかけるが、理不尽なのは、むしろ菊治のほうかもしれない。他人の妻を寝とって、その妻に夫が迫ったからといって、怒るのは筋違いというものである。

菊治は自らの頭を冷やすようにしばらく目を閉じ、それからひとつ息を吸う。

正直いって、こんなことは尋ねるべきではなかった。他人の家庭に土足で踏みこむようなことはするべきではない。そう思いながらやはりききたくなる。

「彼はいくつなの」

「四十二です」

だとすると、菊治の一回り以上下で、冬香の六つ上である。その年齢なら男盛りで、妻を求めてくるのは当然である。

もっとも、夫たちの多くは子供のいる妻にはあまりセックスを求めないから、冬香にもそれほど関心を抱いていないのかもしれない。

「変なことを、きいてもいいかな」

そこまではと思いながら、やはりきいてみたい。

「無理にといわれたら、断れないでしょう」

「…………」

「そういうときにはどうするの」

「でも、黙っていれば終るので……」

それはただ、躰だけを任せているということなのか。

「それで、彼は満足する?」

「何度か、叱られました……」

思わず、菊治は目を閉じる。淡々としたまま反応しない妻の躰に夫が苛立ち、不満をいう。

夫の立場になれば無理もないが、欲しくないのに強引に迫られ、叱られる妻はさらに辛い。

そんな状態に冬香はいままで耐えてきたのか。そう思うと、冬香がいっそう愛しく憐《あわ》れである。

「そんなの、ひどい……」

叫んだところで、どうなるわけでもないが、このままでは哀しすぎる。

「どうするの?」

「でも、もうあきらめていますから……」

「彼が、君を?」

「はい」

冬香の表情は、覚《さと》りきったように静かである。

しかし、つい少し前までは、冬香が嫌っても強引に求めてきたようだから、これからまた求めてこないとはかぎらない。たとえ妻が燃えないのに苛立ち、不満を抱いているとしても、だからこそ執拗《しつよう》に求めてくるということもある。

そこから先は、冬香たち夫婦の問題で、菊治にはうかがい知ることができない。それは充分わかりながら、やはり不思議である。

自分とは、こんなに燃える冬香が夫とはどうして燃えないのか。長年連れ添い、三人もの子供がいるというのに、なぜ、歓びで満たされないのか。

「まだ、きいてもいい?」

ここまできたら、とことんきいておきたい。

「さっき、いやだといったけど、彼のどこが嫌いなの？」

「嫌いって……」

冬香の躰は菊治のほうを向いているが、顔は軽くうつ伏せのままつぶやく。

「なにか、独りよがりで、痛いのです」

「痛い？」

「少し乱暴というか、自分だけよければいいみたいで……」

人によって、セックスはさまざまだが、たしかに、そんな独りよがりのセックスをする男はいるかもしれない。菊治も若いときは、自分さえよければよかったが、あるとき、年上の女性に諭《さと》されて改めた覚えがある。

「それは、初めから？」

「はい……」

そんなセックスにいままで耐えてきたのかと思うと愛しくて、冬香の髪をそっと撫ぜてやる。

「それに、君からはなにもいわずに……」

「そんなこと、いえないし、わからなかったので……」

たしかにセックスについて、妻から夫にいろいろ注文することは難しいかもしれない。

「じゃあ、そのままに……」

「ただ、早く終って欲しいと思っていただけで……」

菊治は冬香の耳許を見ながらきいてみる。

「あのう、俺とは？」

「初めてでした」

そこで冬香は、菊治の胸元に囁くようにいう。

「こんなに快《い》いのだと、知りませんでした」

いいま、菊治は自分のすべてを投げだしてもいいほど、冬香が愛しい。

いままで性にはほとんど無知で、苦痛としか思っていなかったのが、自分によって初めて歓びを知ったという。そんなことをいわれて、喜ばぬ男はいない。まさしく冬香にとって、自分は性の開眼者である。

男はなんであれ、愛する女にさまざまなものを教え、慣らしていきたい。ひとつの趣味でも趣向でも、自分が教え、覚えさせることに満足する。

それは動物の雄がやるマーキングのようなものかもしれないが、なかでももっとも嬉しいのが性の歓びを教えることである。誰よりも自分が目覚めさせ、ここまで感じさせたという実感ほど、嬉しく誇らしいものはない。

もしかすると、男はその歓びのために生きて、働いて、他の男たちと戦っているのかもしれない。他のどんな男たちよりも好きな女性に強いマーキングをして、自分を忘れ難くさせるために頑張っているともいえる。

とにかく菊治はいま、冬香に誰よりも強くマーキングできたことが嬉しい。これだけ深く刻みこんでおけば、これからどんな男が近づいてきても冬香を奪《と》られる心配はない。

「たとえ、冬香の夫でも……」と、菊治は一人でうなずく。

たしかに、彼は冬香と結婚し、三人の子供までつくっているが、妻の躰にしかとマーキングしたとはいい難い。それどころか、下手なマーキングで、妻はそれを思い返すのも苦痛なようである。形ではともかく、実体としては自分とのほうがはるかに強く深い。

そうとわかったら、もはや心配することはない。たとえ夫婦だとしても、冬香の躰は自分のほうを向き、自分のほうに馴染んでいるはずである。

「ねえ……」

菊治は胸元に添えていた手を、再び冬香の股間に近づける。

少し前果てたばかりで再びできるか自信がないが、マーキングの痕をたしかめておきたい。

そろそろと指を近づけ、秘所に触れると、燃えた名残りをとどめてなお泉は潤《うるお》っている。

そこへ再び愛撫をくわえるが、冬香は逆らう気はなさそうである。

すでに二度も昇り詰めているのに、さらなるマーキングを望んでいるのか。

女の欲張りに、男もつられていく。もう無理だと思いながら、欲しがっているのなら応えてやりたい。

それが、せっかく落ち着きかけた女性を刺戟し、目覚めさせた男の責任というものである。

「ねぇ……」とせがまれて、菊治は自分のものを自ら励まし、かすかな手応えを感じたところで、横から再び入っていく。

こんなに、と菊治は驚くが、冬香が自分によって初めて歓びを知ったという、その自信が、さらなる逞しさを生みだしたようである。

ここから先は、ひたすら冬香のなかにとどまり、相手に合わせて動くだけである。もはや自分から積極的に導くほどの力はない。

だがそれでも冬香は、喘ぎだす。

すでに何度もゆき果てて躰が敏感になっているのか、一人で走りだす。

その波に揺さぶられ、巻きこまれるうちに菊治も高ぶり、あとは引きずりこまれるように、ともに頂きに昇り詰める。

また果てた。なんという溺れかたか。

菊治は自分で呆れるが、はっきり放出したという感覚はない。ただ愛する女とともに、再び駆け抜けたという満足感が全身に漂い、それがそのまま気怠さに変っていく。

もはや、これ以上は、いかにせがまれても難しい。

だが再び、マーキングしたことはたしかである。ここまでしかと刻んでおけば、冬香は自分の許《もと》から去ることはない。

その自信と安堵のなかで、菊治は冬香と寄り添い、軽く仮寝《うたたね》したようである。

それから、どれくらい経ったのか、かすかに動く気配を感じて目を開くと、冬香が上体を起している。

そろそろ帰る時間かと時計を見ると、十一時半である。

逸楽のときは、またたく間に過ぎていく。

「ちょっと、起きていいですか」

尋ねる冬香をいま一度抱いてから腕を解くと、冬香はバスルームへ消えていく。

菊治はなおベッドにとどまり、冬香の残していった温もりを楽しんでから起きあがる。

そういえば、今日、冬香にプレゼントするつもりで、買ってきたものがある。

喜んでもらえるか、自信はないが、考えに考えて選んだものである。

冬香と入れ替りにバスルームにゆき、簡単にシャワーを浴びる。それから服を着ると、冬香はいつものようにベッドを整え、窓ぎわのカーテンを開けている。

「風花はどうなった?」

「見えませんけど……」

プレゼントを持って窓ぎわにゆくと、たしかに空は晴れているが、風花は消えたようである。

「俺たちが、燃えたから……」

寒空にしか現れない風花は、二人の熱気に当てられて去ったのだろうか。

「これ、プレゼント」

菊治は小さい紙袋を冬香に差し出す。

「気に入るかわからないけど、開いてみて」

冬香は紙袋から小箱を取り出し、リボンを解いてケースを開ける。

「あら、なあに、靴かしら……」

「そう、ハイヒールさ」

細いリングの先にぶら下がっているのはハイヒールの片足で、朝の光を受けて輝いている。

「首にかけてごらん」

菊治がいうと、冬香はバスルームの手前にある鏡の前に立って胸元を映している。

「普通、ペンダントといったら、オープンハートとか十字架が多いだろう。でも靴の、それも片足ってのが珍しかったので」

「素敵、可愛いわ」

冬香はペンダントを首から下げて、見とれている。

「靴はなにを表すか、知ってる?」

「なに って……」

「ヨーロッパでは、靴は幸せが音をたててやってくる、という意味らしい」

「じゃあ、シンデレラね」

「そうかもしれない。素材はホワイトメタルだけど、オーストリア製で、よかったらつけてて欲しい」

肌の白い冬香の胸に、踵《かかと》の高いハイヒールがよく目立つ。

「本当に、いただいて、いいのですか」

「もちろん、黒いセーターの上でもいいけど、いつも君の首にまとわりついているようにね」

「嬉しいわ、大切にします」

さほど高いものでもないのに、そういってくれるところがまた嬉しい。

「このまま、つけて帰ろうかな」

冬香はそういうと、コートを手にする。

首に新しいペンダントを下げた冬香と一緒に部屋を出て、ホテルのロビーで別れる。

「じゃあ、一月の末にまた来る」

菊治がいうのに冬香はうなずき、「これ、大切にします」と、ペンダントのある胸元に軽く手を当てて去っていく。

そのうしろ姿が人混みのなかに消えるのを見届けて、菊治は新幹線のホームに行く。

待つこともなく「のぞみ」がきて、菊治はいつもの窓ぎわの席に座り冬香のことを思い返す。

いま渡したペンダントを買うとき、菊治は少し迷っていた。さまざまな装飾品を見て、真っ先に思ったのは指輪である。ペアリングで買って、冬香と一緒につけていたい。

だが、いかに妻に無関心な夫でも、妻が見知らぬ指輪をつけていたら不審に思うかもしれない。

その点、ペンダントならあまり目立たない。たとえ新しいのをつけていても、自分で買ったといえば言い訳はきく。

人妻と際き合うと、さまざまなことに気をつかわなければならないが、その緊張感が、さらなる思いをかきたてる。

それにしても、冬香が喜んでくれてよかった。

「ありがとう」と何度もいい、「大切にします」といってくれた。

さらに長々と鏡を眺めていたが、してみると、このところ装飾品などをプレゼントされたことはなかったのか。

たしかに普通の人妻は、夫がプレゼントでもしないかぎり貰《もら》うことはないのかもしれない。

その夫も、結婚して十年以上も過ぎると、妻に贈ることなどほとんどしなくなる。

とくに冬香の夫は、やや古い自己中心的な男のようである。

セックスについて、「乱暴で、独りよがりで……」といっていた、冬香の辛そうな顔が甦る。

そんな男にでも、夫である以上、ひたすら仕えるように教えられて育ったのか。

いずれにせよ、いま冬香は自分によって新しい性の歓びに目覚めたばかりである。

この先、どうなっていくかわからないが、自分がしっかり愛のマーキングをしておくかぎり、冬香が離れていくことはない。

あのペンダントが胸に下がっているかぎり、冬香は自分のものである。

そのことに満足して、菊治は軽い眠りにつく。


恋に携帯電話は欠かせない。なによりもメールなら相手の状態を気にせず送れるところがいい。

もっとも、菊治の年齢では携帯を持っていない人もいるし、持っていてもメールをつかえない人もいる。

多分、そういう男は恋人がいないからで、恋する人がいたら必ずメールもできるようになる。

そしていま、菊治は携帯なしでは一日も過せない。このメールが冬香とつながる唯一の、そしてたしかな命綱である。

むろん、携帯で話すこともあるが、それは午前の、子供たちがいないときにかぎられる。

それも冬香が家にいるときに、「これから、電話をしてもいい?」とたしかめ、「はい、お待ちしています」という返事をもらってから始める。

初めは時候見舞いのようなことから始まっても、じき、「早く逢いたい」「大好き」といった、他愛ない言葉のくり返しになり、冬香からも、「わたしもです」「お逢いしたいです」と返ってくる。少しはお洒落な、気のきいたことをいおうと思っても、結局はストレートな言葉になってしまう。

「冬香の声をきいていると、あそこがおかしくなってくる」と訴えると、「今度、逢えるときまで、鎮めていてください」という。

「このままでは、氷ででも冷やさなければ、おさまらない」と訴えると、「可愛い……」といって、笑いだす。

二人だけだとなんでも話せるが、子供がいるときは、愛をたしかめあう言葉だけで早々に切ることになる。むろん夫がいるかもしれない夜はメールも打つのも控えて朝を待つ。

それにしても、冬香はこんなに愛のメールを受けても大丈夫なのか。幸い菊治は別居しているから問題はないが、携帯を夫に見られる心配はないのだろうか。

そのことを冬香にきくと、「大丈夫です」と、きっぱりといいきる。なにかロックでもしているのか、すぐ消すのか。それとも、夫は冬香になんの不安も抱いていないのか。

冬香の話だけから察すると、夫のいうままに仕えているように見えて、その実、意外に夫を操っているのかもしれない。

「表面は控えめだが、芯《しん》は強いのかも」

冬香の柔らかな笑顔を思い出しながら、女はわからないと菊治は思う。

一月の半ばから末まで、菊治は期待と不安が入りまじる日々を過した。

はたして冬香は本当に東京に出て来ることになるのか、それとも来ないのか。

気になってメールで尋ねると、「もう少し、待ってください」と同じ返事が戻ってくる。

そのまま一月の末になって、菊治は再び京都に行くことを告げると、冬香が、「わざわざ来なくても、大丈夫です」という。

「二月の初めに、そちらに行けるかもしれません」

「じゃあ、やはり東京へ出て来るの？」

「まだ、正式ではないようですが、そうなるだろうと……」

「それなら、間違いないね」

ついに、という感じだが、まだ安心するのは早いかもしれない。

そのままひたすら待っていると、二月の二週目の三連休を利用して、こちらに来るという。

「やっぱり、決まったんだ」

「はい、正式には四月一日からのようですけど、その前に家を探したり、子供の学校のこともあるので……」

一家で越してくるとなると、さまざまな準備が必要になる。

「どこに、住むの？」

「それが、まだわからなくて、でも十一日には行きます」

「よかった……」

菊治は単純に嬉しいが、冬香一人で来るわけではなさそうである。

「じゃあ、子供たちと一緒に？」

「いいえ、今回は大変なのでおいていきます」

「じゃあ、ご主人と二人?」

「はい」と、冬香は申し訳なさそうにつぶやく。

「家のほうは、大丈夫なの?」

「向こうの、お母さんが来てくれますから」

その人が子供の面倒をみてくれるのか。

「で、俺たちは逢えるの?」

「わたしは、日曜まで残りますから、土曜の夜には……」

「君だけ、一人になれるの?」

「はい、夕方から自由になれると思うので、あなたのお部屋に行っていいですか」

「もちろん、待っている」

なんであれ、冬香とまた二人だけで、東京の一夜を過せそうである。


その日、菊治は朝から落ち着かなかった。

前日のメールでは、昼過ぎに東京に着くということだったが、そのまま新しく住むところを探しに行っているのか。

冬香の夫は、前にも東京に来ているようだから、多少の土地勘はあるのかもしれないが、家を探すとなると大変である。

やはり、東京にいる知人か同僚などが、案内役をかっているのか。

菊治は、その人と一緒に東京の街を歩いている、冬香と夫の姿を想像する。

今回は子供を連れず、夫婦二人だけのようだから、なにも知らぬ人には、仲のいい中年のカップル、と映るかもしれない。

どこに住むのか、そんなことに菊治が口出しできるわけもないが、なるたけ近くであって欲しい。

冬香の夫の勤める会社は、丸の内とか大手町あたりなのだろうか。そこへ通勤するとなると、接続のいいJRとか地下鉄の沿線に家を探すのか。

いずれにせよ、菊治のところへ一時間以内で来られるところなら嬉しい。

自分の家を探すわけでもないのに、菊治は勝手に地図を見て考える。

たまたまその日は大学は休みなので、昼過ぎに新宿に出て一人で廻転寿司店に入り、そのあと講義に必要な本を探すため書店を廻った。

その間、携帯を何度か見たが、冬香からはメールが入ってこない。どうしているのか、案じているうちに八時を過ぎる。

この暗さでは、もはや家を探すことは難しい。

となると、二人は案内してくれた友人と食事でもしているのか。それともすでにホテルに入って休んでいるのか。

突然、菊治の脳裏に、同じ東京に、夫と二人でいる冬香の姿が浮かんでくる。

ホテルの部屋はどんな大きさで、そこで今日見た家のことなどを話し合っているのか。そして夜、二人はどんな形で休むのか。ベッドはツインなのかダブルなのか。絶対、ダブルでは寝て欲しくない。

子供が一緒でないだけ、菊治の不安はさらに増してくる。

冬香からメールがこないまま一日が過ぎる。やはり夫と二人でいるので打ちづらかったのか。とにかく今日、冬香は夫を帰して一人だけ残るはずである。はたしてその予定どおりうまく運ぶのか。

案じながら週刊誌の編集部で、取材記者が集めてきた資料を見ていると、携帯のメールが入った音がする。急いで見ると、ようやく冬香からのメールで、「六時ごろに、お部屋に行けそうです」と記されている。

菊治はうなずき、すぐメールを打ち返す。

「六時に、千駄ヶ谷の駅の前で待っています」

そこから、一緒に食事に行きたいが、ともかく夫を先に帰すことには成功したようである。

菊治は安堵し、初めて躰の内側から喜びがわいてくる。

「もうすぐ冬香と逢える」

このあと、集まった資料をもとに特集の記事を書かなければならないが、月曜日の締切りまで、まだ少し余裕がある。

それでも、できるだけやっておくにこしたことはない。

残りの時間、菊治はさらに資料を読み、五時半に編集部を出る。

そこから少し歩いて中央線に乗り千駄ヶ谷に着くと、冬香はすでに来て待っていた。

「なんだ、それじゃあ、もっと早く来るんだった」

「いいえ、わたしもいま来たところです」

今日は黒いコートを着ているせいか、顔がいつもより白く、その胸元に菊治が贈ったハイヒールのペンダントが光っている。

「よく、似合う」

菊治が指で示すと、冬香がかすかに笑う。

「寒かったろう、まず、食事に行こう」

なにを食べたいか、冬香にきくが、任せるというので、信濃町の駅ビルにある河豚《ふぐ》料理の店に行くことにする。

「そこなら近いし、躰も温まる」

とにかく二人だけになりたくてタクシーに乗り、「彼は帰ったの?」ときくと、「はい」と答える。

どのようにいって彼だけ帰したのか。そこが気になるが、ともかくこれで二人きりの夜を過せることは間違いない。

タクシーに乗り、冬香の冷たい手を握りながら、菊治はきいてみる。

「それで、家は見つかった?」

「はい、新百合ヶ丘《ゆりがおか》というところですけど」

百合ヶ丘というのは小田急線の沿線で読売ランドに近いところかと思うが、菊治はまだ行ったことがない。

「新宿から行くのかな」

「そうみたいです、川崎市になるようですが、新宿からは三十分くらいで……」

菊治は都心から少し離れた住宅地を想像する。

「でも、よく簡単に見つかったね」

「会社の方が、あらかじめ探しておいてくださって。マンションですけど、駅のなかにいろいろなお店もあって、とても便利なところでした」

「じゃあ、駅からも近いの？」

「歩いて、五、六分ぐらいかしら」

「それなら、千駄ヶ谷の僕のところまで一時間もかからないかも」

「快速急行というのもあるようですから、慣れたら早く行けるかもしれません」

そんな近いところに冬香が住むとは、まさに願っていたとおりである。菊治が再び冬香の手を握ると、車が河豚《ふぐ》店のある駅ビルに着く。

その二階にある店に入り、夜景の見える端のテーブルに座って、まずひれ酒で乾杯する。

「よかった、おめでとう」

ついに冬香が川崎とはいえ、一応、東京の人になる。今夜はそのお祝いの宴でもある。

「じゃあ、乾杯」

菊治がひれ酒が入った茶碗をあげると、冬香も笑顔でそれに合わせる。

「もう、京都に行くことはないかもしれない」

そう思うと少し淋しいが、ずいぶん楽になる。

「これからは、逢いたいときに逢える」

その約束された薔薇色の未来に対して、菊治はさらに乾杯する。

アルコールに弱い冬香は、ひれ酒を少し飲んだだけでたちまち赤くなる。

「これ、強いですね」

「そんなことはない、ただ飲み口がいいだけで」

躰が温まり、ふぐ刺しをつまみながら、菊治は改めて冬香を見る。

「しかし、信じられない」

去年の秋、初めて逢ったときには、こんなことになるなぞ予想だにしていなかった。

まさに望んだとおりの進行で、あまりの都合のよさに、なにか空恐ろしくなる。

「とにかく、ついている」

思わずつぶやくが、やはり冬香の夫のことが気がかりである。

「ご主人の会社は、どこにあるの?」

「日本橋と、いっていました」

「その新百合ヶ丘から会社までは、どれくらいかかるのかな?」

「距離はかなりあるようですけど、朝ですと一時間もかからず行けるようです」

東京のサラリーマンの通勤時間としては、だいたいそんなものかもしれない。

「子供さんたちの学校は?」

「近くにあるので問題はないのですけど、下の子の幼稚園のほうが、これからで……」

主婦としてはまだいろいろ仕事が残っているようである。

「じゃあ、今日はご主人は、家を見ただけで帰ったの?」

「はい、夕方の新幹線で……」

菊治はうなずき、ひれ酒を一口飲んでからきいてみる。

「でも、よく君だけ残れた……」

「初めから、そのつもりでしたから。いろいろ準備をすることもありますし」

主婦だから、新しい部屋に必要なものを見て廻る、とでもいったのか。

「今夜は、僕のところに泊まっていいんだね」

「一応、ホテルに部屋をとってあるのですけど」

「どこのホテル？」

「その街の駅前にあるんです、昨日も泊まったので。でもキャンセルしましょうか」

むろんそうして、このまま菊治のところに泊まって欲しいが、それでもかまわないのか。

「でも、家には、ホテルに泊まっていることになっているんだね」

もし、ホテルに泊まっていることになっているのなら、勝手に変えてはまずいのではないか。

「夜にでも、向こうから電話がかかってきたら困るでしょう？」

冬香は少し考えるように、窓の先に広がる夜景を見ている。

「ホテルに電話をして、君がいないとわかったら変だろう」

「でも、なにかあったら、携帯にかかってくると思うのです……」

たしかにそうかもしれないが、用心をするにこしたことはない。菊治が考えこんでいると、
冬香がきく。

「ホテルに帰ったほうが、いいですか」

「いや、僕はもちろん来て欲しい。ただ……」

そこから先は、冬香たち夫婦の問題である。

「大丈夫なら、いいんだけど」

「一緒にホテルに行くのは、いやですね」

「僕が……」と、菊治はつぶやく。

たしかに、それもひとつの方法だが、冬香と夫が昨夜泊まったホテルに行くのは気が重い。まさか、そんなことはないとは思うが、そこに冬香の夫が現れたりしたら大変である。

といって、今夜、別れ別れで過すのだけは嫌だ。

「やはり、キャンセルできるといいけど」

「じゃあ、そうします」

冬香はあっさり立上がると、レジのほうへ向かう。

そのうしろ姿を見ながら、菊治は軽く溜息をつく。

か弱そうに見えて、冬香のほうがはるかに凜《りん》としている。べつに開き直っている、というわけではないが、いざとなると、女のほうが度胸があるのか。

密かに感服していると、冬香が戻ってくる。

「どうだった?」

「キャンセルするといったら、わかりましたって……」

きっぱり断って、冬香はすっきりしたようである。思い出したように、炭火で焼けたばかりのふぐ焼きに箸《はし》をつける。

「明日は早いの？」

「もう一度、あのまわりを見たいのですけど、こちらを九時に出れば間に合います」

「じゃあ、それまで離さない」

いま一度、ひれ酒を飲んで、菊治はようやく安堵する。

初めにふぐ刺しがでて、焼きふぐのあとに白子焼きがでる。

「これを食べると、精がつく」

冬香は苦笑しながら、箸をつける。

これから、待ちに待った愛の饗宴《きようえん》が始まるが、そのためにはスタミナをつけておくにこしたことはない。

だが、本当に必要なのは菊治のほうである。

このごろは、歓びを知った冬香のほうが積極的で、それに菊治が戸惑うことのほうが多い。

「今夜は、眠らせないでおこうかな」

菊治がいうと、冬香が思い出したようにきく。

「あそこには、誰も来ないのですか？」

「誰もって？」

「あのう、お家《うち》の方とか……」

菊治は慌てて、手を左右に振る。

「あそこは小さいけど、僕だけの城だから」

冬香はうなずくが、すぐ「きいてもいいですか」と断ってから、

「奥さまは、どこにいらっしゃるのですか?」

たしかにこれまで冬香に、菊治の家庭のことについて話したことはなかった。

「実はまだ籍は入っているけど、別れたも同然でね……」

そのまま別居状態であることと、子供は男の子が一人いるが、すでに社会人となって独立していることを、手短《てみじか》に話す。

「彼女は、鍵を持っていないから、千駄ヶ谷に来ることはない」

菊治は当然と思っているが、冬香には不思議に思えるのかもしれない。

「でも、どうしてそういうことに?」

「まあ、いろいろあってね……」

夫婦が冷めた事情など一言でいえないが、冬香もそれ以上、きく気はないらしい。

「いいですね」

「そうかな?」

「ええ、気軽で……」

たしかに、菊治のいまの立場は気軽といえば気軽である。とくに夫と子供が三人もいる冬香とは、比較にならないほど暢気《のんき》である。

「とにかく、あそこには誰も来ないから、安心して欲しい」

冬香はようやく納得したのか、ゆっくりうなずき、それからつぶやくようにいう。

「わたしも、自由になりたいな」

白子焼きのあと、ふぐちりと雑炊を食べ、充分温まって店を出ると九時だった。

今夜はこのままま っ直ぐ帰って、冬香が欲しい。

一月の半ばに逢って以来だから、ほぼ一ヵ月近く経っているが、こんなに長いあいだお預《あず》けをくらったのは初めてである。

外は大分冷えているが、タクシーに乗ると十分少しで千駄ヶ谷に着く。

部屋に入ると、菊治は暖房を強にして加湿器もオンにする。

「お風呂はどうする?」

「入っていいですか」

冬香は正月に一度泊まっているので、案内するまでもない。

菊治は少し酔っているので風呂はやめ、早々にベッドに入って待っていると、風呂上りの冬香が現れる。

スタンドの弱い明りがついているだけだが、冬香は肌色というか、淡いベージュのスリップを着ているようである。いつもは白なのに、なにか心境の変化でもあったのか、それともただ変えただけなのか。

ともかくベッドの端まで近づいてきたのを、いきなり抱き寄せる。

「逢いたかった」

「わたしもです」

横から抱き合い、そのまま冬香の上におおいかぶさり、すっぽりと全身をおおう。

一ヵ月ぶりに触れる、冬香の柔肌である。

そのまま重なり合っているうちに、冬香の温もりが下からゆっくりと伝わってくる。

この前いわれたことを守って、冬香はショーツを穿いていないようである。そのすべすべした肌に触れているうちに、菊治のものが冬香の秘所と重なり合う。

自然に、互いが寄り添ったようである。

そのまま軽く腰を揺らすと、それにつれて股間が触れ合い、刺戟し合い、やがてたまりかねたように冬香がつぶやく。

「ねぇっ……」

菊治も早く結ばれたいが、焦る心を必死に抑える。

今夜は、この前のように簡単に果てはしない。

そのためにも充分戯れ、そのあと結ばれても一気に駆けださない。たとえ辛くてもひたすら耐えて、冬香への奉仕者に徹するつもりである。


愛の饗宴《きょうえん》において、男はあくまで奉仕者であり、主導者でなければならない。男が自ら走りだし、自らの快楽だけを追いはじめた途端、その男は独りよがりの身勝手な、エゴイストになり下がるだけである。

菊治はいまその前者の奉仕者であり、主導者になることを自らに命じ、それに徹することを誓って冬香のなかに入っていく。

すでに燃え、豊かな愛液に満たされている泉は、たちまち菊治のものをやわらかくつつみこむ。

一カ月ぶりの、優しい感触である。

菊治はそれを堪能《たんのう》してからゆっくりと動きだす。決して走らずむしろ抑え気味に、しかし突然思い出したようにやや激しく、そしてまた抑える。

この緩急の度合いは、まさに阿吽《あうん》の呼吸で、相手に合わせすぎても抑えすぎても失敗する。ここでなによりも必要なのは、主導者としての冷静さで、その裏には、愛する女をかぎりない愉悦の果てに誘いこむという、意欲と気魄が求められる。

そしてさらに必要なのは、容易なことでは相手につられて走りださない、強固な忍耐と克己心である。

それにしても、そこまで冷静さを保ち、頑張り続けて、いったいなにが得られるのか。そんな痩せ我慢を続けるより、いっそ高ぶった瞬間に、一気に果てたほうが余程心地よく、心身ともに充足される、と思いこんでいる男たちは多い。

だがそれらは、まだ底無しのエロスの真髄を知らない、単純で稚い男たちというべきである。もし一度でも、耐えに耐えた挙句、愛する女を頂きにおしあげ、なおそこで遊ばせ、悶えさせ、絶叫させるという体験を味わったら、もはやその快感を忘れられず、病みつきになることは間違いない。

それは、愛する女を満足させたという歓びとともに、それによって女が男に従順になり、ときにはひれ伏して仕えるまで無私になるという、さらなる歓びをもたらしてくれるからである。

まことに、女は真の悦楽をむさぼらせ、堪能させてくれた男には、それまでからは信じられぬほどの愛と献身《けんしん》を捧げてくれる。

この真の純愛を思えば、そのために男が耐え、こらえることくらい、たかがしれている。忍耐と努力の先に、かぎりなく広がる花園が待っているからこそ、菊治はいま、懸命に耐えてこらえているともいえる。

まさしく菊治は一カ月ぶりで飢えていたが、それは冬香も同じらしい。

「いや」とつぶやき、「だめ」と訴えるが、肝腎の躰は一足先に悶えだす。

その言葉と裏腹なところが愛しくて、さらに攻めると、冬香はのけ反り、激しく首を左右に振る。

そこからは、まさに制御不能になったコンピューターのように、一方的に走りだし、「あっ……」という叫びとともに昇り詰める。

また一段、冬香の歓びは深まったようである。その歓びを分かち合うように、菊治はなおしばらく冬香のなかにとどまってから、徐々に撤退する。

「素晴らしい」

薄いスリップの下から手を入れ、汗ばんだ背を撫ぜてやりながら、菊治にはまだ余裕がある。昇り詰めたのは冬香だけで、菊治はまだ果てていない。初めの目標どおり、奉仕者の立場をたしかに守りきったようである。

そのまま短い休息を経て、菊治は再び動きだす。今度は横から近づき、足をからませる。

いま、激しく昇り詰めたのに、また逸楽の花園に遊ばせてくれるのか。そんな気持を表すように、冬香は自ら股間を寄せ、軽く腰を浮かして菊治を受け入れる。

すでに何度か通い慣れた道だけに、ともに迷うことはない。そのまま、男と女と、どちらが先ということもなく動きをくり返すうちに、菊治の左の太股《ふともも》は冬香の腰を支える形になり、それとともにせりだした秘所は、菊治の下からの攻撃を受けて激しく震えだす。

やはりこの形が、もっとも強く感じるのか。

再び火のついた躰は、もはやどこからどこまでが昇りで、どこが頂きか区別もつかぬほど乱れ、暴れるうちに、突然、冬香の躰がうしろ向きになり、それを追って菊治が背後からしがみつく。

「お臀を出して……」

命令とも哀願ともつかぬ言葉に、冬香は素直に白いお臀をうしろに突きだし、次の瞬間、二人はさらに深く密着する。

またともに、新しい愉悦の形を発見したようである。

いまや恥じらいもなく互いの気持が合致し、求め合っていることに菊治は興奮し、感動しながら、もはやここまでとばかり、すべての冷静さと忍耐をなげ捨てて一気に走りだす。


熱く抱き合っているときもいいが、そのあと、それまでの激しさからは信じられない静けさのなかで、寄り添っているのも心が和む。

いまたしかに、二人は燃えて昇り詰めて果てた。その満たされた感覚を全身で感じながら、肌と肌を触れ合っている。

最後の名残りをとどめるように、冬香が軽く背を向け、そのうしろから菊治が胸からお腹、そして股間と、すべてを密着させておおっている。

何時ごろなのか、帰ってきたのが九時少し過ぎだったから十一時くらいなのか。

休むには少し早いが、といって起きる気はしない、ただ柔肌に触れて微睡《まどろ》んでいたい。

そのまま右手をそっと冬香の肩口に当て、そこからゆっくりと肘《ひじ》まで下げてくる。

瞬間、冬香が軽く腕を引く。

いつもなら触れられるままにしているのに、不思議に思ってさらに触れようとすると、冬香が左手で右肘をおおっている。

「どうしたの?」

いま、愛しあっているときにでも、強く抱き締めすぎたのか。

「ごめん……」というと、冬香は「違うの」という。

「昨夜《ゆうべ》、ちょっと……」

そのまま黙っているのでスタンドの明りをつけると、冬香の肘のあたりが少し黒ずんでいる。

「打ったの?」

「………」

「痣《あざ》になってるよ」

覚悟を決めたのか、背を向けたまま冬香が話しだす。

「昨夜、あの人がどうしてもといって……」

「彼が?」

「でも、断ったらここを……」

「引かれたの?」

冬香がかすかにうなずく。

やはりそんなことがあったのか。冬香の夫が強引に迫ってきて争いになり、肘のところを強く引かれたということか。菊治には辛すぎる話だが、もっと詳しく知りたい。

「それで……」

「もちろん、断りました」

やっぱり断ってくれたのだ。ありがとう、といいたい気持を抑えてうなずくと、冬香がつぶやく。

「わたし、あなたが好きだから、あなた以外とは嫌で……」

古い言葉かもしれないが、菊治のために操を守ってくれたのか。

昨夜、そんな予感がしなかったわけではなかった。珍しく子供は家においてきて、夫婦二人だけで東京のホテルに泊まる。そんなとき、冬香の夫が求めてきたりしないだろうか。そんなに気なく思って不安にかられたが、それが現実におきてしまった。しかも冬香が拒否したにもかかわらず、強引に迫られて、左の肘に小さな痣までできてしまった。

余程、強く摑《つか》まれたのか、それともなにかのはずみでベッドの端にでも打ったのか。

ともかく、冬香は断ったようである。

「あなたが好きだから、あなた以外の人とは嫌で……」と、そこまではっきりいってくれたことが、菊治には泣きたくなるほど嬉しい。

そこまで毅然とした態度を貫き通した冬香が、健気《けなげ》で愛しい。

だが、少し落ち着いて考えると、単純に喜んでもいられない。

冬香が断固、断ったとしても、相手は夫である。結婚して子供までいる妻が、夫を拒否したのである。そんなことで、これから冬香たち夫婦は成り立っていくのか。

いま、「あなたが好きだから」といわれたときは眩暈《めまい》がするほど嬉しかったが、それは、自分のおかげで冬香たちの夫婦関係が壊れかけている、ということでもある。「原因は、あなたです」と、いわれているのと同じである。

もし、こんなことで、現実に二人の関係が崩壊したらどうするのか。

菊治は息を潜めて、考える。

もともと、冬香は夫をあまり好きではなかったようである。たしかに、結婚して子供を三人ももうけはしたが、性的には満たされず、むしろそうした関係を嫌っていた。

事実、菊治と逢う前から、冬香はセックスが苦痛で、夫が求めてくると、なにかと理由をつけて避けていた、と言っていた。

そのかぎりでは、とくに変ったわけではないが、いまはそのころよりさらに強く拒否し、受け入れようとしない。いままでは冷えたまま受け入れていたのに、菊治を知ってからは、触れられることさえ、辛くなったのか。

その異様な頑《かたく》なさが、ついに夫の怒りを誘ったということか。そう考えると、単純に喜んでばかりもいられない。

「これから、どうなるのか……」

心が震えるほど嬉しかったことが、いまの菊治にはむしろ切なく、少し重すぎる。

それにしても、と菊治は思う。

世の中には、冬香のような妻はそう珍しくないのかもしれない。

事実、女性誌などには、夫婦間のセックスレスが堂々と語られている。

それによると、夫婦間で月に一度も夫婦関係のないケースをセックスレスというらしい。このような夫婦が四十代から五十代では七割から八割以上にも達している、と記されている。

実際、菊治も別居する前は、妻とは十年近く関係がなかった。

だからというわけでもないが、一般の家庭では、セックスレスはさほど珍しくなく、それがとくに大きな問題になることはなさそうである。

むろん妻たちは、「夫はわたしを女と見ていない」と不満を訴えているが、一方で、そんな面倒なことは、いっそないほうがいい。むしろ夫に求められては迷惑、と思っている妻も多いようである。要するに、妻たちもさほどセックスを望んでいるわけでもないらしい。

だとすると、冬香の態度はとくべつ異常というわけでもない。

「いまさら、そんなことはやめて」といったところで、夫がすぐ傷つくとは思えない。それどころか、これ幸いとばかり、他の女性に目を向け、遊んでいる夫も多いのかもしれない。

「しかし……」と、菊治は考える。

冬香の話をきくかぎり、冬香の夫はそういうタイプとは少し違うようである。

結婚して、すでに十数年は経っているはずだが、いまだに冬香を求めてくる。それもかなり積極的に、そして執拗に。

いったいどんな男なのか、菊治は想像するが、はっきりイメージが浮かばない。

普通の男なら、そんな嫌がる妻をことさらに求めたりしないだろう。だがそれをあえて求めてくるところをみると、どこか稚く、子供じみたところがあるのか。それとも、冬香が断るから、かえって意地になって求めてくるのか。

「もしそうなら……」

そこで、菊治はふと思う。

もしかして、冬香の夫は、妻の陰に男の存在を感じているのではないか。なにか男の匂いを感じるから、ことさらに妻を求めてくるのではないか。

「まさか」と思うが、一度考えると、さらに不安が増してくる。

「もしかして……」と菊治はきいてみる。

「ご主人は、僕たちのことを知っているわけではないだろうね」

短い間があって、冬香が逆にきく。

「どうして、ですか?」

「いや、君を無理に求めてくるようだから」

冬香は少しくぐもった声で答える。

「前から、そういう人なのです」

「そういう人って……」

「わたしが嫌がると、かえって……」

それはたんなる駄々っ子ということか、それともサディスティックな性癖でもあるのか。

ともかく、そこまできくのは悪いと思っていると、冬香がつぶやく。

「もう、忘れてください」

たしかに、これ以上、話したところで、二人の気持が晴れるわけでもないが、最後に一つだけ、たしかめておきたいことがある。

「今度、また同じようなことがあったら、どうするの？」

「もちろん、断ります」

あまりにきっぱりしたいいかたに、菊治は思わず息を呑む。そして次の瞬間、そこまでいいきる冬香が、少し不安になる。

「でも……」

正直いって、菊治は、夫がそれほど求めるなら、ときには許してもいいかと思う。もちろん、ないにこしたことはないが、冬香と夫は夫婦である。その関係を壊すほどの権利が自分にあるとは思えない。

「それで、大丈夫？」

「はい」

低いがたしかな声をきいて、菊治はひとつ溜息をつく。

冬香は一見、古風で控えめに見えるが、その底に一本、たしかな芯が通っているようである。

「ありがとう」

一瞬だが、冬香が夫に許してもいいと思ったが、それは甘く身勝手な考えだったようである。自分では、誰よりも冬香を愛していると思っていながら、こういうことになると覚悟の甘さが露呈する。

それに比べて、冬香はなんと強くて爽やかなことか。これこそ女の強さなのか。

菊治は改めて、細くて頼りないが凜とした冬香の項に接吻をする。


いつから眠ったのか、菊治にははっきりした記憶がない。

ただ、冬香の凜として揺るぎないところに、母親のようなたしかさを感じながら、うしろから寄り添って眠ったことしか覚えていない。

それでも誰かに見張られているような、不安な夢を見たような気がするが、それは冬香の夫のことが頭の片隅に残っていたからか。

ともかく、また早く六時に目覚めたのは、夢のせいというより、今朝、冬香は九時には出ていく、という焦りがあったからかもしれない。

その前に、もう一度抱きたい。

目覚めとともに菊治はあたりを見廻し、すぐ横に冬香が横たわっていることをたしかめてから、カーテンのあいだから洩れてくる淡い朝の明りのなかで横顔を覗きこむ。

額に軽く前髪がかかり、鼻筋が白く浮きでている。とくに高いというわけではないが形よく伸び、その先に小さな穴が二つ見える。口も鼻の穴も、片側だけ見える耳も、すべてが小づくりで愛らしい。

こんな可愛い女が夫を拒否したとは思えない。いや、可愛いのに拒否したから、夫はさらに怒り狂ったのか。

ともかく一人の女のなかには、天女のような優しさと、魔女のような怖さが秘められている。

そしていま菊治は、前者の優しさを求めて近づいていく。

せっかく眠っているのに、いきなり起すのは可哀相《かわいそう》である。こういうときは躰の内側から、目覚めざるをえないように起していく。

菊治はまず横向きになり、休んでいる冬香の脇腹から腰へ手を這わせながら、乳首のまわりへそっと唇を当てる。

それだけで、冬香は軽く身をよじるが、目は閉じたままである。

そのまま目は覚まさず、妖しい感覚だけが全身にゆきわたるように、乳首のまわりに舌を這わせ、空いている右手で秘所の入口を軽くなぞる。

覚めぬのなら覚めなくてもかまわない。ただ眠っているうちに、なにか淫らな感覚に襲われた、そんな妖しさだけを感じてくれればいい。

荒々しさより優しさのほうが、優しさより淫らさのほうが、女の躰にはたしかな記憶となって残っていく。

思っていたとおり、冬香が目覚めてくる。

初めは、「なあに……」という問いかけではじまり、「えっ……」という驚きで意識が戻り、「いや……」というつぶやきで、完全に目が覚める。

気づかぬうちに、躰の芯から覚まされたことに驚き慌て、恥じているようである。

ここまできたら、もはや迷うことはない。頭は目覚めたばかりでも、躰はすでに充分燃えている。

菊治は再び横から入り、それから昨夜初めて試みたうしろから、そして最後はオーソドックスに上から強く抱き締め、ともにゆき果てる。

今朝別れたら、また当分、逢うことはできない。その名残り惜しさが、さらに二人の気持をかきたてる。

ともに精も根も尽き果てた形で、しばらく互いの温もりと、快楽の余韻を反芻しながら、やがて時間という魔物に追われて、二人は現実に引き戻されていく。

まず冬香が起き、続いて菊治が起き、順にシャワーを浴び、服を着たところで、菊治はきいてみる。

「今日は、何時の新幹線で帰るの？」

「昼過ぎのに、乗ろうかと思います」

その前に、新しく住むことになる新百合ヶ丘に行き、いま一度まわりをよく見てから、東京へ戻って帰るというわけか。

「じゃあ月末までに、もう一度、京都へ行く」

「そんなに無理しなくても大丈夫です。三月には移ってきますから」

「本当に、三月には来るんだね」

もう一度念をおしてから、昨夜、ホテルをキャンセルしたことを思い出す。

「家から、連絡はなかった？」

冬香は落ち着いた様子で携帯を見てから答える。

「べつに、なにも……」

菊治が気にしていたのは、ホテルに電話をして、冬香が泊まっていないことが知れることだが、携帯にもかかってこないところをみると、大丈夫だったということか。

「よかった……」

このまま冬香がまっ直ぐ家に帰っても、夫に問い詰められることはなさそうである。菊治は安堵し、携帯をバッグにおさめた冬香を抱き寄せる。

「待っているから、早く来て」

「はい、必ず来ます」

すでに口紅が塗られているので、菊治は舌を出し、それに冬香の舌が重なり、左右に数回からませたところで、もう一度別れの抱擁をする。

淡《あわ》雪《ゆき》

暦の上では三月に入り、女の子のいる家庭では雛祭《ひなまつ》りで賑わっているのに、その夜から、東京では雪が降りはじめた。

三月といえば春の思いが強いのに、なぜいまごろになって雪が降るのか。菊治に詳しいことはわからないが、この時季、太平洋岸を通過する低気圧がもたらす春雨が、急激な気温の低下によって、思いがけない大雪になることが多いらしい。

実際、雛の節句から降りだした雪は夜通し降り続き、大東京は一夜で雪景色に変ってしまった。

ビルのあいだを降り急ぐ雪を見ていると、寒さとともに人恋しくなり、自ずと冬香のことが思い出される。

いまごろどうしているのか。東京は雪であることを告げると、「こちらは昨夜、少し降りましたが、もう止んでいます」と記し、「風邪をひかないように気をつけてくださいね」と書いてある。

それより東京へはいつ来るのか。二月の連休に別れたときには、三月の初めに来るようなことをいっていたが、まだはっきり返事がこない。

「雪を見ると、君の温もりが恋しくて」と訴えると、「ごめんなさい、月初めに行くつもりだったのですが、いろいろ準備もあって、学校が終る二十日ごろになるかもしれません」という。

たしかに一家の引越しを控えて忙しいことはわかるが、それなら菊治のほうから京都へ行ってもいい。

それをいうと、「東京へ行ったら、たくさんたくさん逢えるのですから、大人しく待っていてくださいね」と、宥《なだ》めすかすような返事がくる。

このごろ、冬香は女の強さと母親の優しさと、両方を兼ね備えたようである。

「じゃあ、我慢してるから、なるたけ早く来て欲しい」

子供になったような気がしてうなずき、窓を見ると、止んだと思った雪がまた降りはじめている。

だが暖かいせいか、春の淡雪で、黒い土に落ちるとすぐ消えていく。冬香の友達の、魚住祥子から電話があったのは、そんな雪が消えた三月の初めの土曜日であった。

「ご無沙汰しています。お変りありませんか」

そんな挨拶ではじまったが、月曜日にいま働いている会社の仕事で上京してくるという。

「少しでも、お逢いできたら嬉しいのですが」

相変らず、祥子の声は明るくはきはきしている。

祥子と逢うのは、去年の秋、冬香と一緒に京都で逢って以来である。

その後、冬香とだけ一方的に親しくなり、祥子にはなにも連絡していなかったので、なにかうしろめたい気がしないでもない。

祥子が月曜日の午後がいいというので、編集部のあるお茶の水に二時に来てもらうことにして、駅に近いカフェで逢う。

「ご無沙汰しています。お元気そうですね」

祥子はショートカットのヘアにサファリジャケットというのか、大きな胸ポケットのある服を着て、膝丈のブーツを履き、いかにも働く女性、といった感じである。

「久しぶり、今回は会社の用事で?」

「出張なんですけど、東京は一年ぶりです」

祥子は、「これ、つまらぬものですけど」と、茜屋《あかねや》のあられを差し出してから、

「やっぱり、東京は活気がありますね」

それからは簡単に東京の印象を話してから、祥子が思い出したようにいう。

「そうそう、今度、入江冬香さん、東京に移るのですよ」

「うん」と、菊治が思わずうなずくと、祥子は「ご存知でした?」ときく。

「いや、その、ちょっと連絡があったものですから……」

少し、しどろもどろになっていうと、祥子は悪戯っぽく菊治を睨んで、

「なんだ、ご存知だったんだ」

「べつに、ただメールをくれたのでね」

「じゃあ、冬香さんとメル友ですか、すごおい……」

祥子は大袈裟《おおげさ》に驚いて、「わたしには、なんにもくださらないのね」と拗ねたようにいう。

「アドレスがわからなかったので……」

「この名刺の裏に書いてありますから、お暇なときにでもくださいね」

祥子は改めてバッグから名刺を取り出して、菊治に差し出す。

このままではおされる一方なので、菊治は名刺をポケットにおさめてから、思いきってきいてみる。

「冬香さんのご主人は、なにをしているの?」

「東西製薬にお勤めで、なかなか優秀な人らしいわ。だから東京のほうに栄転になって……」

そういうことになるのかと、菊治は無言でコーヒーを飲む。

「これから淋しくなるわ……」

たしか、祥子と冬香は同じマンションに住んでいるといっていたから、彼女にきけば、冬香の家庭の様子がわかるかもしれない。

菊治は知らぬふりをして、きいてみる。

「彼女には、お子さんがいるんでしょう」

「いるわ、三人よ」

祥子は、知らなかったの、といった表情をする。

「じゃあ、転勤は大変だ」

「でも、彼女は喜んでたわ。一度、東京に住んでみたかったらしくて……」

それは自分に逢えるためか、と菊治は思うが、そんなことは口が裂けてもいえない。

「彼女のご主人にも、逢ったことがあるの?」

「もちろん、一緒に食事をしたこともあるわ」

「家族同士で?」

「そう。わたしたち夫婦と、子供も一緒にね。なかなかハンサムで優しい人よ」

「………」

はっきりいって、冬香からきいていた夫のイメージとはいささか違うが、それは冬香のいいかたが間違っているのか。それとも祥子がことさら大袈裟にいっているのか。

さらにききたいのを黙っていると、逆に祥子がきいてくる。

「ご主人のこと、気になるんですか?」

「いや、べつに……」

慌てて否定するが、祥子は探るような眼差しで、

「冬香さんを、好きなんじゃありません?」

「まさか、そんなことは絶対……」

「でも、ときどき彼女と二人で先生の話をするけど、そんなとき冬香さんの眼がきらきら輝いて、間もなく最新刊が出るはずだけど、なんて教えてくれるわ」

これから書くつもりだ、といっただけなのに、冬香はそんなことまでいって、自分をカバーしてくれているのか。

「そういえば、あの人、このごろすごくきれいになって。この前会ったときも、肌が艶々《つやつや》しているので、化粧品を替えたの、ってきいたけど、笑っているだけで……」

さすがに女の目は鋭いと、感心していると、

「でも、危ないなぁ、彼女が東京に出て来ると、簡単に逢えるでしょう」

「そんなことは……」

いったい、祥子はなにをいいに来たのか。ともかく男と女が対等に話したのでは、男のほうが分が悪い。とくに腹のなかの探り合いのようなことになると、男はつい正直に本音を晒すが、女は滅多なことでは本心をみせず巧みである。

これ以上、話しては、こちらの心がすべて読まれてしまいそうで、そろそろ引き揚げようかと時計を見ると、祥子がつぶやく。

「わたしも、東京に出て来たいなぁ……」

祥子はたしか、IT関係の仕事をしている、ときいていたが、いまの会社になにか不満でもあるのか。

「でも、ご主人もお子さんもいるのでしょう」

「子供は一人ですし、夫はエージェントに勤めているんですけど、こちらに来たいようで……」

祥子はそこで急に思い出したように、

「仕事をするなら、やっぱり東京よね、先生、なにかいい仕事ありませんか」

「いや、僕はべつに……」

どうやら、祥子が今日現れたのは、東京での仕事を見つけるためだったのか。

しかし自分の生活だけでぎりぎりの菊治に、他人の仕事まで世話するほどの余裕はない。

「わたし、大学がこちらだから、やはり、こちらで住みたいな」

いわれて、菊治は初めて、冬香の学歴を知らなかったことに気づく。

「あのう、冬香さんは、どこの大学を？」

「たしか彼女は、富山の短大のはずよ」

祥子は、東京の四年制の大学を卒《で》たはずだが、菊治は冬香の、短大卒というところが、むしろ好ましい。たしかに、学歴の点では四年制に劣るかもしれないが、冬香はそれ以上の、数えきれないほどの美点をもっている。

「やっぱり、冬香さんのことが気になるのね」

「いや……」

慌てて否定するが、すでに本心は読みとられているのかもしれない。

「でも、彼女に手をだしちゃ駄目よ」

「どうして？」とききたいのを抑えていると、祥子は悪戯っぽい笑いを浮かべて、

「お子さんが三人もいて、下の子はまだ小さいんだから。そんなときに、他の人を好きになったら大変でしょう」

そこで祥子は、菊治の表情を窺うように見ながらいう。

「あの人、本気になったら大変よ」

結局、祥子はなにをいいたくて訪ねてきたのか。

自分も東京へ出て来たいが、なにか適当な仕事はないだろうか。その点について相談したかったのかもしれないが、同時に、冬香が東京に移ってくることを伝えたかったようである。

いや、それだけでなく、冬香とのあいだを探りに来たのかもしれない。

それに対して、うっかり、メル友であることを喋ってしまったが、冬香と深い関係であることは、ばれずにすんだようである。

とにかく、とりとめもない話をして祥子は帰っていったが、それにしても、彼女からきいた話は意外である。

冬香の夫が大手の東西製薬に勤めていることは初めて知ったが、優秀だから東京に転勤になるのだという。

さらに気になったのは、「なかなかのハンサムで、優しい人よ」という一言である。

これでは、冬香が夫について話していたイメージとはいささか異なる。しかも祥子たち夫婦と食事も一緒にしたことがあるとは、なにか冬香に裏切られた気がしないでもない。

はっきりいって、菊治は少し面白くない。

できることなら、冬香の夫は怠け者で身勝手で、醜男《ぶおとこ》だといいと思っていたが、これではまるで逆である。自分より若いうえに、ハンサムで優しくて才能があるとあっては、こちらの立場がない。

いままで、冬香は自分一筋に、自分だけを頼りに生きているのだと思っていたが、そんな立派な夫がいるなら、なにも自分ごとき男に近づく必要はないではないか。

考えるうちに、菊治は憮然《ぶぜん》とした気持になってくるが、「しかし……」と思いなおす。

もしかして、祥子は、自分から冬香を引き離すために、ことさらにそんなことをいったのではないか。東京へ行く冬香に嫉妬《しっと》して、自分に近づかせまいとしているのではないか。

それとも、冬香の夫は外面《そとづら》と内面《うちづら》が違っていて、家庭ではまったく別の顔を見せるのか。

菊治はさらに、腕組みして考える。

祥子は、優秀だから東京に来るのだ、といっていたが、社会的に優れた男が、必ずしも家庭やベッドで妻を満足させるとはかぎらない。

「仕事ができることと、女を満足させる能力とはなんの関係もない」

菊治は自分にいいきかせて、一人でうなずく。

さらにいまひとつ気になったのは、「あの人、本気になったら大変よ」という祥子の言葉である。

大変、とはどういうことなのか。単純に解釈すると、本気になったら止まらなくなる、という意味かと思うが、だから大変、というのは少し違うような気がする。

だいたい、恋をすれば男も女も真劍《しんけん》になり、相手にのめりこみ、止まらなくなる。この場合、概して男より女のほうが深くのめりこみ、一方的に走りだすことが多いようである。

どこか世間知らずの、おっとりした感じの冬香だから、一度燃えだすと止まらない。そういう意味なら、わからないわけでもないが、だからといって悪いともいえない。

それというのも、冬香がのめりこむ相手は自分である。もし彼女がそれほど自分を愛し、一《いち》途《ず》に燃えてくれるのなら、そんな嬉しいことはない。

もちろん祥子は、そうなったら冬香の家は大騒ぎになり、その責任はすべてあなたに降りかかってくるのよ、といいたいのかもしれない。それに耐えられますか、ときいているのかもしれない。

しかしはっきりいって、まだそこまですすんだわけではない。いまの二人は、冬香の家庭の事情の許すときに密かに逢っているだけである。むろん冬香は本気だと思うが、まだ大変、という段階までいたっているわけではない。

それを、脅かすようないいかたをするのは、やはり、祥子が勝手に大袈裟にいっているだけなのではないか。

「たいして、気にすることはない」

たしかに、冬香が本気になって、夫や子供を捨ててきたら大変なことになりそうだが、菊治は逃げも隠れもせず、それをきっぱりと受けとめるつもりではいる。

むろん、多くのサラリーマンや、とくに一流会社のエリートなどはおおいに困るだろうが、菊治はいまさら守るほどの地位も名誉もない。

もともとやくざな小説家という仕事で、それも長年、表舞台から外れた裏にいるだけに、冬香がいくら本気になったところで、困ることはない。それに妻とは別れたままで、女性問題について、とやかくいわれることもない。

なれるものなら、いっそ大変なことになってみたい。

「どうってこと、ないや」

久しぶりに、菊治は自分に啖呵《たんか》を切ってみる。

春の雪は止んだが、かわりに菊治の胸のなかに春の雪が降りはじめたようである。

それも、関西から祥子がもちこんだもので、彼女のいったことを思い出すだけで気が滅入る。

とくに、冬香のことはともかく、やはり夫のことが気にかかる。

考えた末、菊治はメールでまず、祥子が訪れてきたことを告げてから、「彼女も、東京に来たいといっていました」と記す。

そのあとに、「彼女は、君のご主人も知っているらしく、とても素敵な人だと褒めていました」と、少し皮肉をこめてつけくわえる。

それに、冬香はなんと答えるのか。待っていると翌日のメールに、「やはり、祥子さんは訪ねていかれたのですね」とあり、「彼女も一緒に東京に出てくれると、嬉しいのですが」と記してある。

夫のことを勝手に喋った祥子に反撥するかと思っていたら、恨むどころか、むしろ一緒に東京に出て来ることを望んでいるようで、少し拍子抜けする。

それにしても、メールには夫のことについてなにも記していないが、それでは祥子がいったことをそのまま認めるということか。それとも、そんなことはたいして意味がない、と思っているのか。

菊治は気がかりだが、考えてみると、もともと冬香は些細《ささい》なことはあまり気にせず、意外におっとりしているところがある。

今回も、祥子がいった程度のことはあまり意味がないと思っているのか。菊治は勝手に解釈して、改めてメールを送る。

「君のご主人がどんな人でも、僕は君を愛している。誰よりも冬香が好き」

そのあとに、ハートマークを三つつけて送ると、すぐ冬香から返事がくる。

「わたしもです。もう少しでそちらへ行きますから、忘れないでいてくださいね」

そこにも、ハートマークと笑顔がついていて、菊治はようやく安堵する。

もう、つまらぬことで、あたふたするのはやめよう。たとえ冬香の夫がハンサムであろうが、優秀であろうが、肝腎の冬香の気持は自分のほうを向いている。菊治は自らそういいきかせて、夜、一人で机に向かう。

この春から、新しい小説を書きはじめると、冬香に宣言している。

なにがなんでも、それを始めなければならない。

菊治が書こうと思っているのは、もちろん恋愛小説である。しかし、いまさらきれいごとだけの小説など書く気はない。

いま本当に書きたいのは、冬香との恋だが、それこそ真最中なので、どのようにすすむかわからないし、それ以上に、客観的な視点を保ちながら冷静に書けるという自信がない。

だが、恋に燃えているときだけに、書こうという意欲だけは溢れている。

この一カ月、考えに考えた末にまとまったのは、若いとき、といっても三十代後半のころ。妻と他の女性と、さらにもう一人、三人の女性とのあいだで、泥沼のような関係が続いたことがある。

まさに、三つどもえの愛だが、どうしてあんなことを平気でできたのか。仕事が順調で脂がのりきっていたこともあるし、スタミナもあったが、それだけではない。

自分の内側から、狂おしいほどのエネルギーが溢れでて、先のことなぞ考えず、ひたすら恋することに没頭した。

その多情な男女関係というより、そういう猛《たけ》り狂った、男の業のようなものを書きたい。

これまで、業といえば女だけのものと思われてきたが、男にも業がある。それは愛とはいっても常識や倫理などでは律しきれない、身内から溢れでる、熱のかたまりのようなものである。

そうした自分でも抑えきれぬ熱情にかきたてられ、次々と女性と関わり、そして最後はすべての女に突き放され、捨てられる男を書きたい。

はっきりいって、この主人公は菊治そのものではないが、菊治の分身であることは間違いない。もちろんこれを読めば、自分のことを書かれている、と思う女性もいるかもしれない。

しかし、男女の小説を書く以上、体験してきたことを書くのがもっとも確実だし、リアリティがある。これまで、さまざまな人生を生き抜いてきた大人の読者を納得させるには、このリアリティが不可欠である。

そのためには、まず自ら体験したことを振り返り、正直に泥を吐かねばならない。

この自分という男のなかに潜んでいる、好色で、身勝手で、そのくせ脆《もろ》くて、無と知りつつ突きすすんでいく、雄の宿命を書きたい。

そのため、考えに考えた末に決めた題名を、まず原稿用紙に書きこむ。

「虚無と熱情」

むろん、冬香は菊治がどういう小説を書いているのか知らないし、菊治も教える気はない。できあがって本になった時点で見てもらったほうが間違いないし、途中でいろいろ気をつかわなくてすむ。

ともかく、数枚でも書きはじめたことで、菊治はようやく作家に戻ったような気がする。

それにしても、やはり冬香に逢いたい。逢って心も躰も燃えれば、さらに書く意欲がわいてくるに違いない。

「東京へ来る日は決まりましたか」

メールで尋ねるが、相変らずはっきりしないらしい。

長年住んだところを離れるだけに、その前にしておかねばならないことがいろいろあるのだろう。

それにしても、二月に逢ってそろそろ一ヵ月である。

もう我慢の限界で、これ以上、待たされると、おかしなところへ行くかもしれない。そうはいわないが、それに近い気持を訴えると、三月の半ばにようやく冬香から、はっきりした連絡がくる。

「二十日にそちらに移ります。すぐは無理ですが二日後なら行けます。お昼ですけど、お逢いできますか」

その日はたまたま週刊誌の校了日だが、午後から行っても間に合う。

「いつでも待っています、とにかく早く来て」

いまになって、菊治は自由業でよかったと思う。これがもし企業に勤めるサラリーマンなら、こんな勝手なことはできない。

もっとも、いまの菊治なら、サラリーマンでも、ずるけて休むかもしれない。

それから指折り数えているうちに、ようやく二十日になり、冬香が東京の人になる日が訪れる。

いまごろ、家族みんなで新百合ヶ丘のマンションに落ち着いたのか。それともホテルに一泊して、引越しの荷物が着くのを待っているのか。前回のホテルでのことを思い出して案じていると、冬香からようやくメールがくる。

「今日から、あなたのすぐ近くに住んでいるのだと思うと、嬉しいような、怖いような気持です」

嬉しいというのはわかるが、怖いとは、どういう意味なのか。たしかめたいと思いながら、やはり菊治自身も、うまくいきすぎて、なにか怖いような気がしないでもない。


その日、冬香は午前十時に菊治の部屋に現れた。

その前、マンションのインターフォンから「入江です」と連絡があり、「どうぞ」といって、ロックを開けてから部屋へ来るまで、菊治はドアの前で待ち、チャイムが鳴るとともに開ける。

「おうっ……」

ドアの向こうに、まさしく冬香が立っている。

いつものようにベージュのコートを着て、頬を少しあからめ、照れたようにかすかに笑う。

その胸元に、菊治がプレゼントしたハイヒールのペンダントが光っている。

「入って……」

菊治はうなずき、冬香がなかに入った途端、抱き締める。

よく来てくれた。いろいろ大変なことがあったろうに、忘れず、また戻ってきてくれた。

そんな思いをこめて、さらに強く抱き、接吻をすると、冬香もひたと寄り添い唇をあずける。

冬香も逢いたかったようである。

その形で抱き合ったまま雪崩《なだ》れこむように寝室に入り、そこで改めて囁く。

「待っていた……」

「わたしもです」

その一言をきいて、それまでの切なさがすべて吹きとぶ。

「何時まで、大丈夫なの?」

「お昼までです……」

それまで二時間しかない。菊治は冬香を一旦離し、カーテンを閉めると部屋はたちまち夜になる。

すでに暖房も入っていて、充分、暖まっている。

「脱いで……」

菊治は先に裸になり、ベッドで待っていると冬香が入ってくる。

今日は白いスリップに戻っているが、菊治は冬香がいつも派手なキャミソールやショーツをつけないところが気に入っている。

たとえ若い女性に、古いとかおじんくさいといわれても、男が燃えるのは清楚でシンプルな下着と、恥じらう姿である。

いま、冬香が端のほうからベッドへ入ってくる。

いつものように左側と決まっているので、すでに休んでいる菊治の足元をまたぐ形になるが、「ごめんなさい」といってぎりぎり端を通り、しゃがんだまま入ってくる。

慣れても礼儀を崩さない。それを自然にできるところが、さらに菊治の気持をかきたてる。

「はやく……」

菊治は待ちきれず抱き寄せる。

顔から足先まで、すべてを密着させ抱き合いながら、二人はまず躰で語りあう。

「逢えないあいだ、変りはなかった?」「ないわ、絶対守ったから、大丈夫よ」「よかった、俺もただただ君を待っていた」「わたしも、あなたのことだけ考えていた」

とくに言葉は交さなくても肌を寄せ合い、しかと抱き合い、接吻をし、舌と舌をからませる。それだけで互いにわかり合えるのだから、まさしくボディランゲージ、そのものである。

「よかった……」

その安堵は、互いの抱擁が少しゆるんだところでわかり、そこから第二のボディランゲージが始まる。

「そろそろ、入ってもいいかな」

「もちろん、わたしも待ってたの」

「ほうら、こんなになってる」

「すごおい、可愛い」

ここでも、言葉はなくても、ともに股間を触れ合い、菊治のものを冬香が摑むだけで、二人がいおうとしていることがわかる。

「駄目だ、もう待てない」

「わたしも、ください」

互いにせがんで求め合う。その高ぶる欲望が、重なり合う男と女の動きでわかる。

「ほらあ……」

「入ってくる」

いままでの、たまりにたまった思いを一気に浴びせるように奥深く入ると、冬香が初めて「あっ……」と声にだし、それから低くつぶやく。

「つらぬかれてるう……」

一瞬、菊治はそれがなんの意味かわからなかった。「つらぬかれ……」とそこまで追って、初めて、「貫かれている」という意味だと知る。

そこで、「つらぬかれてる?」とたしかめると、冬香が目を閉じたままうなずく。

たしかにいま、菊治のものは冬香のなかを貫き、そのすべてが冬香のなかにとらえられている。

そのたしかさに満足し、納得して動きだすと、冬香もそれに合わせて腰を動かし、二人は寸分の隙もないほど合体する。

もはや言葉はいらない。ただ激しく燃えながら、二人はともに、「死ぬほど好き」という、そのことだけを語りあっている。

いままで待ち焦がれてはいたが、菊治は急がない。

自らは抑え、冬香一人を愉悦の花園に遊ばせる。それもさまざまな形を試み、その都度、さまざまな快楽を味わわせ、躰に馴染ませる。

それは愛の表現でありながら、ひとつの調教でもある。

いまも冬香は正面から、そして横から、さらにこの前、知ったばかりのうしろから愛されて、その都度、燃えて訴える。

「いやっ……」

そんな形を受け入れる自分を恥じながら、それを裏切って走りだす自分の躰に驚き呆れているようである。

だが菊治は、冬香が乱れれば乱れるほど愛しい。

「ごめんなさい」と、いいかけるのに、「いいんだよ」と囁く。

女の悦《よ》がり声を嫌う男なぞいない。乱れて声が高まれば高まるほど、男はそれに煽られ、さらに熱くなる。

「二人だけだから、思いきり快《よ》くなって……」

それをきいて安心したのか、それとも、初めから抑える気なぞなかったのか、冬香はさらに甘く、切なく訴える。

「いいわ、いいわ……」

ようやく、冬香は躰の内側から沸きおこる悦《よろこ》びを正直に声にだして訴える。

「駄目なの、ねえ、もう駄目なの……」

さらに燃えあがり、頂点に向かって走り続けていることを告げる。

「やめて、やめてください」

冬香が髪を振り乱して悶えるが、そんな言葉を信じるわけもない。

もしここでいわれるとおりにやめたら、「ふうん」と、不満そうに鼻を鳴らされるだけである。

そんな口先だけの要求は無視して、さらに攻めたてる。

「冬香、ふゆか……」

菊治の呼びかけに、冬香は誠実に答える。

「あなた、あなた……」

二度呼ぶと二度答える。その律義さが愛しくて、菊治はさらに激しく攻める。

「ねぇ、ねぇ……」

いまは、そんな短い言葉の羅列だけになり、やがて、もはや限界とばかりに、「だめ……」

という一言を残して、冬香は快楽の雲にのって空の彼方に飛翔《ひしょう》する。

情事のあとは、いつも優しく穏やかである。いままでの激しさからは信じられぬ静けさだが、
躰はまだ貪欲に、快楽の名残りをむさぼっている。
男はともかく、女は過ぎたばかりの快楽を、何度でも反芻することができるようである。
菊治は、そんな冬香を抱いたまま、項《うなじ》から背を撫ぜてやる。前戯と本戯があるとしたら、そ

れはまさしく後戯だが、余韻をむさぼる女性にとって、後戯は欠かせない歓びで、そこまでして性の饗宴はようやく完結する。

「快《よ》かった?」

思い出したように菊治がきくと、冬香が「はい」と答える。当り前の問答のようだが、そう答えてくれる自信があるから、きいているともいえる。

「凄かった……」

「なにが?」

「声がさ」

「やめて……」

冬香は首を振り、心配そうにきき返す。

「隣りに、きこえるのですか?」

「きかれたかも……」

いろいろな人が住んでいるマンションの真昼間だから、誰かが聞き耳をたてていたかもしれない。

「でも、大丈夫だよ、壁が厚いから」

冗談半分にいったのだが、本気に心配しているようなので宥めると、「よかった」というように顔を伏せる。

そのまま二人は軽く微睡《まどろ》む。といっても、あまり時間がないことはわかっている。そのうえで、なお少し横たわっていたい。

それからどれくらい経ったのか。菊治は時間が気になって、ベッドの横の時計を見ると、十一時四十分を示している。

「ねぇ、大丈夫？」

なぜ、こちらからきかねばならないのか。冬香が黙って休んでいるのだから放っておけばいいのに、気になるのはやはり小心者だからか。そんなことを思いながら起すと、冬香が顔を上げる。

その横顔に向かって、菊治が話す。

「今日は、新幹線に乗らなくても、いいんだよ」

かすかに笑う冬香に、さらにいう。

「一時間で帰れるんだから」

「ええ、嘘のようです」

それは冬香も菊治も同じである。ともにうなずき合って、結局、ベッドを先に離れるのは冬香のほうである。

仕方なくそのあとを追って起き出し、菊治がバスルームから出ると、冬香はすでに身仕度を終えている。

髪を整え、薄く化粧をした冬香を見ると、情事を終えたばかりとはとても思えない。

「今日は、子供さんたちは、いるの？」

「はい、まだ春休みですから」

もしかして、夫もいるのかと思うが、それはきかずに、

「今度は、いつ逢える？」

「学校が始まると、いいのですが」

「それは、いつから？」

「六日からです」

そのころになると、夫も会社に出て、日中は自由になるということか。

「下の子が幼稚園で早いので、でも、一時までに戻れば大丈夫です」

ということは、午前中だけなら、かなり頻繁に逢えるのかもしれない。

「じゃあ、週に一度、いや、二度くらいは逢えるかも」

菊治がいうと、冬香はかすかに笑って、

「ここには、午前中どなたもいらっしゃらないんですか」

「掃除をしてくれる人が週に二回だけ来るけど、それも午後だから大丈夫」

菊治はそういってから、

「それとも、どこかホテルのほうがいい？　ラヴホテルなら新宿あたりにも沢山あるから」

「いいえ、こちらがいいです、ここに来させてください」

うっかり、ホテルに入るところなどを見つかっては、大変かもしれない。

「もちろん、ここでよければいつでも……」

菊治は、冬香の胸元にぶら下がっている、ハイヒールのペンダントを指さして、「それ、気づかれなかった？」ときくと、冬香は「いいえ、大丈夫です」と答える。

「その靴に、幸せを入れてやらなければならない。もっともっと、いっぱい快くなるように」

「これ以上ですか？」

冬香は呆れた、というように目を見張って、

「そんなことしたら、此処《ここ》から帰れなくなります」

「帰らなくていい……」

うなずきながら、祥子がいった、「本気になったら大変よ」という言葉を思い出す。


再び冬香が菊治の許を訪れたのは、前に来てから六日後の、三月の末だった。

ほぼ一週間に一度逢えるなど、菊治にとっては信じられぬ事態である。これも、冬香が東京へ移ってきてくれたおかげ、と思うが、今回は十一時から二時くらいまでにして欲しいという。

家では子供たちと夫が一緒に留守番でもして、たまたまそんな時間帯になったのか。

ともかく、家族をおいて、男の許に駆けつける冬香は身勝手な、許せない女といわれそうである。しかし連日、子供や夫の世話に追われて家に閉じこめられている冬香のことを思うと、週に数時間、家を空けたからといって、それほど責められることでもない。

もっとも、短い外出といっても実態は不倫である。そんなことを考えだすと複雑な気持になるが、ともかく菊治はそれに合わせて時間を空けておく。

幸い、大学も春休みで、時間的に余裕があるので好都合である。

菊治が待っていると、約束どおり、冬香は十一時ちょうどに現れる。今度も部屋の入口で待

っていると、淡いピンクのショールをまとった冬香が春の微風のように入ってくる。

「だいぶ、暖かくなった」

「はい」と答える冬香と入口で接吻をして、そのままベッドルームへ誘う。

「また、逢えた……」

菊治がつぶやくのに、冬香がかすかに笑う。北叟笑《ほくそえ》むのとは違うが、目と目を見合わせて、忍びやかな笑いである。

「今日は、いつもより時間がある」

これまでは二時間くらいだったのが、今日は三時間はたっぷりある。

「覚悟はしているでしょう」

「だめです、お手やわらかにお願いします」

そこで、菊治はきいてみる。

「今日は、彼は?」

「子供たちと、デパートに行くとかで……」

瞬間、菊治は息を吞む。ようやく訪れた春の日に、夫は三人の子供を連れてデパートへ行き、妻は菊治の許で服を脱いでいる。

なにか、ひどく罪深いことをしているような気がするが、それも近くに住むようになったせいか。

恋に燃えているときに、相手の家庭の事情など考えても仕方がない。まして不倫では、考えるだけ無駄である。

雑念を振り捨てて菊治は冬香を抱き締め、冬香もわずらわしい日常を忘れたいのか、菊治にしがみついてくる。許されない、他人にはいえぬことをしている、という思いが、二人の気持をさらにかきたてる。

菊治は冬香のスリップまでむしりとり、横向きに右の乳房に接吻《くちづけ》しながら、指先で花蕊《かしん》の手前の鋭敏な個所をなぞると、冬香は早くも乱れだす。

この部屋に来たら、もはや装うことはない。本能のまま正直に求めて酔っていい。そんな安堵と甘えが、冬香をさらに大胆にさせるのか。

初めは正面から、続いて横から求め合ううちに、いつものように冬香は菊治の上に重なり合うようになり、上体を反らせてくる。

それがより深い快感を得られることを、覚えているようである。

当然のことながら、菊治もそれに応えて、左の太股を冬香の腰の下に深くすすめて、下から上へ突き上げてやる。

「あっ、あっ……」と喘ぎながら、冬香の躰がのけ反り、腰が妖しくうねる。

ここまできたら、もはや愛しあうというより、男と女の戦いに近い。これでもかと男が攻めこむのを、女はしかと受けとめ、まだ欲しいというので男はさらに挑む。

なんと女の躰は欲深いのか。半ば呆れながら攻め続けると、仰向けになっていた冬香の上体が軽く起きあがる。

どうしたいのか。冬香のいまにも泣きだしそうな顔を見ながら、その姿勢が、さらに深く快感を味わうのに適しているのを知る。

それなら、さらに感じて欲しい。

菊治が納得して、左手を冬香の背に添え、うしろからぐいと押してやると、冬香の白い躰がゆっくりと菊治のうえに起きあがる。

どちらかが求めたり、話しあったわけでもない。ただ自然に、愛に熱中しているうちに、女が上になり、男は下になっている。

しかも、女は軽く上体をひねったまま、男に背を向け、うしろ向きになっている。

歓びを、そしてさらなる快感を貪欲に求めているうちに、二人が自ずと到達した最良の愛の形である。

窓は厚めのカーテンで閉ざされているとはいえ、淡い闇のなかでも鮮やかに見える。

菊治の上に、冬香がややうしろ向きに座っている。それも全裸で、円やかな背とお臀が、軽く前屈みの姿勢で白く宙に浮いている。

普段の冬香なら、到底、こんな姿勢はとらない。いや、冬香を知っている誰もが、こんな形で結ばれているなぞ想像もできない。

だが、冬香はまさしく、菊治の上に乗っている。それも自ら上体を起し、腰をわずかに動かした途端、「あっ……」と声をあげて、うずくまるように前屈みになる。

思いもしなかった快感が花蕊をつらぬき、驚き、慌てたようである。

どうしたのか。その戸惑う様子から、この体位が冬香にとって初めてだったのがわかる。

それは、発する声の異様さでも、姿勢の落ち着きのなさからも察しがつく。

だが、冬香は下りようとはしない。それどころか、怖《こ》わ怖《ご》わながら再び上体を起し、腰をかすかにずらして、新たな快感を探りはじめているようである。

むろん、菊治はそれに賛成である。できるだけ、その新しい快楽の探検に協力したい。

なお不安そうな冬香の腰を、菊治は下から両手で支え、それを前後へ軽く揺するように動かしてやる。

「あっ……」

再び冬香はのけ反り、そこでまた新しい刺戟に見舞われたのか、「いやっ」と叫ぶと、今度は前屈みになって、菊治の太股に両手をつく。

こんな快感は初めてで刺戟が強すぎたのか。それとも、いまになって自分の姿の恥ずかしさに気がついたのか。そろそろと躰をひねって下りようとする。

だが、菊治は許さない。ここまできて、途中でやめるのでは、これまで耐えてきた自分のほうが、おいてきぼりを食らってしまう。

「だめ……」

きっぱり拒否すると、お臀に当てた両手をさらに前後に揺らせながら、下からそっと押し上げてやる。

「やめて……」

声では逆らうが、躰はその動きに煽られたのか、息を荒らげながら、自分からまあるいお臀を前後に揺らしている。

こんな淫らな形で冬香が燃えるとは、菊治は思ってもいなかった。

むろん、女ざかりの冬香のことだから、高ぶるままに男の上で乱れてもおかしくはない。

だがそのときが、これほど早く訪れるとは。

それも菊治が求めたのでなく、さまざまな形で結ばれ、戯れているうちに、偶然たどりついた体位である。

「可愛い……」

自分の上で揺れる白いお臀を見ながら、菊治はつぶやき、次の瞬間、「すごおい」と思う。

性には未熟というより、あまり熱心でなかったはずの冬香がここまで成長し、大胆になった。

そのことに驚き、感動していると、冬香は耐えきれなくなったのか、勝手に走りだす。

「だめ、だめだよ……」

このままいっては、菊治はもたなくなる。

慌てて制止するが、もはや冬香は止まらず、そのまま突っ走り、突然、消え入るような声とともに崩れ落ちる。

初めての体位に、驚き慌て、戸惑いながら、最後はたしかに昇り詰めたようである。

そのまま、しばらく菊治の上に突っ伏していたが、やがてゆっくりと上体を起すと、名残り惜し気に菊治のものから離れて、ベッドに横たわる。

ようやく恥ずかしい姿から逃れて安堵したのか、軽く背を向けて突っ伏している。

そんな冬香に菊治は囁く。

「こんなの、初めてだよ……」

さらに「快《よ》かった」と続けると、冬香がゆっくりとこちらを向く。

「ごめんなさい」

淫らな形で達したことを恥じているのか。謝ったあと、「わたし、どうなるの?」ときく。

「どうなるって?」

「こんなになって……」

なんと答えたらいいのか、いい淀んでいると、冬香がつぶやく。

「あなたのせいよ」

そんなことをいわれても、菊治は困る。

たしかに、ここまで冬香を淫らにしたのは、菊治の責任かもしれない。

しかし、菊治は冬香が好きで、愛してきただけである。短い逢瀬のあいだに、強く、深く結ばれたくて、懸命に求めてきただけである。

その結果、これだけ深く性の悦びを教えられては、もはや以前の貞淑だった妻に戻れない。その責任はあなたにある、と訴えているようである。

正直いって、そういわれることは半ば嬉しくて、半ば辛い。愛する女性が、そこまで自分に馴染み、惚れこんでくれた。そのこと自体は嬉しく男冥利《みようり》に尽きる。だが同時に、「あなたが、こんなにしたのよ」といわれても困る。

「ごめん……」

菊治はひとまず謝ることにする。冬香がいうことは正しく、そのかぎりにおいて誤りはない。

「でも、好きだから……」

それも、まぎれもない事実である。冬香が好きだから、ここまで執拗に求めて、愛を深めてきたのである。

菊治はそっと溜息をつく。

以前、これと同じようなことを、他の女性にいわれたことがある。彼女は冬香より若くて、二十代の後半だったが、「どうしてくれるの?」と、菊治につぶやいたことがある。

女は往々にして、愛の結果について、男に責任があるようなことをいう。

たしかに男が女を導き、新しい世界を知らしめたのだから男に責任がある、といえばいえるが、それは二人が好んで、つくりだしたものである。その経過をたっぷり楽しんでおいて、突然、「どうしてくれるの?」といわれても困る。

その女性は、菊治との煮えきらぬ関係に飽きたのか、性の悦びを知ったまま去ってしまった。

そのかぎりでは、開発だけして他の男に渡した気がしないでもないが、それ以上の未練はなかった。

だが、冬香の場合は違う。

まず圧倒的に冬香が好きだし、その躰の成熟も魅力も、菊治がすべてつくりだしたものである。くわえて冬香は三人の子供がいて、夫を受け入れる気にはなれない、という。

そんな状態で、狂おしい悦びだけを知ってしまった。その責任はどうするのか、ということのようである。

正直いって、菊治は答えるすべがない。

いま、はっきりいえることは、誰よりも冬香を愛している、ということだけである。

そこから一歩すすめて、「それなら、夫と別れて欲しい」といえたら、愛は完璧《かんぺき》である。

だが口惜しいけど、そこまでいいきる自信はない。支えてやりたい、という気持はあるが、すべてを受けとめるだけの覚悟がつかない。

「ごめん」

菊治はいま一度つぶやき、「でも……」といいかけると、冬香が「いいの」と遮《さえぎ》る。

「あなたを、責めてなんか、いないわ」

そういってくれるとほっとする。というより、そんないいかたがいじらしくて抱き締めると、冬香がつぶやく。

「わたし、嬉しいの……」

菊治は思わずうなずく。「あなたが、こんなにしたのよ」といいながら、それを嬉しい、といってくれる。恨んでいるようで、その実、歓んでいる。そんな心の揺らぎがいっそう愛らしい。

「好きだよ」

菊治はさらに抱き締め、接吻《くちづけ》をする。

それに、冬香も自分のほうから舌を突きだし、からませてくる。その長い接吻が終ったところで、冬香がいう。

「わたしを、離さないでくださいね」

「離すわけが、ないだろう」

「わたし、あなたとしか、こんなこと、しないのですから」

それと同じことは、前に冬香が東京に来たときにもいっていた。

むろん、菊治はそれを信じているが、場合によっては仕方がないか、とも思っていた。

だが、今日のいいかたは、そのときより、さらに積極的で力強い。

たしかに、冬香の性格なら、曖昧に、夫に許すことなぞありえない。

しかし、だとすると、夫はどうしているのか。許さない妻をどう思い、男の欲望をどのように処理しているのか。

菊治は気になるが、いまはききたくない。せっかくの盛り上がった思いを、そういうことで冷やしたくない。

「まだ、少し時間がある」

帰る時刻の午後二時まで三十分を切っているが、二人はそのまま抱き合っている。

別れのときまで時間は足早に去っていく。しかし時の経つのが速いから、また次の逢瀬が訪れる、ともいえる。

決められた二時ぎりぎりになって、二人はようやくベッドを離れる。

菊治が「シャワーは?」ときくと、冬香は、「このまま、あなたの匂いをもち帰ります」といって服を着る。

憎いほど、男を喜ばせる言葉を、冬香はさらりという。

すべて整え、冬香がショールを首に巻いたところで、二人は次の逢う日を相談する。

「来週から学校が始まりますから、そのあとなら、来られます」

菊治は、「来られます」という言葉に感動する。いままでなら、菊治が京都まで行き、前夜から泊まってようやく数時間、逢うことができた。

だがいまは、冬香のほうから来てくれる。

「土、日、でないほうがいいんだね」

「ごめんなさい……」

休日は、子供も、そして夫もいて出られないのか。しかし、それはきかずに決める。

「じゃあ、学校が始まって最初の火曜日にしようか」

「九時半ごろになりますけど、いいですか」

二人でうなずき、次の逢う日を互いの手帳に書きこむ。

「そのころは、桜が満開かもしれない」

「嬉しいわ、東京の桜は初めてです」

「今度、案内しようか」

千駄ヶ谷の近くには、新宿御苑《ぎょえん》や代々木公園など桜の名所がある。

「ぜひ、連れて行ってください」

これから、冬香は徐々に東京に馴染んでいくに違いない。

「新しいところは、だいぶ慣れた?」

「はい、まだ少しですけど。でも、東京は住み易いような気がします」

「あまり、人目がうるさくないかも……」

菊治がいうと、冬香は大きくうなずいて、

「こちらの人は、他の人には無関心で、とても自由な感じがします」

前のところでは、祥子もいて、いろいろ気をつかうことが多かったのか。

「ここへ来る度に、東京が少しずつわかってきました」

「じゃあ、毎日、来る?」

「そんなことをいうと、本当に来ますよ」

そっと睨む冬香の顔が、妙に艶めいている。

春昼《しゅんちゅう》

おだやかな春の日の昼間どきである。東京の桜の花は八分咲きだというが、朝から熱気がこもり、今日一日で満開になりそうである。

だが、部屋のなかもマンションのまわりも息を潜めたように静まりかえっている。

菊治は、この春の昼の長閑《のどか》な気怠さが好きだ。

この一刻は「春の日」とも「春の昼」とも違う。やはり「しゅんちゅう」とか表しようがない。

ふつふつと花が開く予感のなかで、とりとめもなく時を過す。まさに豪奢《ごうしゃ》と安逸が共存する真昼間どきである。

菊治は安楽椅子に背を凭《もた》せたまま、冬香の訪れを待っている。

一気に花開く、春酣闌《たけなわ》のときに冬香が現れ、ベッドをともにする。

いま、冬香は菊治にとって、桜そのものである。

昔、桜は花の王者として、「花王」と呼ばれたが、冬香は菊治にとって、女のなかの王者のそんな女と、これから春の真昼間どきに戯れる。

今日はどんな体位で、どんな逸楽を楽しもうか。

なによりも、冬香の好ましいところは、菊治の求めに素直に応じることである。こんな形で、こんな悦びを味わいたいといったら、それを受け入れ、自らもそこに悦びを見出《みいだ》していく。

さらにいえば、それぞれの形で容易に燃えあがり、昇り詰める。

いかに外見が美しく、艶《あで》やかでも、達しない女は、いまひとつ味わいに欠ける。たとえ淫らで奔放でも、女が燃えて達してこそ、男は満たされ、愛した甲斐があったというものである。

いまの冬香は、菊治のあふれる愛を受けてか、容易に昇り詰めてしまう。ときには、それが早すぎて戸惑うこともあるが、その鋭敏さがまた一段と男の好色をかきたてる。

その待ち望んだ女が現れたようである。

入口のチャイムが鳴り、ドアを開けると、冬香が立っている。

思っていたとおり、満開を目前にした女の華やかさが全身にあふれている。

「どうぞ……」

招き入れてドアを閉める。その瞬間から、部屋は秘められた逸楽の場に変る。

「待っていた」

冬香を抱き締めながら、菊治は入口から桜の花弁《はなびら》が舞いこんだような錯覚にとらわれる。

菊治は先にベッドに入ってきいてみる。

「桜はどうだった?」

冬香はうしろ向きに、服を脱ぎながら答える。

「途中、電車の窓から咲いているのが沢山見えました。それにこの近くの神社の桜も」

菊治のマンションの先にある、鳩森神社のことをいっているようである。

「じゃあ、今日か明日が満開かも」

「はい、とても暖かいですから」

冬香を新宿御苑に連れて行くといったが、それなら今日がチャンスかもしれない。

「見に行く?」と誘いたいが、その前にまず抱きたい。桜もいいが、脱いでいる女性を前にしては、いまさら出かける気になれない。

それは冬香も同じなのか、例によって忍びこむようにベッドに入ってくる。

春昼の温もりのなかで、二人は待ちきれぬようにひしと抱き合う。

少し前、菊治が想像していたのは、まず横から結ばれ、それから背を向かせ、うしろからつながりたい。そしてさらにできたら、この前のように冬香を上にのせて下から見上げたい。

少年がさまざまな夢を描くように、菊治は心を躍らせて、いくつもの淫らな形を想像する。

そのひとつめを終え、二つめまできたところで、菊治はもはや耐えきれなくなる。

なによりも、結ばれている形が淫らすぎる。

冬香がまあるいお臀を見せ、顔を前後に振りながら悶えている。滅多なことで、こんな形を男に見せるわけはない。見ているのは自分だけだ、と思うことが、さらに気持を高ぶらせる。

それにしても、冬香のうしろ姿は美しく、艶めかしい。

このくびれたウエストと円いお臀に、桜の花を散らしたらどうだろう。透きとおるように白い肌だけに、ピンクの桜は花吹雪《はなふぶき》となって冬香の躰を彩るに違いない。

そんなふうに見られているとも知らず、冬香のお臀がまたゆっくりと前後に揺れる。

「もっと……」と、菊治はさらに冬香の腰に手を添え、うしろに引きつける。

その位置が男には好ましいが、冬香も同じらしく、「あっ」と叫ぶと、菊治のリードに合わせて息をはずませる。

春の真昼間どき、部屋では一組の男女がうしろから結ばれて、外ではその淫らさに急きたてられるように満開の桜が咲き誇る。

春の熱気が冬香を高ぶらせたのか、常とは違う結ばれかたが菊治を急かせたのか、二人はともに走りだし、やがて互いの名を呼び合って、ゆき果てる。

いまたしかに、二人は一つの躰となって癒合した。その満足感のなかで菊治は目を閉じる。

気怠い春の温もりとともに、ゆっくりと時が過ぎ、やがて息をふき返すように目を開くと、すぐ横に裸のままの冬香の躰がある。爛熟《らんじゆく》した春の気配のなかで、果てた女性は寝乱れて、落花のように静まりかえっている。

顔は軽く突っ伏し、髪だけが引きつられたようにうしろに広がり、そこからなだらかな肩と背が続き、軽くくびれたウエストの先に円いお臀が見える。

子供を産むと体の線が崩れるといわれるが、そんな気配は微塵《みじん》もない。どこか、おっとりとした冬香の性格が幸いしているのか、崩れるどころか、むしろ艶やかである。

見詰めるうちに、菊治の右手が自然に伸び、お臀から背へ触れ、そのまま項《うなじ》まで上がって、再び背骨にそって下ろしていく。

瞬間、くすぐったいのか、軽く躰をよじるが避ける気配はない。

菊治は、このやや長めの背が好きだ。

別に、冬香が胴長というわけではない。普通に見ると均整がとれていて、とくに肢が短いわけでもない。

だが、その程よい長さが、かえって淫らさをそそる。

昔、外国の女性と関わったことがあるが、白い肌が粗いうえに腕と肢が長すぎて、かえって興を殺《そ》がれた記憶がある。そのまま関係することはしたが、途中で、長い腕と肢が首のあたりにまとわりつくような気がして、落ち着かなかった。

それからみたら、冬香のゆったりとした背から腰の線は安心できる。そこにこそ、日本の女の艶めかしさと淫らさが潜んでいる。

そのまま、脇腹をこえて前のほうに手をすすめると、冬香がゆっくりと向きを変え、菊治のほうに寄り添ってくる。

「だめよ……」

勝手に手を遊ばせていたことを咎《とが》めているのか。だが言葉とは裏腹に、触られても逆らわないところをみると、冬香はまだ満ち足りた余韻のなかに漂っているのかもしれない。

いつもの癖で時計を見ると、十時半である。

冬香が来るといきなり抱いたせいか、まだ一時間しか経っていない。

それだけで、菊治はなにかひどく得をしたような気がしていると、冬香も気づいたのか、起きないで、というように寄り添ってくる。

そのまま抱き合い、果てたあとの温もりを感じていると、冬香がきく。

「わたし、おかしくありませんか」

「なにが？」

「こんなに、快《よ》くなって……」

菊治は思わず苦笑する。別に、愛する女性が激しく乱れたからといって、おかしいなどと思わない。それどころか、それほど深く感じてくれる女性なら、さらに愛しく、離すまいと思う。

「それが、素敵だよ」

言葉では足りなくて、さらに耳許に囁く。

「君が大好き」

「わたしもです」

そのまま菊治の胸に顔を埋めるが、やがてそっと顔を離すと思い出したようにいう。

「いま、わたしだけですか？」

「わたしだけって？」

「他に、好きな人はいませんか」

「もちろん、冬香一人に決まっているだろう」

正直いって、いま菊治は他に際き合っている女性はいないし、際き合う気もない。

咄嗟に冬香は、「嬉しい……」とつぶやくが、すぐ思いなおしたように、

「でも、あなたから、離れていった人がいるでしょう?」

「離れるって?」

「もし、わたしを本当に好きなら、前の人はもういらなくなって」

「そんな人は、初めからいないよ」

菊治は去年の冬に別れた由紀のことを思い出すが、彼女はむしろ自分から去っていったのである。

「その人の気持を思うと、切なくて……」

「大丈夫、君だけだから、つまらないことは考えないほうがいい」

「わたしは、あなただけですから」

冬香がこんなにはっきり、自分の気持を表すのは珍しい。

これも、二人のあいだが深まった証しなのか。そして冬香自身も、東京に出て来て新たな覚悟を決めたのか。

カーテンで閉ざされた部屋のなかにも、春の温もりが忍びこんでいる。その気怠さに身をゆだねながら、冬香の背から腰を撫ぜてやる。

すべすべとして柔らかい肌である。汗をかいているわけではないが、どこかしっとりして、肌理《きめ》が細かい。

抱き合ったまま、その白い肌に触れていると、何百年ものあいだ雪国で育《はぐく》まれ、紡《つむ》ぎださ

れてきた絹に触れているような気がしてくる。

「君のお母さんも、こんな肌をしているの？」

「さあ、どうでしょう」

否定しないところをみると、やはり白いのか。

「きれいだ……」

男と女のあいだで、よく「肌が合う」ということがあるが、これがそうなのか。なに気なく触れているだけで心が和み、しかも飽きないのだから、まさしく肌が合うことは間違いない。

むろん、その裏には、ともに愛しあっているという心のつながりが欠かせない。愛していて、躰が馴染み、満たされている。そういう思いがあるから、さらに肌が合うともいえる。

だがそれにしても、冬香の肌は心地いい。

菊治はふと胸元を見たくなる。こんな滑らかな肌を今度は目でたしかめたい。

そろそろと抱いている腕を解き、指先で胸のふくらみに触れると、冬香が軽く身をよじる。

かまわず乳首に顔を近づけ、接吻をすると、冬香が、「ねえ……」という。

「なあに？」ときくが、返事がないところをみると、急な戯れに戸惑っているだけなのか。

そのまま黙って接吻を受けているので、今度は意地悪をしてきいてみる。

「ここに、キスマークをつけてもいい？」

「いえ、だめです」

冬香が避けようとすると、さらにつけたくなり、そのまま小競り合いを続けていると、冬香がぽつりという。

「どうしても、つけたいのですか?」

「………」

なんと答えればいいのか、逆にきき返されて黙っていると、冬香がつぶやく。

「じゃあ、つけてください」

冬香が避けようとするから接吻をしたくなるのだが、逆にしてもいいといわれると、やる気が失せる。

人妻が胸にキスマークを許すわけはないと思っていたが、冬香は本当につけられてもいいと思っているのか。雪のような肌に、他の男のキスマークをつけて家に帰るつもりなのか。

菊治が戸惑っていると、冬香がつぶやく。

「わたし、あなたとのあとを、全部、残していきたいの」

「あとって?」

「別れて、一人になってから、ゆっくりと、ひとつずつ思い返すのです。あのとき、ああされて、それからこうされてって、全部、躰が覚えていて……」

反芻するとは、まさにこのことなのか。

「思い出すうちに、躰が熱くなってきて、いろいろなところが騒ぎだして……」

もしかすると冬香のあそこも、愛された記憶を思い出して蠢きだすのか。

「そうか……」

菊治はゆっくりうなずく。

男はどう激しく燃え、いかに強く感じても、それをあとあとまで躰に残すことはない。「快かった」という気持はその時点で完結して、そのあと、また同じように思い返し、実感することは難しい。

してみると、快楽の反芻は、女の躰にだけ与えられた特権なのか。いくら快くても、その瞬間に放出して果てる男と、快楽を自らの躰のなかにとりこみ、貯えられる女とでは、感覚の深まりかたがまったく違うのかもしれない。

菊治はそっと冬香の花蕊に触れてみる。ここにも、つい先程、昇り詰めた快楽のすべてが納めこまれているのか。

「じゃあ、まだ熱い?」

「はい」と、冬香は素直にうなずく。

やはり女の躰は奥が深いというか、底知れない。

不思議な思いで目を閉じていると、冬香の手が菊治の股間に触れる。

これまでも、冬香がそこに触れたことはあるが、すべて菊治が誘ったことで、冬香自ら手を伸ばしてきたのは初めてである。

いまは偶然、触れただけなのか。きっかけはともかく、冬香はそのまま軽く握っている。

その握った感触も、たしかに掌のなかに残しておこう、というわけか。

そのまま、触れるにまかせていると、菊治のものが少し目覚めだす。

それに興味を抱いたのか、冬香の指がさらに強く握りしめてくる。

「可愛い……」

それは、菊治のもの自身をいっているのか、それとも、果てて小さくなっている状態をいっているのか。興味がわいて、きいてみる。

「面白いの？」

「ごめんなさい」

冬香は一旦、謝ってから、「男の人って、不思議ですね」という。

それはどういう意味なのか。そのまま待っていると、

「大きさが、変るから……」

たしかに女性の躰には、そのときどきで大きさが変るものはないかもしれない。それが面白いのなら、このまま遊んでいてもかまわない。

「そこが、喜んでるよ」

菊治が自分のものにかかわっていうと、冬香の指が上下に動きだす。

どうやら、不思議なものに惹きつけられ、戯れているようである。その半ば真剣そうな顔を見るうちに、菊治はきいてみたくなる。

「こんなこと、したことあるの？」

突然きかれて冬香は驚いたのか、指の動きをとめて小さく答える。

「いいえ……」

その神妙さが可笑しくて、菊治はさらにきいてみる。

「彼のは？」

夫ともこんなことはしなかったのか。そのまま待っていると、「ないわ……」という。

だとすると、夫とはただセックスをしただけなのか。菊治が考えていると冬香がつぶやく。

「やりなさい、といわれたことはあります……」

そう命令されてどうしたのか。

「こんなふうに?」

「いろいろと……、でも、できなくて……」

冬香は自分が叱られているように、目を伏せる。

菊治は、自分のものを握っている冬香の指を右手でそっとつつむ。

冬香が、こんなことをしたのは初めてだというのは、たしかなのだろう。性に控えめだった女が、自分から男のものを摑むなぞ、そうそうできることではない。

そんな冬香が、自然に自分のものを握ってくれた。偶然、指に触れたのがきっかけだったが、避ける気配がなかったことが嬉しい。

それどころか、怖わ怖わながらいじるところに、冬香の優しさと好奇心が表れている。

だがその前に、夫にもそれと同じことをするように要求されていたとは。

たしかに夫なら、妻にその程度のことを求めるのは当然かもしれない。それは少し大袈裟にいえば、夫の権利であり妻の務めかもしれない。いや、見方を変えれば、妻の楽しみでもあり、夫の歓びかもしれない。

だが、冬香はそれができなかったという。どれくらい強く要求されたのか、そこまではわからないが、とにかく冬香はそれを拒否したようである。

「それで……」

菊治は、自分がなにか他人の閨房《けいぼう》を覗き見する卑しい男になったような気がしながら、やはりきいてみたい。

「で、大丈夫だったの?」

「いえ……」

冬香はかすかに首を横に振ってから、答える。

「叱られました」

菊治は思わず息を吞む。

夫のものに触ってみろ、といわれて触らなかった。そんな冬香が叱られる。

それを想像するだけで、なにか辛くて痛ましい。

たしかに、妻に触って欲しいといって、触ってもらえなかった夫は可哀相である。「なぜ、触らないのか」と、怒るのは当然である。

だが、愛や性に関わることは当事者だけの問題で、他人に容易にうかがい知れることではない。

「それで……」

さらにきくと、冬香がきき返す。

「こんなことをいって、嫌いになりませんか」

「なるわけ、ないよ」

そのまま待っていると、冬香が話しだす。

「あの人、少し変っているのです」

あの人とは、むろん冬香の夫のことのようである。

「変っているって？」

話すのが辛いのか、冬香は顔をそむけて、

「あの人、変なことが好きで、わたしにそれを持てといって……」

そのまま、いいにくいのか黙りこむので、菊治が促す。

「それで……」

「あの、口でというか……」

冬香は、フェラチオのことをいっているようである。

「でも、できなくて……」

夫がそれを要求するのは、さほど変っているとは思わないが、冬香はなぜできなかったのか。

いや、それより、冬香がそんなことをしている姿は想像したくもない。

「あのう、少しきいてもいい？」

菊治はたしかめてから、

「彼とのセックスは嫌だったといっていたけど、初めはそうでもなかったのでしょう」

「それは、そういうものだと思っていましたから……」

「それで、少しずつ慣れるということは……」

冬香は「いえ……」とつぶやいて、

「あなただから、正直にいいますけど、少しも快《よ》くなくて……」

「じゃあ、苦痛だったの？」

「はい、なにか初めから痛くて、しないで欲しいと思ったのですけど、迫ってくるので……」

菊治の脳裏に、白い女体が怯え、うずくまる姿が浮かんでくる。

「でも、まず抱いたり接吻したりして、それからするんじゃないのかな」

「そんなことはほとんどなくて、いきなり求めてきて一方的に動いて、わたしは、早く終って欲しいと、我慢しているだけで……」

してみると、冬香はひたすら暴風雨が過ぎるのを待つように、夫が終るのを待っていただけなのか。

「それじゃ、あまり感じない？」

「ええ、終ると、ほっとして……」

菊治の脳裏に一組の夫婦の姿が浮かんでくる。

夫は大手の会社の恵まれたサラリーマンで、妻は色白の控えめな女で三人の子供がいる。その外見だけ見れば、まさに現代の理想的な家族のようである。

だがそれは表だけで、夫婦の性生活は必ずしも満たされたものではない。

夫はときに妻を求めはするが、愛撫や前戯もなく、気が向いたときにいきなり求めてきて、自分だけ満足して果てる。その間、妻の気持や躰の変化を考えることもなく、ただ結ばれ、果てただけでよしとする。

もしかすると、こうした関係は男主導の、男だけ快《よ》くなる男のためのセックス、とでもいうものかもしれない。

これでは妻が満たされることはなく、それどころかほとんど快感を味わうこともなく、妻不在のセックスということになる。

そんなのはおかしい、と思うかもしれないが、かつてはそんな男性主導のセックスが堂々とまかり通っていた。いや、現在でも、女性の気持を理解しない、さらには女性に無知な男たちは、その種のセックスを平気でくり返して、それでよしと思いこんでいるのかもしれない。

菊治は改めて、冬香の辛さを考える。

そんな状態が続いたら、冬香がセックスを嫌いになり、夫のものに触れたり、愛撫するのが嫌になるのも無理はない。

「それじゃあ、ほとんど快くならなくて……」

菊治の問いに、冬香があっさりとうなずく。

「ここも、いわれたとおりにはできなかった」

菊治は自分のものを軽く冬香の手におしつけてみる。

「それで、彼はあきらめた」

「あきらめたというより、なぜ、できないんだと怒って、謝ると、『つまらない女だ』といわれて……」

冬香の夫は古いタイプの男なのか。女菊治は思わず怒りを覚えるが、冬香はむしろさばさばとした口調で、

「でも、おかげであまりしつこくいわれなくなって、助かりました」

こんないい女をつまらない女とは、なんと非道《ひど》いことをいうのか。

同じ一人の女に対しても、男によってずいぶん見方が変るものである。菊治にとっては愛し

い、性的にも見事に成熟した女が、夫にとっては面白味のない、つまらぬ女に変ってしまう。いや、それは男の見方というより、一人の女が接する男によって、妖艶《ようえん》な女にも頑なな女にも変りうる、ということかもしれない。

そしていま自分は、冬香の従順で成熟した面を充分堪能している。そう考えると、菊治はなにか得した気分になるが、それにしても同じ女性が、それほど変るところが不思議である。

「いま、彼とは快《よ》くなれないといったけど……」

菊治は言葉を選びながらきいてみる。

「僕とは、いつごろから快くなったの?」

「初めは緊張していたので、でも二、三回目くらいからかな。あなたがとても優しくしてくれたので……」

冬香と初めて二人だけで逢ったのは、夕方の京都のホテルであったが、そのときはともに抱き合い、長い接吻を交しただけだった。

そのあと、二人がたしかに結ばれたのは、菊治が朝から京都に駆けつけたときだが、冬香は素直に躰を許してくれた。しかも途中で菊治が耐えきれなくなると、「ください」とつぶやいた。

たしかにそのころの冬香は、いまのように激しく乱れることはなかったが、すでに歓びを感じていることは、菊治にも伝わってきた。

それ以来、逢瀬を重ねる度に、冬香は強く、深く感じるようになったことは間違いない。

「じゃあ、僕と知り合ってから、少しずつ?」

「わたし、ああいうの、本当に初めてだったのです。優しく接吻してくれたり、『好きだよ』と何度もいってくれて、ゆっくりと時間をかけて、快くしてくれて……」

冬香はそこで急に恥ずかしくなったのか、菊治の胸に額をすり寄せて、

「わたしの躰に、火をつけたのよ」

そういわれても、菊治にはそんなことをしたという意識はない。ただ冬香が好きで、懸命に愛した結果が、眠っていた冬香の躰に火をつけることになったのか。

「じゃあ、まったく初めて？」

「もちろんです、こんなことになる自分がいまでも不思議で……」

目を閉じたまま菊治は考える。

「あなたが、わたしの躰に火をつけた」と、冬香はいう。それは女を目覚めさせたという意味で、どこか甘く心地よく、男の自尊心をかきたてる。

だが、それは同時に、「あなたの責任よ」といわれているのと同じである。

むろん、菊治はそれを否定する気はない。それどころか、そういわれることは男として嬉しく名誉だとも思う。

それも独身の女性でなく、すでに結婚して子供もいる人妻にいわれたことが深くて重い。

「だが」と菊治は考える。

冬香が自分に教えられて開花したとしたら、冬香のように人妻で子供もいながら、まだ開花していない花がいくつもあるということか。

「じゃあ、もし僕と知り合わなかったら、こんなことは知らなかった？」

「もちろん、あなたが誘ってくれたから……」

たしかに、菊治が誘わなかったら、冬香は夫以外の男性と知り合うチャンスはなかったかもしれない。

「君の友達も、そうなのかな?」

冬香は菊治の胸元から顔を離し、考えるように少し間をおいてから、

「あまり、そういうこと、話したことはないのですけど、多分、そうだと思います」

「祥子さんも?」

思いきって具体的な名前をだすと、

「去年、あなたに逢う前ですけど、そのときは、もう三年間もご主人とはなにもないといって……」

「三年も……」と、菊治はつぶやき、「それでは可哀相じゃないか」というと、

「でも、祥子さんはわたしと同じように、あまり好きでなかったみたいで。たまにご主人が求めてきても断って、最近、ようやくあきらめてくれるようになったので、ほっとしている、といってたから……」

菊治は、現代の働く女性の代表のような、活《い》き活《い》きとした祥子の姿を思い出す。

「あの人、ご主人とそんなことをするのが嫌で、仕事を始めたのです」

「どうして?」

「仕事をしていると、断る理由ができるでしょう。だから楽だと……」

そんな夫婦というか妻たちが、いまは多いのだろうか。菊治はいまさらのように夫婦という

ものがわからなくなる。だがたしかに、最近は性的関係のない夫婦も多いのかもしれない。それは一般的にはセックスレス夫婦ということになり、菊治も妻と別れる前、十年間ぐらいはまったくといっていいほど関係がなかった。

その理由は、単純に相手が嫌いということもあるだろうが、それ以外に、互いに疲れていたり、飽きたり、子供がいるなど、さまざまな理由がありそうだ。が、そのほとんどは夫が怠けているからだと思いこんでいた。

だが、いまの冬香の話をきくかぎりでは、妻のほうが避けているケースも少なくないようである。いまさら、そんなことをしなくてもいい、されたくないという妻もいて、夫がその気にならぬよう、むしろ気持を鎮めさせる。

せっかく夫婦でいるのに、この冷ややかさは不思議だが、その、もともとの原因は男のほうにあるのかもしれない。

冬香のように、セックスが快くないというより、むしろ苦痛で、それに夫が腹を立てて怒りだす。その表面だけ見ると、妻の我儘のようにも思えるが、その実、妻が心地よく受け入れ、さらには歓びを感じるように導かない、夫のほうに問題があるのかもしれない。

とにかく、冬香のようにセックスが嫌いだった女性が、これだけ開花したのだから、花が開かないのは、むしろ男の責任といえそうである。

「わたし、幸せです」

冬香がしみじみとした口調でいう。

「あなたに逢えたおかげで、これだけ感じられるようになったのだから」

「そんなことは、ないよ」

冬香がここまで成熟したのは、冬香のなかに、そこまで感じる可能性が潜んでいたからである。

「もともと、冬香には素質があったんだよ」

「素質ですか……」

冬香はつぶやいてから可笑しくなったのか、かすかに笑って、

「こんな、わたしでもいいんですか」

「もちろん、君は最高だよ」

正直いって、菊治もこれほど、冬香が花開くとは思っていなかったが、いまは生涯で最良の女に出会えたと思っている。

「こんないい女は、初めてさ」

「じゃあ、絶対、離さないでくださいね」

そのまま二人はともに寄り添い、抱き合う。

今度も時間は確実に過ぎて、時計を見ると十一時三十分になっている。

「もう、こんな時間か……」

せっかく、冬香が大事なものを握ってくれたのに、このまま起きるのは残念だが、それは次回ということもある。

「ごめんなさい」

冬香も名残り惜しげだが仕方がない。そんな冬香に、菊治はいま一度、接吻して先に起きる。

そのまま書斎にいって窓を見ると、相変らず外はよく晴れているようである。

菊治は行くといった花見のことを思い出し、服を着終えた冬香にきいてみる。

「これからじゃ、見に行けないね」

無理なのはわかっているが、見られないとなると急に惜しくなる。

「この様子なら、明日か明後日くらいまでは保つかもしれない」

「週末から、雨だといっていました」

それなら、なおさら明後日までに見なければならない。

「桜の季節になると、必ず雨か嵐がくる。桜がきれいすぎるから嫉妬するんだよ」

「本当に、桜は短いですね」

菊治はうなずきながら、自分たちのことが知れたら、桜のように嫉妬されるかもしれないと思う。

「ねえ……」と、菊治は帰り仕度を整えた冬香にいってみる。

「明日か明後日、また、逢えないかな。やっぱり一緒に桜を見に行きたい」

「…………」

「そんなに、続けて出られない？」

「いえ、明日は学校で、ちょっと説明会があるのですが、明後日なら……」

「本当？　じゃあ同じ時間に来てくれる」

「あなたは、いいのですか?」

「大丈夫、近くでいいところを探しておくから」

「はい」と冬香はうなずいて出口に向かう。

そのうしろ姿を見ながら菊治は、学校で子供の担任の教師の話をきいている冬香を想像する。

そのあと、他の母親たちと挨拶を交し、子供のことなど話し合うのか。そんな冬香は外から見るかぎり、明るく幸せそうで、不倫をしている気配など微塵も見せないのかもしれない。

いままでなら、今日逢って明後日に逢うなど到底できなかった。できないどころか考えることさえなかった。

だがいまは、それが可能である。

むろん、冬香は少し無理をしているようだが、とにかく再び来るという。

これも、冬香が東京の近くに住むようになったおかげである。

一人になって、菊治は思わず微笑むが、春陽の射す窓を見ているうちに少し不安になる。

このまま、さらに逢瀬が増し、ともに激しく求め合っていくとどうなるのか。二人とも、底なしの愛の沼に溺れこむだけなのか。

「そしてその先は……」

心のなかでつぶやき目を閉じる。

なにか得体の知れない不安とともに、いっそ落ちるところまで落ちてもいいといった、やや投げやりな気持になる。

　もはや生涯で、冬香ほど好きな女性に逢うことはないのではないか。少しきざかもしれないが、これがまさしく最後の恋かもしれない。

　多分、この先、いま以上にいいことがあるとは思えない。すでに妻とは別れ、一人いる息子も独立して、家庭的に問題になることはなにもない。

　仕事の面でも、いまやっているのは生活のための仕事にすぎない。これから自らに期待するといったら、この春から書きはじめた小説が完成して脚光を浴びることだが、そこまでうまくいくという自信はないし、万一、うまくいったところで冬香との恋が邪魔になるとは思えない。

　とにかく、ここまできたら、とことん恋に溺れてみたい。

　だが冬香は、そんなわけにいかないのかもしれない。たしかにいまは自分を愛し、肉体的にも自分に溺れているが、現実には三人の子供がいる。夫にはあまり愛を感じていないとはいえ、三人の子供をおいて、これ以上、自分との愛に溺れこむのは難しい。

　それより、冬香をそこまで誘い出していいのか。

　もしかすると、冬香も、このままずるずると愛の深みに入り、もはや戻れなくなったらどうするのか。実際、そんなことをする権利が自分にあるのか。そこまで引きずりこんで、責任をとれるのか。

　春昼の気怠さのなかで、菊治は夢を見て、また現実に引き戻される。

いままでなら、また逢う日まで、それこそ指折り数えて待っていた。一カ月が十日になり、三日になって、いよいよ近づいたと緊張して心が高ぶる。

だが、今回はあいだが一日しかなく、あと二つ寝ればまた逢える。なんというラッキーかと、浮き浮きした気分で待っていると、翌日の夕方、突然、冬香からメールがくる。

「明日、お逢いできるの、薬しみにしていたのですけど、二番目の子供が今日から少し風邪気味で休んでいるのです。明日になれば大分、快くなるかと思うのですが、明日の朝、またメールさせてもらって、いいですか」

読んで、菊治は溜息をつく。

たしかに季節の変りめで、風邪をひいている子供は多いようである。冬香には三人も子供がいるのだから、その一人が風邪をひいたとしても不思議ではない。

一番目は女の子のようにきいていたから、二番目というと、小学四、五年生の男の子なのか。その子が風邪で寝ていたら、出て来るのが難しいのはよくわかる。

幼い子がいるということは、こういうことなのか。菊治は急に生々しい現実を突きつけられたような気がして、いささか気が萎える。

しかし、だからといって、冬香を責めるわけにいかない。

仕方なく窓を見ると、午後から風がでてきて、花弁が散りはじめている。

もしかして、このまま桜も終ってしまうのか。菊治は暗澹《あんたん》とした気持になってくるが、ともかく、明日に期待するよりない。

その夜、菊治は久しぶりに、中瀬に会う約束になっていた。

以前、出版社に勤めているときの同僚だが、いまは同じ社の役員になっている。

銀座の、魚のうまい店があるというので行ってみると、氷でうずめたカウンターに数十匹の魚が獲《と》れたままの形で並んでいる。

「日本海のね、うまい魚ばかりだよ」

中瀬が説明してくれて、まず平目の刺身をつくってもらうが、菊治はまだ明日のことが気がかりである。

「うまく、子供の熱が下がってくれるだろうか」

思わずつぶやきかけると、中瀬が「なに?」ときいてくる。

菊治の少し落ち着かぬ態度を、中瀬は会ったときから見抜いていたようである。

「彼女とは、どうなんだ」

「うん、まあ、なんとか……」

曖昧に答えると、中瀬がさらに突っこんでくる。

「おまえにしては、珍しくよく続くな」

「そんなことはない」

だいたい、菊治は自分のほうから別れたことはほとんどないし、それ以上に、自分の恋愛を中瀬に話したこともない。

ただ今度だけは冬香に気持を入れすぎて、つい喋りたくなっただけである。

「やっぱり、人妻と際き合うのは大変だろう」

「そんなことはない……」

菊治は否定するが、子供が風邪をひいて明日逢えるかどうか、わからないことを思い出す。

「もう少し、若い女にしたらどうだ」

「いや、彼女は若い」

菊治は五十五歳で、冬香はもうじき誕生日がきて三十七歳になるが、それでも二十歳近く離れていて充分若い。

「そりゃ、おまえより若いかもしれないけど、どうせ遊ぶなら、もっと若くて独身のほうが気軽だろうと思ってね」

「でも……」菊治は焼酎《しょうちゅう》の水割りを飲んでから、

「べつに、遊びのつもりではない」

「なに?」

中瀬は飲みかけたグラスを手にしたまま、

「やっぱり、本気なのか?」

「もちろん、そういったろう」

突然、中瀬は菊治の顔をまじまじと見て、

「そういえば、おまえ、このごろ、眼が澄んできた」

「澄んできたって……」

菊治は目のまわりを軽くこすってみる。

「澄んで、悪いのか?」

「悪いわけではないが、だいたい俺たちの年齢《とし》になれば濁ってくるものだろう。べつに悪いことをしているわけではないが、長年生きて、世の中のさまざまなことを体験してくると、次第に濁ってくる。それが大人になった証しみたいなものだが、おまえは逆に澄んできた」

「だから、どうなんだ」ときこうとすると、中瀬がいう。

「やっぱり、本気なのかもしれないな」

中瀬はまだ、人妻に入れこむ菊治の気持がわからないようである。

「しかし心配だな、ほどほどにしたほうがいいぞ」

菊治もそう思わぬわけでもないが、いまはあまりいわれたくない。

「まあ、いいよ」

その話は打ち切って、カウンターの前に並んでいる魚を見る。

左手にある、黒くて大きいのは黒鯛《くろだい》で、その横は眼張《めばる》なのか。さらに甘鯛があり、魴鮄《ほうぼう》がいて、青味を帯びて輝いているのは鯖《さば》で、手前のやや小振りなのは鰺《あじ》なのか。

ここでは、それぞれ好みの魚を、この場で焼いてくれたり、煮付けにもしてくれるらしい。

「その赤いのは、喉黒《のどくろ》かな」

菊治がきくと、白い髭を生やした店主がうなずいて、「焼いてもうまいですよ」という。

「ちょっと、見せてよ」

菊治が頼むと、店主が手にとらえて正面から魚の口を開けてくれる。魚自体はピンク色を帯びているのに、喉の奥だけ黒々として精悍《せいかん》である。

「じゃあ、焼いてもらおうかな」

カウンター中心の小料理屋とはいえ、一匹まま焼くのでは高そうな気もするが、どうせ支払いは役員の中瀬である。彼の好意に甘えてさらに焼酎を頼むと中瀬がきく。

「新しく書くといった、小説はどうだ」

「うん、なんとかやっている」

このところ、少し調子がでてきて百五十枚ぐらい書きあげたが、そのことを告げると、

「いいじゃないか、やる気がでてきたんだな」

「もう一本くらい、いいものを書かないとな」

「眼が澄んできたから、大丈夫かもしれない」

中瀬はおどけていうが、たしかに菊治自身も今度は手応えがある。

正直いって、いまは恋愛に没頭している分だけ、小説にも集中できるような気がする。

「それじゃあ、もう少し恋愛を続けなければならないな」

「いや……」

小説を書くために恋愛をしているのではない。恋愛をしているから小説を書けるのだ。そういいたいところだが、ここは黙って焼酎を飲むことにする。

焼いた喉黒を食べ、大椀《おおわん》のおすましを飲むとお腹がいっぱいになる。

「どうだ、一軒くらいいこうか」

銀座のクラブかバーに行こうということのようだが、むろん菊治に異論はない。

そのまま従いていくと、ビルの地下のクラブに入る。かなり古い店で、菊治も売れっ子のころに一、二度来たことがある。さほど高級というわけでもないが、作家も出入りしていて比較的気楽なクラブである。

中瀬に続いて菊治が入っていくと、店の内装はすっかり変っていて、まわりについたホステスも顔見知りはいない。

ただ一人、ママだけが覚えていてくれて、「村尾先生じゃありませんか」といい、「どうされていたんですか?」ときく。

むろん小説を書いていたのだが、ママにとっては遠い過去の人、ということか。

「村尾は、俺と同期入社でね……」

久しぶりにママに先生と呼ばれて、菊治は改めて自分が村尾章一郎という作家であったことを思い出す。

「まず、乾杯」

互いに水割りのグラスを持ち上げて一口飲むと、中瀬は早々に隣りに座った若い子と話しだす。

大手の出版社の役員だけに、こういうクラブにはよく顔を出しているのかもしれない。

菊治は改めて、銀座のクラブとは疎遠になったと思うが、中瀬の横にいるホステスを見ても、さほど興味がわかない。

さすがに銀座の女性らしく、若くて、着ているものも派手だが、菊治は自ずと冬香と見比べてしまう。

冬香にあって、クラブの若いホステスにないもの。それは、なにか一点、きっかりと抑制のとれた気品か。いや、それ以上に切なさみたいなものか。

そんなことを思っていると、突然、派手な悲鳴が響いて、そちらを見るとみなが笑っている。

向かいの客が、ホステスの胸の谷間に手を差し込んで騒ぎになったようである。それも、自分とは無縁の世界だと思っていると、横にいた茶髪の丸顔のホステスが話しかけてくる。

「先生って、なんの先生をされているのですか」

「いや……」菊治は少し間をおいて、「ちょっとした、大学のね」と、答えておく。

クラブには一時間いたが、銀座はどこか落ち着かなくて馴染めない。菊治はその店を出たところで中瀬と別れて、一人で四谷の荒木町《あらきちょう》に行く。

少し酔っているが銀座から地下鉄に乗り、四谷三丁目で降りて広い通りを渡ると、じき杉大門《すぎだいもん》の飲食街に出る。そこを二、三十メートル行くと右手に石段のある路地がある。

そのゆるやかな階段を昇ると正面に大きなマンションが見え、それから見下ろされるような位置に仕舞屋《しもたや》風の家がある。入口は和風だがドアを開けるとすぐ、七、八人は座れる半円形のカウンターだけのバーになっている。

ママは以前、新劇の女優をやっていたとかで、六十歳近いらしいが、いまも艶めいて十歳は若く見える。

「あれ、今日は珍しいな」

いつもは近くのサラリーマンたちで賑わっているカウンターが、今夜は誰もいない。

「いま、ちょうど帰ったところよ」

カウンターを片付けているママがいうのにうなずき、奥から二つ目の席に座る。

「やっぱり、ここが落ち着く」

中瀬が案内してくれた小料理屋もクラブも悪くなかったが、菊治にはやはりこのあたりの、大衆的な店のほうが気が休まる。

「焼酎のオン・ザ・ロックをもらおうかな」

「どこで、飲んでいたの?」

「久しぶりに銀座のクラブに行ったけど、俺はやはり場末のほうが合っている」

「場末とはなによ」

ママはぷいとふくれ面をして、「若い女に、振られたんだね」という。

「いや、そうでなく、やっぱり、ある程度、年齢をとった女のほうがいい」

「ああ、お得意の人妻ね」

前になに気なく、人妻に惚れていることをいったのを、ママは覚えていたようである。

「今日は、えみちゃんはいないの?」

いつもお手伝いできていた女子大生のアルバイトの子が、今日は見えない。

「なにか、風邪をひいたようで休んでるわ」

菊治は改めてまわりを見廻し、ママと二人だけなのをたしかめてからきいてみる。

「ママ、エクスタシーって、知ってる?」

いきなりきかれて、ママは呆れたというように菊治の顔を見る。

店には藤圭子なのか、「カスバの女」という古い歌が流れているが、低音で気怠げなところが好ましい。なに気なくそれを一緒に口ずさみかけるとママがきく。

「どうしたの、いきなりエクスタシーを知ってるか、なんて」

「いや、ママに一度きいてみたいと思っていたんだけど、世の中にはエクスタシーを知っている女性と、知らない女性がいるだろう」

　瞬間、ママはぷっと吹き出して、

「そんな、分類があるわけ?」

「分類ってわけでもないけど、それによって、セックスや男に対する考えかたもすべて変ってくるだろう」

「そりゃ、まあね」

　ママも薄い水割りを飲みはじめる。

「これがね、若い女の子はあまり知らない。でも、三十代、四十代の結婚している女性も、意外と知らないらしい」

「それは、旦那《だんな》が怠けるからよ」

　さすがに、ママは鋭いところをついてくる。

「ママは、子供がいるの?」

「いるわ、一人」

　いまさら、ママは隠す気はないらしい。

「ちょっと、きいていい?」と、菊治はママに顔を近づけて、

「子供が産まれる前と、産まれてからと、どちらが快かった?」

「そりゃ、産まれてからよ」

「そうだろう。それは、なぜなのかな?」

「なぜって……」

ママは、若いときの美しさが残る細面の顔を軽く傾けて、

「多分、あんな大きなものを出したからかも……」

「大きいものって?」

「子供よ、あんなものを産んだら、女はもう怖いものなしというか、なにがきても驚かない。開き直って、急に強くなるのかも」

「やはり」と、菊治はうなずいて、「産んでようやく、一人前、というわけだね」

「もちろん、お産は女の普通の生理だから、本当の女になるのは、それからよ」

「なのに、夫たちは、ママなどと呼んで、手をださなくなる」

「よく、知ってるじゃない」


二人の会話に遠慮したように客が入ってこない。それをいいことに菊治はきいてみる。

「でもさ、子供を産むと、あそこがゆるゆるになる、なんていうだろう」

「そんなこと、ないわ」

ママは即座に切り返す。

「一時的には、そうなるかもしれないけど、すぐ元に戻るって本にも書いてあるし。それに感じかたもずっと敏感になって、わたしも本当に快くなったのは産んでからだわ」

「そうだろう、ゆるいなんて嘘だよね」

「人妻に惚れこんでいる、菊ちゃんがいうんだから間違いないわね」

ママは苦笑してから、

「彼女、そんなにいいの?」

「そりゃ、いいよ」

「じゃあ、離れられないじゃない」

菊治がうなずくと、ママは少し嗄《しわが》れた声で「ご馳走《ちそう》さま」といってから、

「でも、彼女は大変ね」

「大変って?」

「だって、ご主人がいるのでしょう。それなのに、他の男にいいことを教えられちゃって、これから、どうするの?」

そうきかれても、菊治には答えようがない。

「彼女、きっと悩んでるわよ。ご主人に隠れて、あなたを好きになって。どうとりつくろおうかと。まあ、女はみな嘘をつくのは上手だけど、躰が燃えてくるとたまらなくなるから」

そういうものかと、菊治が考えこんでいると、

「いずれ、彼女、別れるかも」

「まさか……」

「だって、わたしが別れたし……」

このママにもそんな過去があったのか。改めて目の縁の皺を見ていると、

「わたしも、子供がいたけど、もう夫と同じ空気を吸うのが嫌になって別れたわ」

「同じ空気?」

「そう、女って一度、嫌になったら駄目なの。男のように、いい加減にできないの」

「で、どうしたの?」

「それで、際き合っていた男にいったら、急にわたしが重くなったのか逃げ出して。一人で頑張るよりないから、いろいろな店で働いたわ」

ききながら菊治は、冬香が別れてくる姿を想像する。

子供三人と一緒に自分のところへ来たらどうするのか。俺は逃げたりはしない、と思うが、その先はわからず、黙って焼酎を飲む。

三十分くらいか、ママと話したところで新しい客が入ってくる。

菊治も顔見知りの、建設会社に勤めている男たちで、互いに「やあ……」と片手を挙げる。

彼等と簡単な話を交して、菊治は立上がる。

「あら、帰るの?」と、ママが外まで送ってきてくれる。

「なにか、今日は変な話になったわね」

「いや、ママがエクスタシーを知っていたので安心した」

「あまり、大きな声でいわないでよ」

小路《こみち》の先を、数人の男が通り過ぎていく。

「あれを知っている女性だと、なにを話しても、わかってくれるような気がする」

「男も、それくらい女をよくしなければ駄目ね」

ママは石段の下まで送ってくれるつもりらしい。そのまま並んで行くと肩口に花弁が落ちてくる。

菊治が見上げると、小路を囲う高い塀の先に桜の樹《き》があるらしい。暗くてよく見えないが、その伸びた枝に咲いていた桜が、夜になってでてきた風で散りはじめたようである。

「桜も、明日いっぱいくらいかな」

「そうね」

ママがうなずいたところで表の通りに出て、菊治は「じゃあ」と右手を挙げる。

「大分酔ってるようだから、気をつけてね」

うんうんとうなずいて地下鉄の駅へ向かい、その手前でタクシーを拾う。

すでに割増し料金になっているが、千駄ヶ谷までなら千円少しで行ける。

途中で眠りかけたがともかく部屋に戻り、服を脱いでベッドにもぐりこむ。

暑くもなく、寒くもない、春の夜である。

「ふゆか……」

酔って帰ってきたときは、いつも一言つぶやいて眠るのが癖になっている。


そのまま熟睡して、午前六時に喉の渇きを覚えて目覚める。飲みすぎたのか、冷蔵庫から水を取り出して飲み、また眠る。

再び目覚めたときは八時で、急いで携帯を見ると冬香からのメールが入っている。

「ごめんなさい、やはり熱が下がらず行けないのです。本当に楽しみにしていたのに残念です」

菊治はそれを三度読み返して、もう一度ベッドにもぐりこむ。

それからは眠ったというより、ベッドのなかで目を閉じ、ときに寝返りをうったりしながら、ぐずぐずしていただけである。このままでは面白くない、といって不満のやり場もなく、一人で駄々をこねていたようなものである。

むろん、こんな事態を考えていなかったわけではない。もしかして、というより、かなりの確率で、冬香は来られないかも、と思っていた。

だが想像していたのと現実になったのとでは、まったく違う。

子供が風邪では仕方がないと思いながら、熱ぐらいなら、そっと寝かせて出て来られなかったのか。いま一度、電話をして、「これからでもどう?」ときいてみようか、とも思う。

しかし、冬香も菊治以上に悩んだに違いない。なんとか出て来たいと、いろいろ考えてみたがやはり無理だった。だからメールの初めに「ごめんなさい」と謝り、「楽しみにしていたのに残念です」と記してある。

人妻と際き合う以上、これくらいは覚悟しておくべきである。菊治は自分にいいきかせるが、やはり気持が落ち着かない。

なによりも、冬香が来ていたら、いまごろベッドの横で服を脱ぎはじめたころである。

それからベッドに忍びこんできて、ともに抱き合う。

そんなことを考えているうちに菊治の下半身が蠢きだす。そこは感情のまま素直に動くだけに抑制がきかない。

そのまま、菊治は自分のものをとらえ、そっと指を動かしてみる。

もし、冬香が来ていたら、そこを持ち、逞しくなったところで、「ください」と訴えるはずである。それを「だめだめ」といって焦らせて、さらに冬香が切なげにせがむのを待って、おもむろに入っていく。その経緯を頭で思い返すうちに、次第に躰が熱くなる。

「ふゆか……」

囁くと、冬香が「はい」と答え、頭のなかで冬香の白い躰が悶えだす。

いい年齢をしてと自分に呆れながら、桜の散りはじめた春昼に菊治も一人で散っていく。

短夜《みじかよ》

気づかぬうちに夜が短くなり、目覚めるとすでに窓ぎわが明るくなっている。

まだ、明方の五時くらいかと思って枕元の時計を見ると、ほぼ当っているのに、カーテンから洩れてくる光はすでに朝の力をもっている。

そろそろ四月も終りで、あと数日で五月である。

その短夜の明方に菊治は夢を見たが、その記憶より、なにやら恥ずかしい記憶だけが残っている。

あれはどういう夢だったのか。間違いなく、冬香が横にいたことだけはたしかである。

その冬香を抱き寄せようとするが、まわりに人がいる。なにか体育館のような広いところで、他に見知らぬ人たちもいるのに、菊治たちだけが全裸に近い姿で寄り添っている。

こんなところで見つかってはまずいと思いながら、冬香が菊治のものを摑もうとする。

「駄目だよ」といいながら、勝手に自分のものが蠢きだすのに戸惑っている。

なにか満たされそうで満たされない、中途半端なままに、明方、淫らな夢を見たという、妖しい感覚だけが残っている。

そんな夢を見たということは、欲求不満が高じて夢のなかで増幅されたのか。

「恥ずかしい……」

明けるのが早い朝に、夢の淫らさを思い出しながら、菊治は今日、冬香が来る約束であったことを思い出す。

前に、子供が突然風邪をひいて逢えなくなってから、すでに半月少し経っている。

その間、菊治は冬香に四度逢っているから、ほぼ一週間に二度の割合である。

こんなに逢っていいのかと不安になるが、冬香の子供たちは新しい学校や幼稚園にも馴染んで、手がかからなくなったようである。

といっても、冬香が自由なのは午前中だけである。それでも給食が始まったとかで、四月の半ばからは、菊治のところを一時少し前に出れば間に合うようである。

午前九時半に来て正午に帰るのと、午後一時に帰るのとではずいぶん違う。

一時間、逢瀬が延びただけで、二人はさらに濃厚なときを過すことができる。

今日はどんな形で結ばれ、どんな形で昇り詰めるのか。

考えるうちに、明るい陽射《ひざ》しに申し訳ないような気がして菊治は起きあがる。

すでに花はなく、ほとんど葉桜になっている。

短いいっときだったと、桜を惜しむ気持は強いが、散ってむしろさっぱりしたとも思う。

たしかに花の盛りは見事で見とれるが、咲くときも散るときも気忙しくて落ち着かない。

古人が、「しづ心なく……」と歌ったとおり、春の長閑《のど》けさにはほど遠い。

冬香と一緒に見られなかったせいもあるが、いまはむしろ散ってせいせいした気分である。

それより菊治は、桜が散ったあとの花水木《はなみずき》が好きだ。

住宅地の道路脇などに、思いがけなく咲いているのを見かけるが、実際は苞《ほう》だという、白い四枚の花弁《はなびら》が晴れた空に清々しい。

そういえば、昨日、花水木を見ながら、菊治はなぜともなく冬香を思い出した。

夕方だったせいか、昏《く》れかけた空に花の白さが際立《きわだ》ち、控えめでもの静かなところが、冬香に似ていると思った。

そのまま立止ってしばらく花を見詰めていたが、その冬香がいまようやく現れたようである。

マンションの入口のインターフォンが鳴り、それから数分で部屋のチャイムが鳴る。

待ちかねてドアを開くと、すぐ前に冬香が立っている。

アイボリーのスーツを着て、胸元に、菊治が贈ったハイヒールのペンダントが、ぶら下がっているところが嬉しい。

まさしく白い花水木が、初夏の風に乗って舞いこんだようである。

瞬間、入口で接吻するのは、すでに二人の慣わしになっている。

「よく来てくれた、逢いたかったよ」「わたしもです、また逢えて嬉しい」そんな言葉をその接吻と抱擁で語りあう。

それを終えて、冬香が靴を脱ぐ。しゃがんで、自分の靴と菊治の靴を出船に揃えるのを待って、菊治は冬香の手をとってベッドルームに誘《いざな》う。

「昨日、花水木を見て、君のことを思い出した」

「どうしてですか?」

「白くて、優しくて……」そこで菊治はそっとつけくわえる。

「あの樹、樹液が多いから、花水木って名が付けられたんだって」

「そんな……」

冬香が恥ずかしそうに目を伏せる。

一時間、冬香がいられる時間が延びたおかげで、逢瀬もどこか暢《の》んびりしている。いままでなら常に追われている感じで、服を脱ぐのも急いでいたが、いまはともにゆっくり脱ぎ、菊治が先にベッドに入っていると、冬香がしゃがみこんだままいう。

「あのう、そこのカーテンを……」

ベッドの先のカーテンは閉じてあるはずだが、合わせめに少し隙間があり、そこから初夏の陽が洩れている。

菊治は上体を起し、互いのカーテンを重ねると、冬香がようやくベッドに入ってくる。

いくら慣れても、冬香はそろそろと足から忍びこみ、全身がほぼ布団のなかに入りきったところで、ともに寄り添い、胸を合わせ、肢をからませる。

そのまま互いの温もりをたしかめあったところで、右手を徐々に伸ばし、冬香の背から腰まで撫ぜてやる。

瞬間、菊治は「おや」と思う。

いつものようにスリップ一枚かと思ったら、それが短く、下半身は薄いショーツのようなものを穿いている。

「どうしたの?」

下着が違うのできいてみると、冬香が答える。

「今日は、キャミソールを……」

「それ、あまり好きじゃない」

ジーンズを穿くときはキャミソールのほうが便利かもしれないが、菊治はやはりスリップのほうが好ましい。それにショーツを穿いているところも気に入らない。

「下はなにも穿かないように、といったろう」

菊治は、さらに命令する。

「すぐ脱いで」

そのままショーツの端に手を差しこむと、冬香が自分から脱ぎだす。

菊治は待っていて、やがて静かになったので手を伸ばすと、ようやくすべすべとした冬香のお臀に触れる。

「約束を守らなかったから、お仕置きだよ」

お仕置きといっても、ただ強く抱き締めたり激しくセックスをするのでは、むしろ冬香のほうが悦んで、お仕置きになりそうもない。

ならばいっそカーテンを開き、明るいなかで求めようかと思うが、それでは恥ずかしがりやの冬香が激しく逆らいそうである。

そんなことより、できることなら冬香の好奇心をかきたてて慌てさせたい。

菊治は少し考えて、思いつく。

冬香はアルコール類には弱くて、ほとんど飲まない。そんな冬香に口移しで飲ませて、できたら、あそこにも軽く接吻したい。

名案を思いついたとばかり、菊治はただちにベッドを抜け出し、リビングルームのサイドボードからブランディを取り出す。大分前、取材先の会社の社長から貰ったものだが、高級なブランディだけにコルクを抜いただけで濃い芳醇《ほうじゅん》な香りがする。

菊治はそれを一口、口に含んでベッドに戻り、冬香に接吻をする。

なにも知らず、顔を寄せてきた冬香とぴたと唇を合わせ、そのあいだからゆっくりとブランディを注ぎこむ。

一瞬、冬香は顎を引くが、数滴飲みこみ、そこでなにか強いアルコールと知ったようである。慌てて唇を離そうとするのを、菊治はさらにぴたりと合わせ、舌のあいだから少しずつ口のなかに送りこむ。

そこまでされて、冬香はようやくあきらめたようである。かすかに口を開け、残りの液をゆっくり飲みこむが、軽く咳きこむ。

そこで菊治は唇を離し、朝のお仕置きは終る。

「驚いた?」

「これ、なんですか?」

「ブランディさ、でも香りがいいだろう」

冬香はまだ、いきなり飲まされたブランディの強さに戸惑っているようである。ゆっくりと首を振り、菊治の胸元に顔を近づけてつぶやく。

「躰が熱くなってきました」

「大丈夫だよ」

菊治は再び、冬香の背からお臀を軽く撫ぜながら囁く。

「今日は、いっぱい快くしてやる」

この程度で酔うとは思えないが、火照《ほて》った躰はいままで以上に乱れそうである。


二人のあいだのエロスは、そのときどきに微妙に変っていくようである。

第一期というか、初め二人が知り合って結ばれたころは、ひたすら逢うと狂ったように求め合い、愛しあう。その熱情は、まさに貪り合う、といった感じに近かった。

だがその第一期を過ぎると少し落ち着いて、ゆっくり性の悦びを堪能したいと願うようになる。

これを第二期とすると、このころから着実に女性の悦びが増し、深まっていく。

そして第三期、ここからは成熟期というか、ともにエロスを楽しみながら、そこにさらなる淫らさや戯《たわむ》れみたいなものがくわわってくる。要するに性愛の爛熟期、とでもいうときである。

以上の分類からいうと、現在の菊治と冬香の関係は、第二期を終えて第三期に入りかけた、爛熟期の始まり、といったところかもしれない。

それはいま、冬香に接吻《くちづけ》をしながら、ブランディを口移しにしたことにも表れている。

これまでのセックスに満足しながら、さらに少し変ったことを試みて、さらなる淫蕩《いんとう》な世界をさ迷いたい。その第一歩がいま、まさしく始まったようである。

しかも、新しい企てはそこまででは終らない。躰が熱くなった、と訴えている冬香を、さらに困惑させ、乱れさせるために、今度はあの愛しいところへ接吻する。むろん、それもいままでのように、たんなる接吻ではない。

そこへも口にブランディを含んだまま、じかに唇を接し、花蕊のあたりを徐々に熱く、燃えあがらせていく。

むろん、冬香はそんなことをされなくても充分、感じて燃え上がる。それは誰よりも菊治が一番よく知っていることだが、なにか新しい趣向をこらして、冬香を驚かせ、慌てさせたい。

それは男からの加虐であり、女にとっては被虐であり、総じてみれば変態に近いが、愛しあっている二人にとっては、さらなる快楽をかきたてるための趣向でもある。

いま、菊治は改めて小さなグラスにブランディを入れ、再びベッドに戻ってきて、冬香の秘所へ顔をうずめていく。

「だめよ……」

冬香は言葉で拒むが、その甘い口振りから、菊治が本当にしようとしていることまでは、わかっていないようである。

胸からウエストへ、そしてお腹へ、冬香の躰はすべすべとして心地いい。むろん下腹には、三人、子供を産んだ妊娠線がかすかに残っているが、それも成熟した女の証しである。

そしてなによりも肌の白さが、男の心を奪う。

その柔肌を撫ぜながら、菊治の目的はただ一点、茂みの先の花蕊の入口である。

むろん冬香はそのことを知ってはいるが、ことさらに逆らう気配はない。ただひとつ、菊治が顔をそこへうずめようとしたときだけ、股間を閉じて下半身をそむけようとする。

だがここまできて、いまさらあきらめるわけもない。

いま冬香はほとんど仰向けの姿勢で、上体にキャミソールをつけてはいるが、下はなにもおおっていない。その露出した茂みにそろそろと顔を近づけ、唇を触れる。

まず入口のふくらみを唇でおおい、それから花弁を左右に開いて舌を忍ばせる。

「だめっ……」

冬香がつぶやくが、かまわず左右に揺らすと、茂みの先が鼻先に触れ、菊治は「ワカメ酒」という言葉を思い出す。

誰か、好色な粋人が考えたのだろうか。女の股間の三角帯に酒を垂らしていくと、酒のなかで茂みがかすかに揺らいで若布《わかめ》が揺れているように見える。

そこで男は恭《うやうや》しく額《ぬか》ずいて酒を吸っていく。すべての男が、一度はと夢見ている美酒だが、股間の締りのいい女性は一滴の酒も下にこぼさないという。

はたしてそんなことができるのか。そこまでやるには女性の協力が必要だが、菊治がしようとしていることは、それよりはるかに簡単である。

まずいままでどおり接吻をして、安心させたところで、床においてあったグラスからブランディを口に含む。そのまま飲みこまずに顔を近づけて花弁を唇でおおう。

そこで同じ接吻をするとみせかけて、舌のあいだから徐々にブランディを落していく。

ゆっくりと、しかし的確に花蕊の入口をつつんだと思った瞬間、冬香が叫ぶ。

「なあに、なにしたの……」

口と同様、愛しい秘所も香り高いブランディにつつまれて、火がついたようである。

驚き慌てる冬香にかまわず、秘所に接吻を続けていると、冬香の両手が伸びてきて菊治の頭を掻きむしる。

「やめて、熱い……」

たしかに唾液《だえき》で薄められているとはいえ、鋭敏な個所にブランディを垂らされては、熱く燃えあがるのも無理はない。

「だめです、なにをしたの？」

さらに掻きむしられて、菊治はようやく唇を離し、今度は向きを変えて正面から冬香を抱き締める。

しっかりと両腕で肩をつつみこみ、淫らなことをして高ぶった自分のものを冬香のなかへ沈めていく。

「あっ……」と冬香はのけ反るが、結ばれてむしろ安心したようである。内側から、もはや離さぬというように柔らかな襞が巻きつき、それに誘われて腰を動かすと、さらに冬香が叫ぶ。

「熱い、ねえ、熱いの……」

たしかにいま、接吻とともに注がれたブランディのおかげで、冬香の躰は上と下から火がつき、燃え盛っているに違いない。

「どうなるの？」

そんなことをきかれても、菊治にもわからない。実際、菊治のそれも、入口から洩れてきたブランディで少し熱いが、さほどのことはない。

それより、この燃えているときをとらえて懸命に抽送をくり返す。

冬香はそれに応えて顔を振り、眉を顰《ひそ》め、小刻みに喘ぎながら早くも頂点へ昇り詰めていく。なおも「熱い」とつぶやくが、じき「いい……」となり、さらに、「すごおい」と自らの快感に溺れながら、やがて小刻みな痙攣とともに、「助けて……」という一言を残して果てていく。

まさに快楽のすべてを貪り尽したような燃えかただが、そんな冬香に圧倒的な愛しさを覚えながら、菊治は少し怖くなる。

この激しい愉悦を感じ、呑みこんでいく女体とはなになのか。それがエロスの昇り詰めた頂点とは思いながら、その先に、底知れぬ奈落の底のようなものを垣間見る。

「あのブランディのせいか……」

菊治はふと思うが、そんな戯れより、冬香の躰そのものが、もはやあと戻りのできない快楽の世界に踏みこんだようである。


このごろ、菊治は冬香と結ばれていて、明らかに変ったと思うことがある。

これまでなら、冬香は悦びに燃え、昇り詰めると、それで大きく満たされて徐々に焔を鎮めていく。そのまま躰のなかを駆け巡った快楽に浸り、その余韻を楽しむような気配があった。

だが最近は、昇り詰めて満たされただけでは終らない。そのうえさらに次なる悦びの山を求めて駆け昇ろうとする。

一回のエクスタシーで終らず、二度、三度と、さらなるエクスタシーを求めて走りだす。この、あくことなき欲望のエネルギーはどこからくるのか。そんな女体の貪欲さに菊治は驚き呆れながら、なんとか、それをかなえてやりたいと思う。

だがそのためには、菊治自身が果てぬよう懸命にこらえ、耐えなければならない。

女体だけ一方的にいい思いに浸り、男は極力冷静に耐えなければならないとは。

これでは女だけ満ちて、男は苦行の連続ではないか。そんな思いが一瞬、頭を掠《かす》めるが、次の瞬間、やはり愛する女をとことん狂わせ、命の果てまで燃えさせてやりたいと願う。

そこまでたしかに見届けて、ようやく最後の悦びに達するというのだから、男とは損な役まわりだとも思う。

だがそれで男の心と躰がさらに高まるのだから、仕方がないといえば仕方がない。

それにしても、女が昇り詰めてゆく、その性感の中身《なかみ》とは、どんなものなのか。

とにかく、男では到底わからぬことだけに、前回、冬香がまた激しく達したあと、菊治はそっときいてみた。

「その、いくという、最後のときはどんな感じなの?」

それに、冬香は思い返すように、少し間をおいてから答えた。

「なにか、全身の細胞という細胞が沸き立って、熱くなって……、そのままふっと雲にのったように浮き上がって、そこからいきなり深い底に落ちこむような。あの、激しいジェットコースターで舞い上がって、舞い落ちて、もう死んでもいいと……」

その言葉どおり、冬香はいま快楽のジェットコースターに乗って、われを忘れて絶叫しはじめたようである。

「ねえねえ、どうなるの……」

冬香は断末魔の叫びを残して、いまようやく空中から落下し、快楽のジェットコースターから降りるのか。

しかしそれで、二人の躰が離れたわけではない。まだめくるめく絶叫マシンの余韻を楽しみながら、二人のそこはしかとつながっている。

もっとも、初めのような強固なつながりかたとは違う。それより、はるかに力を失った菊治のものが、燃えたまま余熱のある冬香の秘所にとどまっている。

すでにエクスタシーを満喫し、そのあとの余韻を楽しんでいるだけだから、そこも離れてもいいかと思う。

実際、菊治は懸命にこらえてきた末に、ようやく果てたばかりで、いまや刀折れ矢尽きた感じである。もはやこれ以上、なかにいても動きだす力もない。

菊治はそこで軽く躰をひねり、そっと抜きかける。

瞬間、冬香は「あっ……」と叫び、すぐ「ああん……」と首を振る。

「だめよ、とっては……」と、不満を訴えていることは明らかである。

これと同じ訴えは、冬香が東京に移ってきたころから、はっきりと表すようになっていた。

冬香がエクスタシーに達したときは、菊治のものもそのまま、なおしばらく冬香のなかにとどまっていて欲しい、ということのようである。

むろん、冬香の望むことならすべてかなえてやりたい。

菊治は改めて抜きかけたものを再びおさめ、そのまま余熱の残る花園に遊ばせておく。

はっきりいって、男のほうにはもはや快感はないが、自分の中にとどまっているだけで、女は満たされるようである。ここにいるかぎり、男のすべてをとらえていると、納得できるのか。だが、男と女の躰は根本的に違う。いかに猛々しく強引でも、男の高ぶりは所詮いっときでかぎりがある。

それに比べて女はかぎりなく満たされ、激情のときが過ぎてもなお延々と愉悦の世界をさ迷っている。

要するに、男の性は有限であるのに対して、女の性は無限である。あるいは、女の悦びは末広がりに広がるが、男のそれは尻すぼみに小さく狭まるだけである。

そのまましばらく経ち、冬香が充分満足したと思ったところで、菊治はそろそろと引く。

それでも冬香は、「あっ」と名残り惜し気につぶやき、それからぽつりという。

「こんなところまで、きてしまった……」

「こんなところ」とはどこなのか。何度も昇り詰めたあとにつぶやいたところをみると、性の快楽の果ての、ゆきつくところまできてしまった、という意味なのか。

そうだとすると、ここまで誘い、連れてきたのは菊治自身である。菊治がひたすら愛し、懸命に努めたから、冬香がここまで達したともいえる。

「それが、いけないの?」

菊治はそっときいてみる。いいと思ってしたことが、冬香に不安というか、悔いのようなものを植えつけたとしたら残念である。

「いいえ……」

冬香は気怠げにつぶやく。

「嬉しいんです。ただ、凄いなあと……」

「すごい？」

「あなたと、初めて知ったことばかりが増えてきて。もう、とても戻れないところまで、きてしまって……」

先のことはともかく、いま、そういわれるのは男の名誉かもしれない。

「こんなに、変るんですね」

冬香はいまさらのように、自分の変化に驚いているようである。

「いや、変ったんじゃないよ」

ふと、菊治は意地悪をいいたくなる。

「前から、ふゆかは男好きだった」

「そんな……」

菊治は、不満そうな冬香の髪を掻き上げながら話す。

「女が男を好きなのは当然だろう。そういう意味で、男も女ももともとは好色なんだけど、いろいろな事情があって隠している。ふゆかの場合は、それがいまになってようやく素直に表れた、というだけで……」

「あなたが、そうしたのよ」

「そういってくれるのを、待っていた」

素早く接吻をして離すと、冬香がきいてくる。

「じゃあ、いくらあなたを好きになっても、いいのね」

「もちろんさ」

菊治がうなずくと、冬香の手がそっと伸びてきて菊治のものに軽く触れる。

そのまま摑もうか摑むまいか、迷っているようだが、やがて頃合いを見計らったように、五本の指でしっかりとつつみこむ。

前に桜の満開の日にも菊治のものを握ってくれたが、時間がないままそれだけで終っていた。だが今日はまだ充分、時間がある。

恥じらいながら冬香が握っている手を、菊治が上から重ねて動かしてやる。

もともと自分のものを摑んでいるのだから、どうすれば心地よくなるか、よくわかっている。それに合わせて、冬香も戸惑いながら上下にさすりだす。

冬香の愛しいところは、いわれたとおり素直に従うことである。ときに戸惑い、恥じらいながらも、なんとかよくしようと努めてくれる。

しかし、肝腎の菊治のものは少し前、冬香の激しい求めに応じて果てたばかりである。

そのあと、また元気をとり戻せ、といわれても難しい。

といって、やめさせるのも惜しくて黙っていると、冬香がきく。

「わたし、下手ですか?」

菊治は慌てて「いや……」と否定するが、そんなふうにきく冬香がまたいじらしい。

「やったことがないので、ごめんなさい」

前に、冬香は夫に強要されたができなかったといっていた。それが菊治に対しては、すすんでやろうとする。

「それで充分、とってもいいよ」

褒められて自信がついたのか、冬香の指にさらに力がくわわる。

「わたし、あなたが、いっぱい快くなって欲しいのです」

その気持は、菊治にもよくわかる。事実、駄目だと思っていたものが、冬香の努力によって、いくらか甦ってきたようである。

不思議なことがあるものだと、目を閉じていると、冬香が徐々に、菊治のお腹のあたりまで下がっていく。

もしかして、と思っていると、冬香がきく。

「あのう、ここに……」

恥ずかしいのか、そこで少し戸惑ってから、「接吻《キス》していいですか?」ときく。

むろん、して欲しいが、そこまでしなくても、菊治はすでに充分、満たされている。

「いや、いいよ……」

「でも、男の人って、気持がいいのでしょう」

そのまま冬香はずるずると菊治の股間まで下りると、持っていたものをそっと唇に含む。

ベッドのなかにもぐった冬香が、菊治のものを唇でつつみ、優しく舌でなぞる。

それ自体の心地よさはいうまでもないが、愛する女性がそこまでしてくれるという事実に、菊治は心を震わせ、感動する。

それも、こちらから求めて強制したわけではない。冬香自身が「したい」といい、自らそこに顔を寄せ、口に含んだのである。

愛がなければ、そんなことができるわけがない。それも余程深く、心底好きでなければ。

それにしても、こんなことをしてもらっていいのか、それも他人の妻に。

菊治は一瞬、罪の意識を覚えるが、現実の心地よさがそれを忘れさせ、心を狂わせる。

そのまま耐えきれずに、菊治は「あっ……」とつぶやき、かすかに呻《うめ》きながら、思わず冬香の髪を掻き上げる。

はっきりいって、冬香の接吻《くちづけ》はことさらに巧みなわけではない。それより、どこか自信なげで戸惑いがちだが、その不慣れで頼りないところがいっそう愛しさをかきたてる。

いずれにせよ、愛する女性が自分の股間に顔をうずめて優しく唇でつつむ。この姿勢はある意味で、女性の、男性への従順の意の表明であり、男にとって、これほど自尊心を満たさせ、高ぶらせるものはない。

この実感と確信により、男のそれはたしかに逞しさをとり戻し、強固になっていく。

まことに男のものほど、気持のもちようで簡単に変るものはない。それは女の愛と献身でたちまち力をかちとり、ふとした不安や自信のなさで力を失っていく。

その意味では、男ほどナイーヴで傷つき易いものはない。外見の荒々しさや猛々しさは、その弱さを隠すための虚勢なのかもしれない。

いま菊治は、その男にとってもっとも必要な、愛と自信を与えられて、自分でも信じられぬほどゆっくりと、しかしたしかに逞しさをとり戻す。

いうまでもなく、それは冬香の献身によってもたらされたものである。はたして冬香は、菊治のそんな思いを知っているのだろうか。もしかして、冬香はなにも考えず、ひたすら菊治のものが愛しくて愛撫しているだけなのか。

そして冬香のなかにある女は、それを再び自分のなかにとりこみ、さらなる快楽を味わおうと、待ちかねているのだろうか。

「ねえ……」と、菊治はたまらず訴える。

このままでは、もはや耐えきれない。ここで果てるか、それとも冬香の花蕊にとびこむか。

「もう駄目だよ」といい、引き揚げようとすると、冬香もあきらめたのか、いきなり顔をあげ、躰もろとも抱きついてくる。

菊治と同様、冬香も口に含みながら耐えきれなくなっていたようである。

そのまま二人は雪崩れをうつように、横から結ばれる。

ともかくこれで、ようやくいつもの安住の場所に納めてもらえたようである。

それにしても、ついいましがた果てたばかりなのにまた結ばれるとは。

自分で呆れるが、冬香は早くも、自分から悦びを貪るように腰を反らせ、「いいわ」と声を高ぶらせる。

この走りだした駿馬《しゅんめ》にどこまで耐えられるのか。菊治は自信はないが、冬香が走りたいなら、できるだけ支えてやりたい。初めのような逞しさはないが、ともかく花蕊にとどまってくじけぬことである。

だが、その弱りかけた状態が幸いしたのか、菊治のものは意外に果てず、それに乗じたように、冬香の全身は燃えあがり、激しく悶えながら最後に叫ぶ。

「殺して……」

一瞬、菊治は自分の耳を疑い、それからゆっくりと目を凝らす。

いままた、冬香は昇り詰めたようである。

叫ぶとともに果てた女体は、菊治の斜め上で全身を弓のように反らしたまま、両手をベッドに垂らしている。

まさに男の馬上で憤死した美女、というべきか。

それから甦るには、少し時間がかかりそうである。

菊治はなおそのままの姿勢で冬香の胸元に手を添え、胸から脇腹をゆっくりと撫ぜてやる。

やがて一瞬の死から目覚めた冬香が軽く身をよじるのを待って、そっと自分のものを引く。

瞬間、冬香がいやいやをするが、すぐあきらめたのかゆっくりと躰を戻し、向かい合ったところで、ひしと寄り添ってくる。

これまでからは信じられぬ静かな抱擁だが、その静寂のなかで菊治はそっときいてみる。

「いま、殺して、といった」

「そうなの」冬香がかすかにうなずく。

自分から、「殺して」などというのは、ただごとではない。それも「ねえっ」と何度も髪を震わせながら訴えた。

だが、冬香は以前にエクスタシーの快《よ》さを訴えたとき、「死にたくなるほどいいの……」とつぶやいたことがある。

それからみると、快楽の頂点で死を夢見て、「殺して」と叫ぶのは当然かもしれない。

それにしても、死にたくなるほど快くなり、一気に殺して、と叫びたくなるとは。

はっきりいって、男の快感はそこまで高まることはない。というより、男も射精の瞬間、めくるめく快感にとらわれるが、残念ながらそれは一瞬で、それを過ぎるとたちまち醒めてくる。

しかしもし、その瞬間が醒めずに、そのまま延々と続くとしたら、男も「殺して……」と叫ぶのだろうか。

考えても、所詮、男の菊治にはわからない。

ただ、女の昇り詰めて果てていく、その快感は、男の想像を絶するほど強くて激しいのかもしれない。

「そうか……」

菊治は、いまは快楽のすべてを吸いとり、死の世界を垣間見てきた女体を静かに抱き寄せ、その背中を優しく撫ぜてやる。

「ご苦労さま」といおうか、「素敵だったよ」といおうか、それとも、「凄い」といおうか。

ともかく、こんなに感じて燃える女は見たことがない。しかも、ここまで導いたのは自分である。

驚きと、歓喜と、気怠さにひたりながら、菊治はつぶやく。

「きれいだ……」

いい女は、いかに乱れても、桜の落花のように美しい。

そのまましろから抱きついていると、冬香がかすかに泣いているようである。

いま、死にたくなるほどの快楽に浸ったばかりなのに、なぜ泣くのか。

「どうした の?」

冬香は答えず、嗚咽《おえつ》をこらえているようだが、やがてそっとつぶやく。

「わたし、犯されたかも……」

突然、なにをいいだすのか。菊治が慌てて「どういうこと?」とき返すと、冬香が激しく首を左右に振る。

「よくわからないのです」

よくわからないといいながら、「犯されたかも……」とは、どういうことなのか。そんな重大なことを、なぜいまになっていいだすのか。

「どうしたの、突然……」

菊治がきくと、冬香はくぐもった声で、

「こんなことをきいても、嫌いにならないでくださいね」

「なるわけ、ないだろう」

冬香はさらに、「本当ですね」と念をおしてから、話しだす。

「昨日の夜ですけど、あの人が、また酔って帰ってきたのです」

冬香はほとんどといっていいほど、家庭のことを話さないが、あの人、というときは夫のことである。その人が、また酔って帰ってきた、というところをみると、彼は酒が好きでよく飲むのか。それとも、東京へ転勤になって日も浅く、なにかと飲む機会が多いのか。

「それで……」

「わたしお風呂に入って、休もうとしていたのです。そうしたら突然、『まだ休むな』といわれて……」

冬香の家の内部は想像するだけだが、酔って帰ってきた夫が、リビングルームででも妻に話しかけたのだろうか。

「仕方なく座っていると、たまには酒の相手をしたらどうだ、といわれて」

たしかに中年の夫婦なら、そんなこともあるかもしれない。

「グラスを持ってこいというので、持っていくと、わたしに注いで……」

「でも、あまり飲めないんだろう」

「そうなんです、それなのに『飲め』としつこくいわれて、飲まないでいると、『どうしても飲ます』というので、怖くなって……」

しかし相手は夫である。酒くらい強制されてもそんなに怖がることはないと思うが、冬香の感じかたは違うのか。

「あの人、酔うと目が据わってくるので、仕方なくグラスに一杯だけ飲んだのです」

聞きようによっては、夫婦の痴話喧嘩《ちわげんか》のような気がしないでもないが、菊治がうなずくと、

「そうしたら、なにか、急に眠くなってきて」

「お風呂上りだから、酔ったのかな」

「いいえ、そういうのではなく、急に頭がくらくらして、起きていられなくなって……」

なにやら、冬香の話は尋常ではなさそうである。

菊治はさらにききたいが、なにか夫婦の秘密に立入るような気がして黙っていると、冬香は

菊治に寄り添い、怯えたようにいう。

「わたし、薬を服まされたのかもしれません」

「薬って？」

「睡眠薬です」

まさか、夫が妻に無断で睡眠薬を服ませるようなことをするだろうか。それも酔って帰ってきて、風呂上りの妻に、どうしてそんなことをしなければならないのか。

「じゃあ、そのお酒のなかに入れたのかかな。でも、べつに変じゃなかったのだろう」

「なにか、少し苦いような気はしたのですけど、あの人、いろいろ薬を持っていますから」

たしかに、冬香の夫は製薬会社に勤めているときいていたから、睡眠薬を手に入れるくらい、簡単かもしれない。

しかし、なにも妻に薬を無理に服ませて、眠らせることもないではないか。それとも興味半分にしてみたのか。

「君はそのまま眠った……」

「もう目を開けていられなくて、『先に休ませてください』といって寝室にゆきかけたのです。そうしたら、『こっちへこい』といわれて……」

なにやら妖し気な雰囲気になって、菊治が息を潜めていると、

「わたし、いつも子供たちと一緒に寝ていて、夫は奥の部屋で一人で休むのですが、そちらに無理に連れていかれて、いやだったけど、眠かったので……」

「そうしたら」

思わず、菊治は身をのりだす。

「よく、わからないのですけど、なにか、裸にされたような気がして……」

深夜、薬で酔わされた妻が、夫の手で夜着を脱がされたというわけか。

「まさか……」

「でも、おかしいのです。あとで気がついたのですけど、衣類が……」

たしかに眠っていても一方的に脱がされたら、どこかに異常を感じるのは当然かもしれない。

「どうして、そんなことを？」

「わからないのですが、わたしがずっと断っていたので……」

冬香が夫を避けていたことは、以前からきいていたことである。

それにしても、冬香のいうことは尋常ではない。

ある夜、飲んで帰ってきた夫が妻に酒の相手をさせ、そのなかに睡眠薬を入れるなど。しかも酔って倒れた妻の衣類を脱がせて裸にするとは。

真っ当な夫婦ではとても考えられない。いや、多少アブノーマルな夫婦でも、そこまでする夫はまずいない。

むろん、夫は妻を恨んでいたようである。ときに求めても容易に許さない、頑な妻に腹を立てて、そんな馬鹿げたことを企てたのか。

そう考えると、わからぬわけでもないが、それでは一種のレイプではないか、相手が妻だから、そこまでいわれないにしても、それを妻以外の人にしたら、明らかに犯罪である。

いや、妻にでも犯罪かもしれない。

菊治は次第に、冬香の夫に怒りを覚えてくる。

「それは、間違いないんだね」

「頭が朦朧《もうろう》としていましたから、でも……」

冬香はそこで思い出そうとしているのか、顳顬《こめかみ》のあたりに手を当てて、

「なにか明るいところで、眩しくて顔をそらそうとしたのですけど、躰が動かなくて……」

「じゃあ、部屋を明るくしたまま……」

菊治は煌々《こうこう》と明りがついたままの部屋で、全裸になった冬香を真上から眺めている夫の姿を想像する。そのとき、夫の目はどこを見詰め、手はどこに触れていたのか。

白く滑らかな肢体は一糸もまとわず、夫のなすがまま逆らわない。そのまま犯そうと犯すまいと、その時点で、冬香の躰はすでに蹂躙《じゅうりん》されたのと同じである。

想像するだけで菊治の頭は熱くなり、くらくらしてくるが、その裸にされた躰がいま、目の前にあると思うと、なにやら妖しい気持にとらわれる。

「そして……」

たまりかねて尋ねると、冬香が待っていたようにうなずく。

「覚えているのは、それだけなのです。ただ明方、夫の横に寝ているのに気がついて、慌てて逃げてきたのですけど……」

そこで黙りこむので、さらに「どうしたの?」ときくと、冬香が消え入りそうな声でつぶやく。

「わたし、無理やり……」

再び、泣きじゃくりながら、いう。

「ごめんなさい……」

やはり、冬香は裸にされて犯されたのか。

いや、夫が妻と無理に関係したからといって、犯された、というのはいいすぎかもしれない。

しかし、妻にその気がないのに、意図的に眠らせて関係したとしたら、やはり犯したといわれても仕方がない。

もっとも、冬香はそこまではっきりいってはいない。ただ、無理やりといい、あとは声を詰らせて泣きだしただけだが、それだけで、そのときの事情はほぼ察しがつく。

不快なことだが、犯されたか否かは、自分の躰を見ればすぐわかることである。

それにしても非道い。菊治が怒りを抑えかねていると、冬香が再びつぶやく。

「ごめんなさい……」

「そんな……」

菊治は強く首を横に振る。今回のことで、冬香が謝ることはない。ほとんど無抵抗の形で犯されたのだから、冬香にはなんの責任もない。

「でも、わたし、そのあと、何度も何度も躰を洗ったのです。だから、大丈夫です」

べつに、菊治はそんなことは気にしていない。

他人の妻である以上、夫と関係があったとしても、とやかくいえる立場ではない。

ただ問題は冬香の気持である。それで夫とのことを水に流せるのなら、それでいいが、そんな簡単に忘れられるのか。

「それに、あの人、いやらしいのです。朝、わたしが目を避けたら、にやりと笑って……」

冬香の家の、奇妙な夫婦の姿が目に浮かぶ。

「もう二度と、あんなことはさせません」

吐き捨てるようにいうと、再びたしかめる。

「わたしを、嫌いになりませんか」

「まさか……」

そんなことで、菊治の気持が揺らぐわけはない。それは話をきく前から約束したことである。

「君は、少しも悪くはない」

「嬉しい……」

今度は冬香のほうから抱きつき、菊治の胸に顔をすりつけながらいう。

「わたしは、いやなことはみんな忘れたくて、あなたにどうしたら許してもらえるかと、とにかく、今日はもう、どうなってもいいと思って……」

もしかすると、そんな思いがいっそう冬香を乱れさせたのか。

「それにしても……」と、菊治は考える。

そんな理不尽なことをする夫のところへ、冬香を帰したくないし、冬香だって帰りたくないに違いない。

しかしだからといって、冬香をとどめておいたらどうなるのか。

当然のことながら、夫婦のあいだはいっそう険悪になり、やがて離婚になるかもしれない。

そこまでいったとき、自分は冬香を受け入れることができるのか。そのことは、これまでも何度か考えたことがあるが、たしかな自信はない。

正直いって、冬香だけなら、いますぐにも受け入れる気持はある。だが、幼い子供を三人も引きとるだけの決心はつきかねる。

今回の事件は明らかに冬香が夫を拒否したことによって生じたようである。そしてその裏には、自分という男の存在がある。

その意味では、むしろ謝らなければならないのは菊治のほうである。

「ごめん……」

思わずつぶやくと、「どうしたの?」と冬香がきく。

「いや、僕のせいで……」

「そんなことないわ。わたしはあなたのおかげで悦びを知って、生き返ったのだから」

そういってくれるのは嬉しいが、それが夫とのあいだを難しくした原因でもある。

「でも、このままでは大変だろう」

「ええ……」と冬香はうなずいて、

「あの人、前から、おかしいことがあったのです」

「おかしいって?」

「なにか、変なビデオを沢山もっていて、ときどき部屋で一人で見ているのです」

夫がポルノチックなビデオを見ていることをいっているようだが、その程度のことをする男は、結構いるかもしれない。

ただそれが、妻が躰を許さないからだとしたら、夫だけ一方的に責めるのは酷かもしれない。

「それに、今度のことで、本当に嫌になりました」

冬香の気持も菊治にはわかる。両方わかるところが菊治の辛いところでもある。

「でも、わたし、もう負けません。絶対、あんなことさせません」

それだけいうと、冬香が起きあがる。

嫌いな夫がいる家に、冬香はやはり帰るようである。

大分、余裕があると思った三時間も、気がつくとたちまち過ぎている。

別れるのはいつも辛いが、今日はとくに別れ難い。夫に辱《はずか》しめを受けた、そんな家に帰したくないが、冬香はいつものように服を着て、バスルームで顔を直す。

しかし出てきたとき、泣いたせいか、目のあたりが少し腫《は》れぼったい。

「それじゃあ……」

帰ろうとする冬香を菊治はうしろから抱き寄せる。そのまま上体をつつみ、激しく接吻するうちに、冬香は手に持っていたバッグを床に落すが、かまわず両手で抱きついてくる。

菊治は離したくないし、冬香も帰りたくない。それは、これでもかと唇を重ね、舌と舌を求め合うことで、互いに感じることができる。

だが、いかに激しい接吻にもいつか終りがくる。ともに唇を密着し、舌をからませているうちに息苦しくなり、一瞬、唇を離す。その瞬間に、ともに離れなければならない現実に気がつき、息を呑む。

やがて、冬香が思い出したように、床に落ちたバッグを拾い、それを見て、菊治もやはり別れなければ、と思う。

「駅まで送っていく……」

部屋から駅までは、七、八分の距離である。

初めの頃、菊治は必ず送っていったが、途中からやめるようになった。冬香が遠慮したせいもあるが、それ以上に、駅のホームで見送るのが辛かった。いい年齢《とし》をして、照れくさい、という思いもあったが、冬香が家に帰っていく姿を見ると現実の辛さが甦り、気が滅入った。

だが今日は、駅まで送っていってやりたい。たとえ現実を見せつけられても、その現実にきちんと立ち向かいたい。

「行こうか……」

菊治は、シャツにセーターという軽装で冬香の肩に手を添え、廊下に出る。そこからエレベーターで階下へ下り、エントランスを行くと、入口の花壇を手入れしていた管理人に会う。

六十代半ばの穏やかな人だが、「今日は」と軽く挨拶を交す。

これまで冬香と一緒のところを数回会っているので、恋人同士だと思っているのかもしれない。

そこから短い石段を下りると通りに出て、行く手の右手に花水木が白い花を咲かせている。

もう初夏といってもいい、軽く汗ばむほどの陽気のなかを歩きながら、菊治はふと冬香と手をつなぎたくなる。

むろん、まわりはすぐ商店街で、人影はさほど多くはないが車も行き来する。

そんなところで大人の男女が手をつないで歩いたら、みな呆れるかもしれない。そう思いながら、菊治はいってみる。

「手をつなごうか？」

瞬間、冬香は立止り、それから菊治を見てくすりと笑う。

「そんなことをしたら、笑われますよ」

「でも……」

菊治はかまわず冬香の空いているほうの手を握り、それからすぐ離して、澄まして歩きだす。

「ねえ、ふゆかの誕生日は五月のいつだった？」

「二十日です」

「じゃあ、双子座かな」

「いいえ、牡牛座《おうし》です」

「牡牛座は、まわりの人にいろいろ気をつかい、控えめで慎重で……」

菊治が、一度読んだことがある星座の本を思い出していうと、冬香が続ける。

「あまり先を急がず暢んびりしていて、地味で、堅実派で……」

「最後のところは、少し違う」

地味で堅実なら、いまのような状態になっていないはずである。それをいうと、冬香が即座にいい返す。

「あなたが、そうしたのです……」

「俺が、堅実でなくしちゃった？」

「はい……」

菊治は素直にうなずいて、

「ふゆかの誕生日に、一緒に食事をしたい」

「してくださるの、ですか?」

「もちろん、でも夜は無理だろう」

「たしか、金曜日ですから」

冬香はそういってから、初夏の微風にほつれた髪を掻き上げながらきく。

「もし出て来たら、逢ってくださるのですか?」

「もちろん、泊まれるなら、どこかに連れて行ってもいい」

「本当ですね」

改めて念をおされて、菊治は一瞬不安になる。

もし本当に出て来たら、夫とのあいだはどうなるのか。

だが考えてどうなるわけでもない。菊治は頭を切り替え、目前に迫ったゴールデン・ウィークのことをきく。

「休み中は、どうするの?」

これまでの例からいうと、休みの日は子供が家にいるので冬香は出られない。そうあきらめていたが、今度のように連休が長くては、逢わずに我慢できるか自信がない。

「五月のこどもの日のころ、高槻に行ってこようかと思っています」

「じゃあ、祥子さんに会いに?」

「はい、前からいらっしゃいといわれていたし、子供たちも楽しみにしているので」

そのときは彼も一緒に行くのか。気になるが、いまの話の様子では別々なのかもしれない。

「ところで、僕たちは？」

駅前の信号を待ちながら、菊治がきく。

「連休のあいだの平日なら来られるのですが、給食がなくて、ここを十一時少しに出なければならないのです」

それでは、九時半に来たとして一時間半少ししかない。

「それでも、いいですか？」

「もちろん……」

「わたし、できるだけ早く来ます」

わずか、一時間半の逢瀬のために懸命に来る、その一途さが愛しくてまた冬香の手を握ると、見ていたように信号が青に変り、再び手を離して歩きだす。

広い通りを渡りきるとすぐ駅で、冬香が左手の切符売り場の前に立っている。

アイボリーのスーツにつつんだ、少し頼りないうしろ姿を見ながら、菊治はつい少し前、「殺して……」と叫んだことを思い出す。

瞬間、冬香が振り返り、微笑のまま戻ってきて、

「じゃあ、帰りますね」という。

「今度は五月の二日だね」

「はい、お願いします」

次回の逢う日を確認して、菊治がうなずく。

「長いけど、我慢する」

「わたしも、忘れません」

昼間の駅前で、いつまでも顔を見合わせているわけにもいかない。

「行きなさい」

菊治がいうと、冬香はいま一度頭を下げて駅舎のなかへ去っていく。


ゴールデン・ウィークは、菊治の生活にも大きな影響を与える。

まず、大学の授業はほとんど休みになるが、週刊誌のほうは臨時増刊号が出るので、ゴールデン・ウィーク前に繰り上がって忙しくなる。

実際、菊治は冬香と別れた翌日から、連日、徹夜に近い状態で、三十日にようやく校了となり一段落した。翌日はひたすら寝て過し、二日に約束どおり冬香が現れる。

「今日は、電車が空いていました」

ゴールデン・ウィークの中日だけに、休んでいる人も多いのかもしれない。

だが二人とも暢んびりしていられない。わずか二時間にも満たない逢瀬だけに、菊治が早々にベッドに誘うが、冬香が申し訳なさそうにいう。

「ごめんなさい、昨日から、あれが始まって、今日は一緒に休むだけでいいですか」

冬香は生理のことをいっているようである。

これまでも、終りかけのときがあったが、今日はそれより激しいのかもしれない。

「大丈夫だよ」

これからまたしばらく逢えないのに、ただ抱いているだけでは辛すぎる。

菊治はバスルームから大きなタオルを持ってきて、それを自分と冬香が横たわる腰のあたりに敷く。

「これなら、大丈夫さ」

「でも……」

冬香はまだ戸惑っているが、菊治はどうしても結ばれたい。

「それじゃ、あれをさせてください」

「あれ……」と菊治はつぶやいて、冬香が口に含むことをいっているのだと気がつく。

「それで、我慢して……」

もちろん、菊治は嬉しいが、そんなことをされては、ますます欲しくなるかもしれない。

「でも……」

迷っているうちに、冬香は早くも躰を沈め、菊治の股間に顔を近づける。

この前と同じことをまたしてくれる。そう思っただけで、菊治のものは漲り、逞しくなってくる。

そこに冬香の手が軽く触れ、やがてそっと握ると、その先端に熱い吐息がふりかかる。

「あっ……」と呻くとともに菊治は目を閉じ、そのまま甘い夢の世界に迷いこむ。

優しくて、熱くて、心地よくて、ずきずきと全身を貫かれるようで、狂おしくて、容易に一言では表せない。

もし桃源郷があるとすれば、これこそまさに、男の桃源郷に違いない……

あまりの心地よさに首を振り、自分でも呆れるほど声をあげながら、菊治は辛うじて「やめて」と訴える。

このままでは耐えきれず、冬香の口を汚すことになる。

それだけは、なんとしても避けねばならない。

だが冬香はやめようとしない。それどころか、「やめて」といえばいうほど、激しく愛撫する。

つい、この前覚えたはずなのに、冬香は懸命で巧みすぎる。

「だめだよ……」

舌でつつみこみ、やわらかくなぞられる度に菊治は慌てふためき、声をあげる。その狼狽《うろた》えかたが楽しいのか、冬香の舌がさらにからみついてくる。

もしかして、冬香は途中から面白くなり、奉仕というより加虐的な歓びにとりつかれているのかもしれない。

「もう、離して……」

これ以上、続けられては耐えきれない。

いま一度、叫ぶと、菊治は冬香をおしやり、燃え漲った股間をおさえながら哀願する。

「お願いだから、入れて……」

引き離され、仕方なく顔を上げた冬香が、困ったようにつぶやく。

「でも、本当に汚れてしまいますよ」

「平気さ、君ので汚れるのなら、いくら汚れてもいい」

ここまできたら、いっそ冬香のなかで血まみれになりたい。

「かまわないから、頼む」

何度か懇願した末に、冬香がようやくショーツを脱ぎ、受け入れてくる。

「あったかい……」

たしかに生理かもしれないが、冬香も菊治のものを弄ぶうちに充分燃えていたようである。そのまま血か愛液か、両者が混じり合った温もりのなかで菊治のものが暴れだす。

「すごくいい……」

菊治が叫ぶと、冬香も「わたしもです」と答え、ともに生理のことを忘れて走りだす。

生理のときに関係してはいけない、と思いこんでいる女性もいるが、はたしてそうなのか。まず、汚れて女性が恥ずかしい思いをしたり、それで男がしらけるようでは、たしかにまずいかもしれない。

しかし、当人同士が納得しているのなら、とくに問題があるとは思えない。

なかには、医学的にいけない、と思いこんでいる人もいるようだが、そんなことはなさそうである。それより、絶対に妊娠しないという点では、むしろ安全といえなくもない。

「気にしないで……」

菊治はまず安心させてから、囁く。

「思いきり、快くなって」

こんな状態で許してくれたことに菊治は感動し、ともに血まみれになって愛しあっているという思いが、さらなる興奮をかきたてる。

とにかく、一度結ばれたらもはや離さない。あとはゆきつくところまで、ともに駆けていくよりない。それが完全な愛の充足であり、さらにはまわりを汚さない方法でもある。

「いい……」と、いまは冬香も、躰のことは忘れて悶えだす。

ときに、排卵日とか生理の前などに興奮する、という女性もいるようだが、いまの冬香はどうなのか。いや、最近の冬香はどんなときでも容易に燃えるから、それとは無関係なのか。

ともかく、今度も激しく駆けだし、最後の、「許して……」という声とともに冬香は昇り詰め、それと同時に菊治も果てていく。

一気に押し寄せた快楽の波が、やがて引き潮のように引いていくなかで、冬香の躰は、まだ満ちたまま、大海のなかに漂っているようである。

それに合わせて、菊治もなかにとどまり、快感の名残りを追う。たんに果てたというより、冬香の血と混じり合った余韻に浸りながら、やがて頃合いをみてそっと引く。

「あん……」

ここでも、冬香はなお名残り惜し気である。

だが、菊治はゆっくりと躰を戻し、自分のものに用意していたタオルを当て、それから改めて冬香を抱き寄せる。

「快かった?」

「はい……」

昇り詰めたままの冬香は、生理のことなぞとうに忘れているようである。

情事のあとは、冷静な者のほうから動きだす。

いま菊治は、タオルを冬香の股間に残してベッドから起きあがる。

瞬間、冬香がすがりついてくるが、「まだ、休んでいなさい」といって先にバスルームにゆく。

やはり、少し汚れたようだが、とくに気にならない。それどころか、赤いしるしが湯とともに流れ去るのが惜しいような気がする。

それから残ったタオルで躰を拭き、ベッドルームに戻ると、冬香がシーツを取り除いている。

「ごめんなさい、やはり汚してしまって……」

「そんなの、かまわない、どこなの?」

菊治が見ようとすると、冬香が前をさえぎる。

「あのう、バスタオルとシーツを持ち帰っていいですか。洗濯をしたいので……」

それくらいなら、菊治のほうでできる。

「大丈夫、こちらで洗濯に出すから」

「じゃあ、タオルだけ洗って、シーツは持ち帰りますから、替りがありますか?」

菊治がうしろのクローゼットから、洗濯ずみのシーツを出すと、冬香が、「すぐ、終りますから、待っていてください」という。

どうやら、寝室から出ていって欲しい、ということのようである。

いわれたとおり、菊治は部屋を出てキッチンにゆく。そこで冷蔵庫からウーロン茶を取り出し、書斎に戻って椅子に腰を落す。

外は相変らず、よく晴れているようである。

その明るすぎる空を見て、今日がゴールデン・ウィークの谷間の一日であることを思い出す。

明日から、冬香は子供たちを連れて関西へ行くはずだが、そこで祥子たちと会い、なにを話すのか。そして、それには夫も一緒なのか。

考えながら、昼の陽気のなかで目を閉じていると、冬香が軽くドアをノックして入ってくる。

「ごめんなさい、一応、タオルは洗って、シーツは替えておきましたけど、汚れたのは今度来るときに持ってきます」

冬香はシーツを入れた紙袋を手にしたまま、すでに帰り仕度を終えている。

「今度は、六日だね」

「はい、いいですか」

いまの菊治には、冬香と逢うことしか、とくに決まった予定はない。


菊治の一番暇な連休の半ばから終りにかけて、最愛の冬香は東京にいない。

こどもの日に、子供を連れて、かつての馴染みの地に行くのだから仕方がないが、その期間をどうして過そうか。ぼんやりと考えながら、菊治はふと、自分のまわりに親しい友人がほとんどいないことに気がつく。

もちろん、たまに誘い合わせて飲む中瀬や、いまの大学の講師仲間の森下とも、親しくてよく話す。

だがそれも気が向いたときに会うだけで、そこから一歩すすんで深く話しあったり、一緒に旅行をする、といった感じではない。

菊治に親しい友達がいないひとつの理由は、三十半ばでサラリーマンを辞めたからかもしれない。そのまま一匹狼《いっぴきおおかみ》の作家になったおかげで、互いに意気投合し合ったり憤慨し合う仲間はいなかった。もちろん個人で仕事をする以上、それは覚悟していたことだから、とくに不満はない。

五十歳をこえたら、みな一人になるのは当然である。それ以上、親しく際き合うとしたら家族しかいないが、妻と別居している以上、孤独なのは仕方がない。実際、孤独だから自由なので、いずれをとるかといわれたら、多少、淋しくても自由なほうがいい。

そのあたりは、すでに納得ずみだが、これからの休みをどうして過そうか。

もちろん、やらなければいけないことは無数にある。まず書きかけの、「虚無と熱情」を早く仕上げなければならないし、大学で講義をしている中世の日本文学についても新しく調べて、自分なりの考えをまとめたい。さらにたまに戸外に出て、四十代から始めて、まったく進歩がないゴルフもしたいし、映画や演劇も見たい。

やらなければ、と思うことはいろいろあるのに、暇をもてあましているのは、もともとやる気がないからである。

こんなことでいいのか、と自らを省みながら、ひとつだけはっきりしていることは、この半年、冬香に没頭してきたことである。

逢える日も逢えないときも常に頭のなかに冬香がいて、二人での逢瀬のことばかり考えていた。

「怠けていたのではない、全身で愛に熱中してたのだ」

他人には理由にならないかもしれないが、それはそれなりに、菊治にとっては立派な理由である。

とりとめもなく考えながら、冷蔵庫からビールを取り出して飲む。

菊治のような自由業には、連休などなんの関係もないのだが、世間が休みだと思うと自然に気持も暢んびりする。

それにしても、いい天気である。こんな日に家に閉じ籠《こも》っているとは、なんともったいないことをしているのか。自らに呆れるが、といって出かける気もしない。

とにかく、いましばらく初夏の陽射しを浴びたまま椅子に凭れていたい。

そのままビールを飲み、軽く目を閉じると、自ずと冬香たちの姿が浮かんでくる。

いまごろ京都で乗り換えて、高槻に着いたころなのか。そこで祥子や子供たちと久しぶりの再会を楽しんでいるのか。

想像しながら、祥子が冬香の夫のことを、優秀でハンサムだ、といったことを思い出す。

今度の旅行は、彼も一緒なのか。

しかし、あれほど冬香が嫌っているのだから、そんなわけはない。菊治は打ち消すが、次の瞬間、別の想念が頭を横切る。

もしかして、祥子は冬香の夫に好意を抱いているのではないか。

まさか、そんなことがあるわけはない。それでは祥子が冬香を裏切ることになる。

菊治はそれも否定して、またビールを飲む。

それより問題なのは、冬香と夫の関係である。

前にきいて衝撃を受けたが、夫が冬香を眠らせたとき、たしかに関係したのだろうか。

冬香は、「犯されたかも……」と曖昧ないいかたをしていたが、そこまでいうところをみると、やはり犯されたのか。

明るい光の下、全裸の妻と交わるシーンは淫らで妖しいが、ほとんど意識のない妻を犯して満足できるのか。そしていまひとつ気になるのは、無抵抗な妻に淫らなことをしたとき、なにかを感じることはなかったのか。

正直いって、いまの冬香はかつての冬香ではない。性的にも充分すぎるほど成熟して、快感を知り尽し、愛撫にも鋭敏になっている。

そんな躰が、意識が朦朧としていたとはいえ、夫の接触に反応することはなかったのか。好むと好まざるとにかかわらず、自然に秘所が潤うことなぞなかったのか。

まさかと思いながら、それを夫が知って不審に思ったとしたら怖い、と思う。

つまらぬ想念を振り払うように、菊治はさらにビールを飲む。

冬香の夫が、眠ったままの冬香の躰を探ったからといって、なにもわかるわけがない。たとえ秘所が濡れていて、なんらかの反応を示したからといって、それが即、妻の浮気の証し、とはいえない。

「それにしても……」と、菊治は思い返す。

冬香と逢う度に、乳房か耳か、さらには太股に接吻の痕を残そうと思ったことがある。

実際は乳房に軽く残しただけだが、その直後に今回のようなことがおきたとしたら大変である。

とにかく、冬香は夫と一緒に住んでいるのだから、くれぐれも気をつけなければならない。そう自らにいいきかせるが、このままでは、いずれ夫に知られるのは時間の問題のような気もする。

万一、そんなことになったら、冬香はどんな態度をとり、自分はどうすればいいのか。考えるだけで、息苦しくなってくる。

いずれにせよ、不確かな先のことを考えたところで、どうなるわけでもない。

気持を切り替えて外を見ると、それを見計らったようにメールの着信音が鳴る。

急いで携帯を開くと、やはり冬香からである。

「いま、祥子さんのところです。子供たちがみんな出かけて、そのあいだにメールを打っています。離れれば離れるほど、あなたのことが強く思い出されるのです。あと三日ですね。早く日が経つよう祈っています」

その短い文の途中と最後に、絵文字の笑顔とハートマークがついている。

それを見て、菊治はただちにメールを打ち返す。

「帰ってくるの、待っている。離れていると不安になって、つまらぬことばかり考えてしまうのです。今度逢うときは、あれも終っているでしょう。待たせた罰にあそこに長い長い接吻を、もう許してといってもやめません」

そのあとに、唇とハートマークを重ねて送る。

するとまもなくして、再びメールがくる。

「わたしのいないあいだ、お利巧さんにしていてくださいね。帰ったら、きちんと調べますよ」

以前はともかく、いま、これだけ好きになって、浮気なぞするわけがない。菊治は苦笑しながら再び返事を送る。

「君も、きちんとあそこに鍵をかけて、誰にも触れさせないでね」


再び冬香が訪れてくるまでの三日間、菊治はひたすら家に籠って、原稿を書き続けた。

外界と触れるといったら、ときにテレビを見て、コンビニに買物に行くくらいで、あとは日中からレースのカーテンを閉めたまま、ひたすら机に向かう。

その甲斐あってか、冬香が来る朝までに二百五十枚を書き上げた。このゴールデン・ウィークが始まるまで百枚少し書いていたのだから、三日間で一気に百枚以上書いたことになる。

やはり愛する女性のことを思いながら書くと筆がすすむのか。しかし、いまの感じでは、あと百五、六十枚必要である。それで四百枚近い長篇になるが、これなら充分、読み応えのある作品になるはずである。

「村尾章一郎、待望の長篇傑作『虚無と熱情』」

「苦しい愛の先にあるものは……あの『恋の墓標』の作家が書き下ろした久々の恋愛大作」

発表と同時に、新聞紙面を賑わすに違いない広告の活字を想像して菊治は胸をときめかす。

「これで見事にカムバックして、再びベストセラー作家に返り咲き、冬香を離婚させて……」

厚い原稿用紙の束を眺めながら、一人でうなずいていると、チャイムが鳴って、待っていた冬香が現れる。

ドアを開けると、かすかに一礼し、なかに入った途端、接吻をする。それは、いつもの慣わしであり、それが二人の挨拶でもある。

「どうしていた?」

「ずっと、あなたのことを考えて……」

初めは恥ずかしがっていた冬香だが、いまはそんな台詞《せりふ》もすらりといえる。

そのまま寝室にゆき、ベッドに雪崩れこむのも、二人のあいだで定まった自然の流れである。

「逢いたかった」「わたしもです」

言葉で確認するのももどかしく、ひしと抱き合い、改めて唇をむさぼる。

だが躰はすでに燃え上がり、ともに待ちきれずに結ばれる。

「あったかい……」「深あい……」

いま一度、囁き合い、菊治が冬香のなかに入り、冬香が菊治のものをしかとつつみこみ、二人はたしかに合体する。

まさしく、「男と女は、この世で結ばれるために、つくられたのである」。

菊治は昨夜書いた小説の一節を思い出す。

何度、躰を重ね合わせても同じということはない。その都度、結ばれかたも、乱れかたも、昇り詰める形も、すべて異なりながら、ひとつだけはっきりいえることは、冬香の快感が確実に強く、深まっていくことである。

それは、こと改めてきいたわけではない。冬香が燃えて乱れて昇り詰める、その経過と、そのときどきに発する声をきき震えを感じるだけで、充分すぎるほどわかる。

そしていまも、冬香はさらに一段と激しく、しかも何度も昇り詰め、最後はもはや耐えきれぬとばかり、低く長く、「殺してぇ……」という声とともにゆき果てる。

どうやら冬香は死んだようである。その遥かな世界から甦るには、それなりの時間が必要である。

今度もゆっくりと死の世界から蘇生《そせい》した冬香は、しばらく菊治の胸元に顔を寄せていたが、やがて思い出したようにつぶやく。

「これって、なあに……」

きかれても菊治にはわからない。ただ、いま激しくゆき果てたところをみると、これまで知らなかった、また新しい感覚に目覚めて戸惑っているのか。

「快《よ》かった?」

「はい」と冬香は答えてから、ぽつりという。

「怖いわ……」

「怖い?」

「どこまで、いくのか……」

歓びの、さらなる歓びの果てにゆきつくところはどこなのか。その行方の知れぬ底無し沼を垣間見て、冬香は怯え、おののいているのか。

それにしても、あれほどの悦びを感じて怖いとは。正直いって、男の菊治はそこまで感じることはない。だが冬香が燃えれば燃えるほど、自分まで奈落の底に引きずられていくような不安を覚える。

「大丈夫だよ」

菊治は両の腕で、深く冬香を抱き締める。

「どこまでいったって、大丈夫」

「本当ですか、本当ですね」

たたみかけるように冬香は二度きいてから、さらに訴える。

「わたしを、離さないで……」

「もちろん、離さない」

今日の冬香はいつもより昇り詰め、満たされすぎて、かえって不安をかきたてられたのか。

悦楽の果てに、再び別れのときがくる。

この世に別れなぞなければ、どれだけ二人は愛の世界に没頭し、満ち足りていられることか。

しかし考えようによっては、別れがあるから、二人は正常の世界に戻れるともいえる。もし、ここで別れがなければ、二人はそのまま快楽の沼に溺れて沈みこむだけである。

「起きようか」

菊治の誘いは、その沼からの脱出指令でもある。冬香もそれを察してか、素直にベッドから起きあがる。

それから下着をつけて服を着る。ベッドから抜け出すまでの長さに比べて、それから先は急に早くなり、二十分もせずに、冬香は髪を直し、服も着終えている。

「これ、この前のシーツですけど」

冬香は自宅の近くのクリーニング店にでも出したのか、洗ったばかりのシーツをさしだす。

菊治はそれを受けとりながら、きいてみる。

「高槻はどうだったの？」

「はい、祥子さんが喜んでくれて、子供たちも久しぶりに会ったので、夜遅くまでいろいろと……」

そこで、菊治はさりげなくきいてみる。

「あのう、ご主人も一緒に？」

「いいえ……」

冬香はきっぱりと、首を横に振って、

「あの人は、別に約束があったみたいで……」

「約束？」

「ゴルフに行ったようです」

もしかして会社の仲間とでも行ったのか。優秀なサラリーマンだという彼は、ゴルフも下手な菊治と違って、格段に上手《うま》いのかもしれない。

それはともかく、連休中、仲間とゴルフに行くところをみると、妻にはさほど執着していないのか、それとも二人はすでに冷めているのか。

「もう、連休も終りだね」

菊治が話題を変えると、冬香もうなずいて、

「誕生日に、どこかへ連れて行ってくださる、といったこと、覚えていますか」

「もちろん、でも無理なら別の日でもいいんだよ」

「いいえ、大丈夫です」

冬香はそういってから、さらに念をおす。

「必ず、連れて行ってくださいね」

もちろん連れて行くつもりだが、本当に二人だけで一夜を過して大丈夫なのか。

菊治は案じながら、そっとうなずく。

青《せい》嵐《らん》

樹々が青葉に燃えるとき、突然、爽やかな風が吹きわたることがある。さほど強くもないが、といって弱いわけでもない。部屋のなかから見ていると、光眩しい初夏の一日としか思えない。だが外に出てみると、緑のなかを思いがけない風が吹き抜けていく。青嵐とは、まさしくそんな風である。

菊治が冬香とともに箱根へ向かう、その日も青嵐が吹いていた。

五月の、牡牛座の最後の日が冬香の誕生日で三十七歳になる。

その誕生日に、本当に外泊なぞできるのか。菊治は半信半疑だったが、冬香は着々と準備をすすめていたのか。

その日、冬香は約束どおり午後四時半に新宿駅に現れた。

淡い水色のキャミソールにベージュのカーディガンを羽織り、手にやや大きめのバッグを持っている。

「少し風が強いわ」

ホームを吹き抜けていく風に乱れた髪をかきあげながら、冬香が笑顔でつぶやく。

それを見ながら、菊治は「青あらし吹き抜け思いくつがへる」という、楸邨《しゅうそん》の句を思い出す。

まさかここまできて、突然気持が変ることもないだろう。


新宿から小田急のロマンスカーに乗ると、一時間少しで小田原に着く。そこからタクシーで箱根の山を登り、芦《あし》ノ湖《こ》のなかほどにある宿へ向かう。

菊治は今日の予定を冬香に告げ、ロマンスシートに並んで座ったところで、冬香と顔を見合わせて微笑む。

菊治としては、「よく出て来られた」というねぎらいの笑顔であり、冬香としては、「ほら、ちゃんと出て来たでしょう」という会心の笑みなのか。

それにしても、どうしてこんなに堂々と出て来られたのか。それを菊治がきくと、冬香は待っていたように、

「田舎の母に来てもらったのです。昔、勤めていたところの会があるから、といって……」

冬香は以前、京都の繊維関係の会社に勤めていたことがあるといっていたが、それを口実につかったのか。

しかし、お母さんが富山からよく出て来てくれたものである。それをきくと、「ぜひ、東京見物に来て、といって誘ったの」という。

そんな手があったのかと菊治は納得するが、問題は冬香の夫である。彼にはどんなふうに説明したのか。一番気になるところだが、冬香はあっさりと、「あの人、わたしのことなど、関

心がないから……」という。

「誕生日も？」

「そんなこと、とうに忘れてるわ」

夫婦なのに、と思うが、考えてみたら菊治も、四十代のころには、妻からいわれなかったら、誕生日のことなぞ忘れていた。

してみると、かつて菊治たちが歩んできたように、冬香たち夫婦も互いに冷めている、ということか。

「わたし、箱根はまだ行ったことがないのです」

冬香はガイドブックを読んできたようである。

「山かと思っていたら、湖もあるのですね」

「芦ノ湖といってかなり大きい。それを外輪山が屏風《びょうぶ》のようにとり囲んでいる」

「そこに、二人でいられるのですね」

瞬間、冬香が、「ここです」と窓を指さす。

新百合ヶ丘で、冬香が住んでいるところである。どんなところなのか、菊治が見る間もなく、特急電車は通り過ぎていく。

「でも、やる気になればなんでもできるものですね」

冬香の自信が、菊治には少し怖い。

ロマンスカーが小田原に着いたのは、六時を少し過ぎていた。

ここからはタクシーで箱根に向かう。

菊治は駅前に並んでいたタクシーに手を挙げ、まず冬香を乗せて、続いて乗る。

「芦ノ湖の龍宮殿《りゅうぐうでん》へ」

運転手の「いらっしゃい」という威勢のいい声とともに、車は湯煙の匂いのする湯本を経て、山へ向かう。

かつて、「箱根の山は天下の嶮《けん》」と歌われたとおり、道は険しくつづら折りになり、その道を左右からおおうように青葉が迫っている。車はその緑の山間《やまあい》を右へ左へとくねりながらすすむ。

「空気が澄んで気持いいわ」

冬香は窓を開けて山の空気を吸う。菊治はそんな冬香の片手をそっと握って囁く。

「今日の泊まるところは、和風の旅館だよ」

「本当ですか、畳の部屋ではもうずいぶん休んだことがありません」

関西でも東京でも、マンション住まいだけに当然かもしれない。

「嬉しいわ」

冬香がそっと手を握り返してくる。その掌を指でくすぐると慌てて離し、今度は冬香のほうがくすぐる。そんなことをくり返して窓を見ると、車はさらに山奥にすすんだようである。

「大分、陽が沈んできた」

行く手は深い樹木におおわれているだけに平地より日の暮れは早く、陽陰《ひかげ》になった山肌がさらに迫ってくる。

その黒い山肌を見るうちに、菊治はふと、冬香と二人で逃避行をしているような錯覚にとらわれる。

このまま山奥まで走り続け、人里離れたところに閉じ籠る。そこまで行けば、もはや誰にも知られることはないし、追手も来ない。それは冬香も同じなのか、外を見たまま手だけはしっかりと握っている。

だが、そんな空想もやがて消え、道は少し開けて左右に家が見えてくる。

芦ノ湖の東端の元箱根で、湖面が現れ、赤い鳥居が見えてくる。ここにはかつて関所があり、いまもその跡が残されている。

車はそこから湖ぞいにすすみ、樹《こ》の間ごしに、見え隠れする芦ノ湖に見とれるうちに、突然行く手が広がり、待っていた旅館が現れる。

龍宮殿の本館は一文字葺《ぶ》きの屋根が左右に広がり、鳳凰《ほうおう》が羽《はね》を休めたようにゆったりと佇《たたず》んでいる。今日、菊治たちが泊まるのは、その横の湖畔に広がる和風の新館である。

その広い車寄せに着くや、番頭さんと和服の女性が迎えに出てくれて、すぐエレベーターで三階の和室に案内してくれる。

「こちらでございます」

部屋係の女性がドアを開けてなかに入ると、沓脱《くつぬ》ぎの先に控えの間があり、その奥に十畳はゆうにこす座敷が広がっている。さらにその先の大きな一枚ガラスの窓から芦ノ湖が見下ろせる。

「見てごらん」

菊治が立ったまま右手を指さすと、冬香が寄り添い、途端に「素敵……」と声をあげる。

眼下には暮れなずんだ芦ノ湖が広がり、それをとり囲んだ外輪山の右手、緑の山々が連なる先に、正三角形の富士山が夕空のなかにくっきりと浮き出ている。

富士はいつ見ても美しいが、この消え去る寸前の夕陽を受けた富士は、いままでに増して、清らかで荘厳である。

「見事だ……」

「富士山を、こんなにはっきり見たのは初めてです」

冬香はしばらく見とれてから、「凄い贅沢だわ」とつぶやく。

冬香の誕生日に二人で遠出ができる、そう知ったとき、菊治は即座に新緑の箱根に行くことにした。そこならあまり遠くはないが湖と温泉があり、東京の喧騒《けんそう》からはほど遠い自然が溢れている。

せっかくそこまで行く以上、見晴らしのいい豪華な和室に泊まりたい。

正直いって、値段をきいた途端、菊治は一瞬怯《ひる》んだ。一人で四万円近くするから、二人合わせて、さらに交通費などを含めると、十万円くらいは覚悟しなければならない。

一夜のためにそこまで……と迷ったが、菊治はすぐ決断した。

こんなチャンスは、もう二度とあるかわからない。とにかく行く以上は、思い出に残る素敵な部屋に泊まりたい。そこで冬香が感動し、納得するような一夜を過したい。

わけのわからない未来より、いまを大事にしたいと菊治は思う。

このごろ菊治は、自分が大胆というか、向こうみずというか、なにか自分でもはらはらするようなことを、やりそうな不安にとらわれる。

今度の旅行も、初めはどこかレストランで食事をして、そのあと時間でもあれば菊治の部屋にでも、と考えていた。だが年に一度の誕生日で、しかも冬香が大胆にも泊まりがけで出て来るという。それをきいた瞬間、思いきり豪勢なところへと夢が広がった。

長く、フリーターのようなその日暮らしで、残っている預金も七百万を割っている。これからの長い老後をそれだけで暮らしていけるのか。

考えると不安になるが、その余裕のなさが、かえって開き直りにつながるのか。

もともと計画性のあるほうではなかったが、このごろ、その傾向が一段と強くなってきた。

年齢《とし》をとれば、もう少し落ち着いて地味になるものだと思っていたが、実際はまったく違う。なにやら、いまごろになって、第三次か四次かわからないが、反抗期に入ったようである。

ともかく、これだけ冬香が喜んでくれたら、来た甲斐があったというものである。

菊治はなお、暮れていく湖と富士山を眺めている冬香を、そっと抱き寄せる。

去年の秋、冬香と初めて接吻を交したときは、眼前に暮れていく京の街があったが、いまは目の前に夜の湖と山が広がっている。

いつのまにか街から湖へ、背景が変ってしまったが、菊治はそれが面白いと思いながら、同時に、なにか沁《し》み沁《じ》みとした感慨にとらわれる。

ついにここまできた……

そのまま、夜の窓ぎわで唇を重ねていると、入口で「失礼します」という声がする。

慌てて躰を離すと、部屋係の女性が浴衣を持ってきて、温泉と内湯の説明をしてくれる。

「食事はホテルのほうのダイニングルームに用意をすることになっていますが、何時ごろがよろしいでしょうか」

菊治は冬香と見合わせて、「十分後に出かけます」と告げて、時計を見る。

すでに六時半を過ぎて、湖も山もこの部屋も、静かに夜の帳《とばり》につつまれていく。

そしてこの部屋で、今夜は思いきり冬香を抱き締めて、滅茶苦茶にしてやろう。

菊治の気持を知ってか知らずか、冬香はバスルームで髪を整えているようである。

夕食は、この一帯を廻っている巡回車で、ホテル本館のメインのダイニングルームに行く。

二人は、その一番奥の落ち着いた席に案内されて座ると、天井が高くそこに大きなシャンデリアが輝き、広い窓から夜の芝生と湖が見える。

冬香は少し緊張しているようだが、係の男性が、今夜の料理を説明してくれる。

まず、アミューズが三島農園産のミニトマトで、続いて駿河《するが》湾で採れた伊勢海老を、さらに伊豆の鮑《あわび》というように、それぞれ地元の食材でつくられているようである。

説明が終ってから、菊治はまずグラスシャンパンをもらって乾杯する。

「おめでとう」

「ありがとうございます」

細長いシャンパングラスの先を軽く合わせ一口飲んでから、冬香がつぶやく。

「わたし、こんな素敵な誕生日をしてもらったのは、初めてです」

はたしてそうなのか。ともかくそういってくれるのは嬉しい。

「なにか、罰が当るような気がします」

「そんなことはない」

シャンパンのあとに、菊治は、あまり重くなくて風味のある赤ワインを頼む。

「今夜は酔っても大丈夫だよ」

「駄目です、眠ってしまいます」

瞬間、冬香が夫に薬を服まされて眠ったことを思い出すが、そのことはいわずに、

「ずっと、眠っていていいよ」

「そんなの、もったいないわ」

だとすると、冬香は夜通し燃え続けるつもりなのか。

「もう、三十七歳になってしまいました」

「いいじゃない、女はこれからだよ」

正直いって、菊治は三十から四十代が、女としてもっとも成熟して素敵な年頃だと思う。

「でも、男の人は、若いぴちぴちした女の子が好きなのでしょう」

「違う、君は勝ち犬のなかの勝ち犬さ」

「それ、どういう意味ですか?」

「結婚して、子供がいて、しかも彼氏がいる」

冬香はかすかに笑ったが、すぐに首を横に振って、

「わたし、初めから、負け犬でよかったわ」

ということは結婚せずに、恋だけをしたかったということか。菊治は苦笑しながらワインを

飲む。

メインは和牛のフィレステーキに天城《あまぎ》のわさび添えで、最後に静岡産のメロンのスープ仕立てがでる。

「美味しくて、みんな平らげてしまいました」

わずかに飲んだワインで、冬香はほんのりと頰を染めているが、そのときウェイターが真四角の箱を持ってくる。

それを冬香の前に置き、蓋を開くと、バースディケーキが現れ、チョコレートで、「ハッピーバースディ・冬香さま」と記されている。

「これ、わたしのために……」

冬香は「素敵」と自ら手を叩《たた》き、「どうぞ」といわれて、思いきり息をためて蠟燭《ろうそく》の火を消す。

瞬間、まわりにいたウェイターも「おめでとうございます」といって一斉に手を叩く。

「ありがとうございます」

冬香は喜びと照れとが入りまじった笑顔で何度も頭を下げ、最後に菊治に向かってもう一度、「嬉しいわ」という。

「よかった……」

ディナーをメインのダイニングルームのほうに頼んだのは、このケーキのセレモニーをしたかったからである。

「今夜のこと、絶対忘れません」

ウェイターの、「切りましょうか」というのを冬香は断り、「お腹がいっぱいだから、このまま持ち帰ります」という。

あまり素敵ですぐ切り崩す気にはなれないのか。

ケーキは再び包んでもらい、二人は食後のコーヒーを飲んで、ダイニングルームを出る。

ホテルの正面から、再びカートで送ってもらうが、初夏の夜風が火照った頬に心地いい。

途中、ゆるやかな斜面の植え込みに白い椿《つばき》が夜目にも鮮やかに浮き出ている。

再び、和風の新館に戻り、部屋係の出迎えを受ける。

「明日、朝食は何時にしましょうか」

部屋で二人ですることになっているが、七時から三十分おきに九時までできるという。

菊治は少し考えて、一番遅い九時にしてもらう。

「それでは、お休みなさい」

部屋係の女性が去り、菊治が鍵で入口のドアを開き、控えの間から奥の座敷に入ると、すでに布団が敷かれている。

二つ並んで、あいだがわずかに離れ、枕元の行灯《あんどん》が、これからの二人の夜を見守るように、灯されている。

よく見ると、右手の襖《ふすま》の前の乱れ箱のなかに浴衣が二つ畳んだままおかれている。

菊治はその大のほうに着替えると、冬香が服とズボンをハンガーに掛け、脱いだ下着から靴下まで、きちんと畳んでくれる。

こんなサービスをされるのは何年ぶりだろうか。菊治が考えていると、冬香が、「お風呂、先に入ってください」という。

「いや……一緒に行こう」

内風呂もあるが、せっかく温泉に来たのだから大浴場に入りたい。

冬香も浴衣に着替え、一階の浴場に行き、三十分後に一緒に出る約束をして、男女それぞれの浴場に入る。

菊治はそこで枯山水《かれさんすい》の庭を眺め、約束どおりの時間に出ると冬香はすでに出口で待っている。

髪をうしろで巻きあげてバレッタで留め、左手にそっとタオルを持ち、かすかに微笑む。

瞬間、菊治は思わずうなずく。

湯上りのせいか、ほんのりと頬が上気して、巻きあげた項が白く浮きでている。

「いい女だ……」

突然いわれて、冬香はわからなかったのか、「えっ……」とききかえす。

「君が、いい女だと、いっているのさ」

「そんな……」

恥ずかしくなったのか、耳まで朱を帯びている。

「和服も持っているのでしょう」

廊下を歩きながら、菊治がきく。

「冬香の、着物姿を見たい」

旅館の浴衣を着ただけで、これだけさまになるのだから、自前の着物を着たら、さらにいい女になるに違いない。

「いつか、見せて欲しい」

「本当ですか?」

冬香と初めて京都で逢ったとき、眩しそうに手で陽を遮った。そのやわらかな指のしなりを見て和服をイメージしたが、その実感はいまも変っていない。

「見せてくれるの?」

「あなたが、見たいのなら」

菊治はうなずき、さらにきいてみる。

「もちろん、一人で着られるんだよね」

「はい」

「じゃあ、脱がしても大丈夫だ……」

途端に冬香が、呆れたというように軽く睨む。

飲んだうえに温泉につかって、菊治はほろ酔い気分である。

そのまま二人は並んで長い廊下を歩き、再び和室に戻る。

「まだ、見えるかな?」

広い一枚ガラスの窓に寄り添うと、湖畔の外灯に映しだされた湖と外輪山がかすかに浮きでている。

「もう、湖も眠っている」

二人で窓ぎわに寄り添っていると、湯上りの冬香から、かすかに湯の匂いが漂ってくる。

それに惹かれるように、さらに寄り添うと、襟元のあいだから白く柔らかなふくらみが垣間見える。

目だけは夜の窓に向けたまま、菊治はその谷間にそっと手を差し込む。

「なにを……」

冬香が慌てて身を引くのを、菊治はかまわず、手でしかと胸のふくらみをとらえる。

「可愛い……」

冬香の胸はさほど大きくないが、温かくて柔らかい。

「やめて、だめです……」

冬香が藻掻《もが》けば藻掻くほど、胸元がはだけて乳房が見えてくる。

「誰かに、見られますよ」

冬香が窓ぎわから逃げ出そうとするのを追いかけて、二人はそのまま布団に倒れこむ。

戦いのきっかけは他愛ないが、一度始まった戦いは容易に終りはしない。

もつれ合った二人は一旦、抱き合うが、じき菊治のほうから離れて、浴衣の紐に手をかける。

いずれ脱がされるのはわかっているのに、きっかりと結ばれていて、菊治は少し手こずり、ようやく解いて、浴衣の前をはだけていく。

服や下着なら、上下に脱いでいくのに、浴衣は前から割って左右に開いていく。そのアプローチの違いが、和服の艶かしさのひとつである。

ゆっくりと宝の箱を開くように分けていくが、下にショーツを穿いているのを知って、菊治は一瞬、興醒《きょうざ》めする。

「なにも、つけてはいけない、といったろう」

「でも……」

それでは恥ずかしすぎるというのか。ともかく菊治がショーツに手をかけると、冬香は素直に腰をくねらせて自ら脱ぐ。

仄暗《ほのぐら》い明りの下で、浴衣の上に全裸の冬香が横たわっている。恥ずかしさに目は閉じ、睫毛《まつげ》がかすかに震えているようだが、胸から下半身をおおうものはなにもない。

「きれいだ」

菊治はつぶやきながら、いきなり枕元のスタンドを明るくする。

「えっ……」

突然の眩しさに、冬香は驚いたようである。

慌てて躰をくねらせ、うつ伏せになろうとするのを、菊治は両手でおさえこむ。

白い冬香の肌は、このごろ豊かな性感に育まれて一段と艶やかさを増したようである。

それを見たいというのを逆らうのは間違いである。美しいものは惜しみなく、すべて見せるべきである。そういいたい気持を抑えて押し戻すが、冬香は従わない。

そのまま二つの躰がからみ、揉み合ううちに、菊治の上体が冬香の下半身に近づき、次の瞬間、獲物を見つけたように股間に顔を寄せる。

見せないのなら、もっと恥ずかしいことをしてやろう。菊治は、見せてくれない腹いせにとばかり、両手に力をこめて肢を開き、秘所の入口にひたと唇を寄せる。

それは前にも試みているが、いまは眩しいばかりの明りの下で、泉のまわりからそれをとり囲む柔らかな茂みまで、はっきりと見える。

「やめて、離して……」と、冬香は慌てるが、ここまできたら、もはや離しはしない。逆らえば逆らうほど顎をおしこみ、懸命に舌を這わせるうちに、さすがの抵抗も徐々に弱まり、やがてすべての力が抜けていく。

ついに、逆らうことはあきらめたようである。

そう思った次の瞬間、菊治のものがいきなり、やわらかな感触につつまれる。

なにをする……と振り返るまでもなく、冬香が菊治のものを含んでいることは間違いない。

「そんなことを」と思いながら、「ならば……」とばかり、菊治はさらに熱く優しく花弁《はなびら》をそよがせる。

そのまま、互いが互いを愛撫し続ける。

夜の静寂《しじま》のなかで、湖もそれをとり巻く山々も、明るい旅館の一室で、このような淫らな情景がくり展《ひろ》げられていることに気がつかない。

それに安堵して、それだけが唯一の愛の表現のように、二人はひたすら互いの敏感なところを、むさぼり合っている。

互いに、相手のもっとも弱いところを攻め合いながら、同時に自分のもっとも弱いところを攻められている。ほとんど頭と足が逆さまのまま、上半身は攻撃に熱中し、下半身は守るすべもなく相手の攻撃に晒されている。

この攻めて攻められる戦いで、勝利を得るには、いずれがより冷静さを保ちながら攻め続けられるかにかかっている。一瞬でも息を抜き、快楽に身をゆだねたら、その瞬間から、たちまち敗北の溝に突き落される。

負けるまい。そしていつまでもこのままからんでいたい。だがそんな淫らな戦いも長くは続かず、ようやく勝敗の帰趨《きすう》が見えてくる。

一瞬、敵の攻撃の手が弱まり、「おや……」と思った次の瞬間、菊治のものから冬香の手が離れ、熱い吐息が失せたようである。

ついに冬香は、絶え間なく津波のように寄せてくる快楽の渦に耐えきれず、全面的に攻撃を放棄し、受身一方に廻ったようである。

ここまできたら、もはや勝利は目前である。

いまがチャンスとばかり、菊治はさらに追及の手をゆるめず、ひたと股間に吸いつき、執拗に花弁を嬲るうちに、冬香は悶えのけ反り、最後に断末魔の悲鳴をあげる。

「だめです、もう、許して……」

そのまま腰を撥《は》ねあげ、全身をきり揉みのように震わせながら果てていく。

まさに壮烈な戦死に近く、それを区切りとして、戦いはようやく終焉《しゅうえん》を迎える。

戦火がおさまれば、もはや敵も味方もない。激しく戦い敗れた敵を、いまはただちに収容し、介護する必要がある。

菊治はなお、果てた余韻に震えている冬香を上からしかと抱き締め、おさまるのを待って、今度は横からそっと抱く。

相変らず部屋は明るいが、それを避けるように、冬香は菊治の胸元深くもぐりこんだまま、びくとも動かない。

一人だけ、激しく果てて敗れたことを、悔いているのか。

だが、冬香は敗北を敗北とは受けとめていないようである。それどころか、いまのはこれから始まる本当の戦いの序章とでも思っているのか。

ひっそりと横たわっているはずの冬香の右手が、いつのまにか伸びてきて菊治のものをそっと握っている。

もしかすると、冬香は甦るために果てるのかもしれない。もはやここまで攻めたてたら立ち直るわけはない、と思った次の瞬間、再びゆっくりと立上がる。いや、それは冬香だけでなく、女という性に共通する逞しさなのかもしれない。

「あれは受身だったのだ」と菊治はいまになって思う。乱れ悶えて、息もつけぬほど果てたと思ったそのあとに、また新しく求めてくる。その、甦る女体の強さは、派手に倒れたようにみえて、その実、ほとんど消耗していない、受身の技と変らない。

実際いまの冬香は、つい少し前、致命的な敗北を喫したのも忘れたように、再び息を吹き返し、さらなるチャレンジを目論んでいるようである。

むろん、菊治はそれを避けはしない。今夜は一晩中、この広い部屋で戦うつもりである。

すでに自分のものを握っている冬香に、菊治はそっときいてみる。

「欲しいの?」

「はい……」と、冬香が素直に答える。

「いま、いったばかりだろう」

「でも、あなたが火をつけたのよ」

つい少し前、長い戦いの末に果てたのは、たんに躰に火をつけただけのことだったのか。

だとすると、これからが本当の火花を散らす戦いとなる。

菊治は意を決して起きあがり、枕を探す。

いずれも、いまの狼藉《ろうぜき》で左右に散っているが、そのひとつを布団のなかほどにおき、その上に冬香の腰を誘う。

仰向けのまま腰だけ高くして、やや下から窺う。それに冬香が激しく感じて乱れることは、すでに何回となく試みて、確認ずみである。

今度も、と思った瞬間、冬香が「明るいわ」と、いやいやをするように首を振り、くるりと背を向ける。

だが、菊治は明りは消したくない。

「でも……」

菊治はいま一度、躰を戻そうとするが、冬香は応じず、そのまま背中を撫ぜているうちに、菊治はふと思う。

いやなら、このままうしろからでいい。

少し頼りない背に比べて、白くふくよかなお臀の二つのふくらみが、枕の上にぽっかりと浮いている。

その谷あいに、妖しの秘境が息づいている。

もしかして、冬香はうしろから結ばれることを期待していたのか。菊治が二つのふくらみのあいだに手を添えると、かすかに身をよじるが逃げはしない。

いま延々と煽《あお》られて、待ちかねていたのか。

可愛い岡の谷間をまさぐり、それから一気に入ると、冬香が「あっ……」とのけ反る。

いつものことだが、菊治は冬香の花蕊《かしん》につつまれて、ようやく自分の故郷に戻ってきたような安らぎを覚える。かつてそこから生まれたのだから、愛する女性のそこへ戻るのは、自然の成りゆきというものである。

冬香もそれを受け入れて、むしろ安堵したようである。

菊治がやや上体を起し、下から上へ窺うように侵入すると、冬香は小さく呻き、それとともに自分もかすかに腰を突きだしてくる。

このごろ、冬香は悦びの獲得に貪欲である。いままでは恥じらい、自分から動くのを極力控えていたのに、いまは抑えることはほとんどない。それどころか、むしろ自分のほうから誘ってくる。

「はっ、はっ……」と、冬香が髪を振り乱し、悶える度に、自分たちが犬か動物になったような気がしながら、原初、人類の男と女はこんな形で結ばれていたのかと、菊治は思う。

すべての生きものが求め合う自然の形だけに、女性のもっとも感じ易いところに達するのか、冬香の声は次第に大きく、甲高くなる。

床の間に芍薬《しゃくやく》の一輪挿しが置かれている静謐《せいひつ》な和室で、こんな淫らな姿はそぐわない。そう思いながら、その違和感に煽られて走りだすと、突っ伏した冬香が激しく喘ぎながら訴える。

「ねぇ、ねぇ……」

なにを乞《こ》うているのか、それだけではわからない。はっきりしろ、とばかりにさらに攻めたてると、たまりかねたように冬香が叫ぶ。

「殺して、ねぇ……」

前にも、それはきいているが、本気なのか。

「死にたい?」

「そう、このまま殺して」

いわれるままに、菊治はうしろから手を伸ばし、冬香の喉元に当ててそっと絞めると、冬香が苦しげに首を左右に振り、噎《むせ》びながら叫ぶ。

「いく、いくわよう……」

そのまま長い汽笛のような声が部屋に響いて、冬香一人、遠い彼方の世界へ去っていく。


冬香が満ちて果てたことに変りはない。それはこれまで何度となくくり返されてきた、究極の愛の世界への飛翔である。

だがその各々にも微妙な違いがある。

初め、昇り詰めることを知ったころは、ただ悦びを訴え、その快楽を味わうように、ひっそりと息を潜めていた。

しかし、それをくり返し、さらに深く達するようになって、悦びの表現は多彩になり、快楽の頂点も長く、乱れかたも一段と激しくなってきた。

そしていまは、自ら積極的に、貪欲なまでに快楽を追い求め、その果てかたも絶叫とともに全身を震わせながら、狂ったように昇り詰める。

その経緯は、まさしく菊治自身の冬香への愛の深さであり、冬香の菊治への執着の深さ、そのものである。

二人が交す愛の言葉も時とともに高揚して、初めのころは「君が好き」「あなたが好き」であったのが、途中からはともに「大好き」から「大々好き」に変り、ついには「わたしは、あなたの好きの、その倍よ」「俺はその倍の倍」といい返し、ついには、「好きという言葉では足りないわ」と、互いに溜息をつくことになる。

いったい、このようにエスカレートしていって、果てはどうなるのか。俗にいう、若者同士の純愛でなく、心も肉体も狂おしく燃えて、執着しきった大人の男と女の純愛は、どこへ流離《さすら》い、どこにたどりつくのか。

菊治は考えて、ふと怖くなる。

多くの人は、二人のことを単純に「不倫」という一言で片付けそうである。だが菊治は、不倫などといえる状態はとうにこえていると思う。いわゆる不倫なら、なんと無責任で気楽なことか。

いまの二人のあいだを表すとしたら、「不倫純愛」とでもいおうか。たんなる不倫をこえて、はるかに純粋に、一途に研《と》ぎ澄まされていく。

結婚なら、恋愛にせよ見合いにせよ、必ずどこかで相手を瀬踏みして計算する部分がある。だがいまの二人のあいだには、打算のかけらもない。ひたすら相手が好きで、それ以上、相手になにかを期待しているわけではない。物質的なものはもちろん、結婚することも、平穏な家庭を築くことも考えてはいない。未来への展望はなにもなく、ただ危険だけが溢れている。

その無私のなかで、なお狂おしいほど求め合う、これこそまさに、純愛以外のなにものでもない。

　そしていま、冬香がゆっくりとこの世に戻ってくる。一旦、異次元の世界に飛翔した冬香に徐々に五感が甦り、普通の会話が可能になる。

　菊治は行灯の明りを消して、きいてみる。

「いま、殺してといった……」

　冬香は答えず、菊治の胸元でかすかにうなずく。

「それで……」

　菊治はそっと手を伸ばし、冬香の喉元に拇指《おやゆび》と人差し指を当ててみる。

「苦しくなかった?」

「いいえ」というように、冬香が首を左右に振る。

「あのまま死んでもいいの?」

「いいわ……」

　あっさり答えられて、菊治は冬香を見る。

　まだ目は閉じたまま、唇が軽く開いているが、はたして本気なのか。菊治は喉元に当てた指に少し力を入れて、きいてみる。

「さっき、こうして絞めたけど……」

　冬香は逃げるどころか、むしろ顎を上げて首を差し出してくる。

「死んだら、終りだよ」

「あなたと一緒なら、いいわ」

菊治は指をゆるめて、納得する。それなら菊治にもわかる。快楽の絶頂で、ともに死ぬのなら不安はない。愛しあっているものが、それを願うのはむしろ自然かもしれない。

「でも、そうしたらこの世には戻れない」

菊治は、冬香の愛する三人の子供や夫のことを思う。もしこのまま死んだら、ここまで積み上げてきたすべてのものが無に帰する。

「わたし、戻りたくないわ」

冬香が低いが、きっぱりとした声でいう。

「戻さないで……」

もしかして、冬香は嫌っている、夫のことを思い出しているのか。そこへ戻りたくない、というのならわからぬわけでもないが、それにしても大胆すぎる。

「つまらないことは考えないほうがいい」

「でも、死ぬほどいいの……」

思わず、菊治は冬香を抱き締める。そうまでいわれては、ひたすら抱き締めるよりない。ここまで冬香の感覚が深まった、そのことを歓び、驚きながら、しかしそこから先は考えたくない。

「そんなに、いいの?」

「いいわ」

そこまで堂々といいきる冬香が、菊治には怖い。

そのまま二人は微睡《まどろ》み、そして眠ったようである。

すでに十二時に近く、湖も山々もとうに眠っている。自然が休んでいるなかで眠るということが、菊治の気持を和ませる。

再び目覚めたとき、時刻は四時を過ぎていた。まだ早いが、一枚窓からの明りが部屋に流れこみ、白々と夜が明けかけているのがわかる。

菊治はそっと床から抜け出してトイレにゆき、戻って窓ぎわに立つと、湖が朝靄《あさもや》につつまれている。

夜明けの気配はあるが、まだ完全に明けきってはいない。そのことに安堵してカーテンを引き、再び床に入る。

瞬間、冬香は軽く身をよじり、それから本能的に菊治に寄り添ってくる。

「あと五時間」と、菊治は朝食までの時間を考える。その前にいま一度、ゆっくり愛しあうことはできそうである。

そのまま、二人はまた微睡んだようである。といっても二時間は経っているのだから、眠ったといったほうが正しいのかもしれない。

再び目覚めたとき、枕元にある時計は六時を過ぎていた。

「朝食まで、あと三時間もない……」

そう思って、なにか急かされる気持になると、菊治の気持が伝わったのか、冬香が半ば目を閉じたまままきいてくる。

「何時ですか?」

「そろそろ、六時だよ」

もともと冬香は夜に弱く、家にいると九時ごろには休むのだといっていた。その分だけ朝は早いようだが、会社に勤める夫と三人の子供をもっていては、それは当然かもしれない。

「じゃあ、もう……」

そろそろ起きねばならないと思ったのか。だがここが箱根湖畔の宿で、二人で休んでいることは知っているようである。

このまま動きたくない、というように、額をすりつけてくるが、菊治もまだ起きる気はない。

「昨日は、うしろから……」

冬香の裸のままのお臀を撫ぜながら、菊治が耳許で囁く。

「また、接吻してやろうかな」

目覚めの気怠さのなかで、菊治は冬香の胸元に唇を寄せる。そこから徐々に中心に向かい、乳首に接吻《くちづけ》をしたところで、冬香も完全に目覚めたようである。

「だめ……」と上体をひねるのをかまわず、今度は右手を股間にすすめ、中指で愛撫をくり返す。

昨夜燃えた花蕊は、すでに充分潤い、それをたしかめたところで、菊治は冬香の上体を抱き寄せ、自分の上にのせてやる。

互いの躰と躰が重なり合い、密着していることに、冬香は安心しているようだが、やがて頃合いをみて、菊治はそろそろと冬香の股間と自分のものを合わせていく。

「どうするの?」と不安そうだが、菊治のやろうとしていることは、すでに察しているようである。

「少し浮かして……」という言葉に素直に従い、次の瞬間、陰と陽はあっさり癒合する。

前に横の体位から徐々に起きあがり、うしろ向きのまま結ばれたことはあるが、このように冬香が前を向いて跨《また》るのは初めてである。

まだ怯えてぎこちないのを、菊治は両手で支えながら、そっと動かしてやる。

恥ずかしいのか、冬香は前屈みになり、垂れた髪で顔は隠れているが、両手は菊治の胸元におかれている。

そのまま下から揺すり、冬香も腰を動かすうちに感じはじめたようである。

「あっ……」といい、「えっ……」と驚くような声とともに、前後から左右へと腰の動きが複雑になり、さらに速くなる。

ここまできたら、もはや止まることはない。

菊治に急かされるまま、冬香は次第に反りかえり、次の瞬間、慌てたように顔をそむける。

だが菊治は下から、全裸の冬香が燃えていくすべてを見たい。

腰に当てていた手を伸ばして髪をかき分け、さらにその手を胸のふくらみに当てて上体を反らすと、冬香はいやいやをしながら訴える。

「とめて、許して……」

しかし、走りだした馬はそのまま駆けだし、馬上の冬香は前に傾き、うしろにのけ反り、乱れ狂う。

つられて菊治も高ぶり、腰を撥ねあげると、冬香は「だめです」という声とともに、いきなり前に倒れこみ、そのまま菊治の首にしがみつく。

美しく淫らな騎手は、突然暴れだした奔馬を乗りこなせず、たちまち落馬したようである。

両手で菊治に抱きつき、胸からお腹までぴたと重ねたまま、荒い息をくり返す。

やはり慣れぬ騎乗に異様な感覚をかきたてられ、こらえきれなくなったのか。

その突っ伏した形はまさしく降参の表示だが、いま一度起きあがるか、それとも降りるのか。

たしかめるように両の肩口を押し上げると、冬香はさらにしがみついてくる。

再び乗る気はなさそうだが、いかに柔らかい掛け布団といっても、このままではいささか重い。

そこでお臀に手を当て、上下に撫ぜながら、「少し、休もう」と囁くと、冬香はようやく降りることに納得したようである。

だが躰を退《ひ》き、股間が離れかけると、名残り惜し気にしがみついてくる。

いかに満ち足りても、そこを離すのは不満なのか。

しかし菊治はかまわず横向きになり、秘所を離して熱い躰を布団に横たえる。

どうやら、いままでにない新しいスタイルだったが、冬香は戸惑いながらも満足したようである。

「快かった?」という問いに、素直にうなずくが、少し間をおいてきいてくる。

「いろいろ……知ってるのね」

菊治はうなずきかけて戸惑う。たしかに知っているといえば知っているが、ここでうなずいては、余程、遊び人のように思われてしまう。

いや、たしかに遊んではきたが、すべての女性に、このように激しく接したわけではない。実際、妻とは子供が生まれてからは、ほとんど関係がなくなったし、その他の女性とも、そのときどきに交わったが、これほど熱中することはなかった。

それが冬香に逢ってからは、自分でもわからぬほどのめりこんでしまった。たまたま年齢的にも、仕事の上でも行き詰っていて、なにか、これまでの枠から飛びだしたいと思っていた。そんな心の揺れにくわえて、「これが最後」という思いが、さらなる愛着をかきたてたのか。

いずれにせよ、控えめで従順な冬香が、接する度に素直に吸収して淫らに成長する。その羞恥と好色が入りまじる妖しさに、菊治のほうからとりこまれた、といったほうが正しい。

とにかく、「肌が合う」といった程度の執着ではないと、菊治は思う。

思いがけない形で昇り詰めたせいか、冬香は再び微睡《まどろ》みかける。

だがこのまま眠られては、じき朝がきて、せっかくの旅の一夜が終ってしまう。

その前にいま一度、深く結ばれたい。

幸いというか菊治はまだ果てていない。最近はここでいま少しこらえたい、と思うと、ある程度、欲望をコントロールできるようになってきた。それも、これまでの修練のたまものなのか、それとも年齢を経て鈍感になったということか。いずれにせよ、まだ余力が残っているのは嬉しい。

菊治は横向きになり、自分のほうを向いている冬香の背を撫ぜてやる。

項から背筋を経てお臀へ、そこから脇腹を経て腋へ這わせるうちに、冬香はくすぐったくなったのか。上体をよじり、肩をすくめるうちに、微睡《まどろみ》から完全に目覚めたようである。

いよいよこれから、旅の最後を飾る愛の饗宴の始まりである。

菊治はまず冬香に接吻をし、しばらく舌をからませてから上体を起し、上から両手でしっかりと抱き締める。

同時に、冬香も下からしがみつき、その息をころした抱擁で、冬香の背と胸に、菊治の掌と躰の痕が深く刻まれたことは間違いない。

そこから菊治は上体をずらし、いつものように冬香の下に枕を差し入れる。

いまや、冬香はそれにも馴《な》れて自ら腰を浮かし、それを待って菊治は正面から、深くたしかに入っていく。

「ああっ……」と冬香の眉間に皺が走り、顎が突きだされ、その切なげな表情に煽られて、菊治の男が走りだす。

激しく前後へ、そして上下へ、互いの股間がこれ以上、密着しきれぬほど密着し、次の瞬間、冬香の両肢が高々と持ち上げられる。

そのまま上体を「く」の字に、さらには折り畳まれるまでに曲げられ、責められて、冬香はたまらず叫びだす。

「助けて、だめよう」

さらに、「いや、いや……」と激しく首を振るところをみると、まだ昇り詰めたくないのか。

だが、その声も途切れて、最後に訴える。

「死ぬう、殺して……」

いま一度、「殺して」という願いをきいて、菊治は両の手を冬香の喉元に当てて圧《お》していく。

冬香は首を左右に振り、激しく咳きこむ。

これ以上、絞めてはまずい。菊治が慌てて手をゆるめたところで、ようやく咳が止まり、かすかに目を開く。

いま、「私の首を絞めたのは、あなたね……」と、たしかめているようでもある。

その目から顔をそらし、さらに責めたてると、冬香は再び悦びを訴え、次の瞬間、白い腕がするすると伸びてきて、菊治の喉元に当てられる。

下からいきなり、突っかい棒をさしだされた感じで喉が苦しく、菊治は慌てるが、冬香はかまわずぐいぐいと圧してくる。

このまま菊治が冬香を絞め、冬香が菊治を突き上げたら、どうなるのか。やがて二人は息が詰り、ともに死にいたるかも。

一瞬、死の予感が脳裏を掠めるが、すぐそれを振り払い、再び冬香を絞める。

途端に、「ああっ……」という悲鳴とともに、冬香は震えだし、最後に「死ぬぅ……」という叫びとともに、昇り詰める。

その瞬間の痙攣に誘われたように菊治も果て、そのまま全身の血という血が吸いこまれるような感覚とともに、冬香の上に倒れこむ。

上と下と、二人はともに果て、溶け合ったまま身動きひとつしない。

それからどれくらい経ったのか。菊治が先に顔をあげ、冬香が生きているのをたしかめるように、そっと唇を重ねる。

それで冬香も気がついたのか、唇を吸われたまま、抱きついてくる。

明方、冬香が上で菊治が下にいた。それと逆に、いまは冬香が下で菊治が上にいる。そのまま二人は重ね餅《もち》のように、ぴたと重なり合っている。

そう思った瞬間、かつて武家社会で、姦通《かんつう》した男と女が重ね合わせられたまま、上から一刃の下に斬《き》り裂かれたという、刑罰を思い出す。

いままさに、この形で斬られたとしても仕方がない。菊治が上なら、もしかして冬香は助かるかもしれないが、助かっても永遠に牢《ろう》に閉じこめられるのか。なまじっか生き残るくらいなら、冬香は「死にたい」と叫ぶに違いない。

もしかして、ここに冬香の夫でものりこんできたら。

菊治は急に不安になってあたりを見廻すが、部屋はカーテンごしに洩れてくる淡い明りのなかで、なにごともなかったように静まり返っている。


菊治が動くと、冬香も動くが、それは重なり合った形を解くだけで、離れたと思った瞬間、二人はまたどちらからともなく寄り添う。

もはや初めのときのような元気はないが、ともに満ちて果てたあとの安らぎが、二人をまた快楽の世界に誘いこむ。

互いに無言だが、軽く触れ合っている肌と肌が、「愛してる」と囁き、うなずいているのがわかる。その安堵のなかで菊治がつぶやく。

「また、殺して、といった……」

「……………」

「だから、首を絞めてやった」

菊治は、冬香の細っそりとした頬から顎を撫ぜながらいう。

「そしたら、冬香も絞めてきた」

「そう、あなたも死んで欲しかったの」

あの、いきなり下からでてきた腕は、一緒に死のう、という意味だったのか。

菊治はさらに項《うなじ》を撫ぜながら、きいてみる。

「あのまま圧し続けたら、死んだかもしれない」

「わたしも、死ぬかと思った……」

だが冬香は、逆らうような気配はまったく見せなかった。

「死ぬほど、いいの？」

「そう、なにか、ふっとそのまま死の世界に飛びこめるような、そこから半分戻ってきて、まだ半分、あちらにいるような、その中途半端な感じが、すごおく、いいの」

その瞬間を回想しているのか、それともまだ夢うつつなのか。顔は穏やかだが、目は閉じられ、口許だけがかすかに開いている。

「あんなことをしていると、本当に死ぬよ」

「あなたに、殺されるならいいわ」

「そんな……」

菊治は慌てて否定する。いま燃えて果てたあとだから、そんなことをいっているが、正気に戻ったら、また生の意欲がわいてくるに違いない。

「そんなこと、考えちゃだめだよ」

「でも、あなたがそうさせたのよ」

たしかに、そういわれると反論の余地がない。そのまま黙りこんでいると、冬香がつぶやく。

「意気地なし……」

「なにが？」

「どうして、殺してくれなかったの」

「意気地なし」といわれては、菊治の立場がないが、といって、意地のあるところを見せるわけにもいかない。

菊治は戸惑い、呆れながら、やがてうなずく。

ともかくここまで、冬香を性の歓びに目覚めさせ、深入りさせたのは自分である。いまはそのことに納得して、現実の世界に戻すよりない。

菊治が上体を起し、枕元の時計を見ると七時半である。そろそろ起きなければ、朝食の前に、布団をあげにくるはずである。

だが、冬香はまだ起きる気はないらしい。いつものように、両手を伸ばしてしがみついてくるのを抱くうちに、菊治も少し微睡《まどろ》む。

それでも時間が気になっていたせいか、二十分もせずに目が覚める。

菊治は脱いだままになっていた浴衣を着て、窓ぎわにゆき、二重になっているカーテンの端を開けると、一気に朝の光が溢れてくる。

　わずかに開いただけなのに、閉ざされていた部屋には、たちまち光が乱舞し、昨夜からの情事の名残りは朝霧のように消えていく。

　突然の光に、冬香も目覚めたようである。

「起きてごらん」

　菊治の眼前には芦ノ湖が光り、まわりをとり囲む山々は何重もの緑を重ねて、湖面に影を落している。

「待ってください」

　光に誘われたように、冬香も布団から出るが、しゃがんだまま浴衣を着ると、中腰で逃げるようにバスルームに消えていく。

　再び目を湖面に戻し、菊治は改めて、自然のなかにいたことを実感する。

　ついいましがた、二人は首を絞め合い、死の世界を垣間見たような気がしたが、いま、二人はたしかに生きている。

　そのことに納得し、改めて光の照り返す湖面を見ていると、左手から大きな遊覧船が現れる。まだ客は乗っていないようだが、別の乗船場にでも移動するのか。

　ともかく、湖は一足先に一日が始まっているようである。

　菊治が眺めていると、髪を整えた冬香が戻ってきて叫ぶ。

「こんなに目の前に、湖が……」

　そのまま、遊覧船から見えるなら見えてもいいとばかり、二人は朝の接吻を交す。

改めて朝の光のなかで見ると、布団と枕の位置が乱れている。昨夜から、あれだけ激しく求め合ったのだから無理もない。

菊治が窓ぎわを離れて布団に近づくと、素早く冬香も、「わたしがやります」といって布団の前にくる。

菊治はかまわず自分の枕元を探し、その下に忍びこませていた小型のボイスレコーダーを懐に入れる。

実は、菊治は昨夜からの二人の情事を密かにレコーダーに残しておいた。

冬香と別れても、それを聴けば、箱根での一夜のことを思い出すことができる。

むろん、冬香はそれに気づいていない。

てきぱきと、まず乱れた布団を元の位置に戻し、布団のあいだを寝る前と同じように離し、さらに互いの枕を整える。

菊治も協力して寝乱れたあとは見事に消え、見かけだけは、静かに一夜を過したことになる。

ここまでやっておけば、いつ、布団をあげにきても安心である。

「風呂に行こうか」

菊治がきくが、正直いって、いま少し前に果てていささか気怠い。結局、内風呂に入ることにして、しばらく浴槽のなかで二人で戯れる。

そこから菊治が先にあがり、新聞を読んでいると、男性がきて布団をあげ、少し間をおいて朝食がでる。

広いテーブルの上に、しらす卸《おろ》しや卵焼き、肉じゃがなどとともに鯵の干物がおかれている。

すでに風呂からあがり、服に着替えた冬香がご飯をよそってくれるのを待ちながら、菊治は部屋係の女性にきいてみる。

「あの、芦ノ湖に出てみたいのだけど」

女性はボートや遊覧船などを教えてくれるが、空いていたらモーターボートにも乗れるかもしれません、という。

「それで、湖を廻ると気持がいいですよ」

きいているうちに、菊治は乗ってみたくなり、朝食後に予約をとってもらう。

「よし、二人で乗ってみよう」

冬香も乗ってみたかったらしく、眼を輝かせるが、すぐ思い出したようにいう。

「もう、終るのね」

菊治はうなずきながら、二人の旅がそろそろ終りに近づいていることを改めて知る。


朝食を終え、帰り仕度を整えたところで、二人は再び窓ぎわに立って接吻をする。

このあと、モーターボートに乗るが、そこから先は常にまわりに人がいる。二人だけでいられるのはこれが最後なので、ともに長い長い接吻を交して部屋を出る。

玄関で番頭さんと部屋係の女性に見送られてから、巡回車で船着場まで送ってもらって、モーターボートに乗る。

四人乗りだが、二人が並んで座ったところで、ボートは唸《うな》りをあげて走りだす。

ほぼ湖を一周するが、十数分で廻れるらしい。

ボートはまず箱根園を出て、山々のあいだから顔を覗かせている富士山に向かって突きすすむ。そのまま湖尻《こじり》を右に見たところでUターンして湖心に向かう。

途中、外輪山に生い茂った樹々が何重にも湖に影を落し、山々も湖も、まさに緑の饗宴、といった感じである。

「気持がいいわ」

冬香は風に髪をなびかせ、胸元の菊治がプレゼントしたハイヒールのペンダントが、朝の光を受けて七色に輝く。

周囲十八キロという大きな湖だが、湖心部は湖水のやや南のところになるらしい。

そこに近づくと、湖面は緑から濃緑に変り、湖の深さを改めて知らされる。

「どれくらいの深さが、あるのですか」

少しスピードを落してくれたドライバーにきくと、「四十メートルくらいでしょうか」と答える。

カルデラ湖だけに、湖畔は急峻《きゅうしゅん》な崖《がけ》のまま湖底につながっているようである。

「ここで、遭難した人がいますか」

「いますよ」

冬香の質問に、ドライバーはあっさり答えて、

「ここは沈んだら、遺体はほとんどでてきません」

「でてこない?」

「湖底に樹がそのまま残っているので、その枝にひっかかって浮かばれないようです」

二人は改めて、湖面を見詰める。

そうだとすると、この下になお何体かの死体が潜んでいるのだろうか。

もしかして、死体に呼ばれるような気でもしたのだろうか。そっと寄り添う冬香の手を、菊治はしっかり握ってやる。

「怖いわ……」

ボートを降りて、いま一度、湖を振り返り、改めて湖面の広さと緑の濃さを確認する。

「写真を撮ろうか?」

菊治は持っていたカメラで湖畔に佇む冬香を撮り、自分も撮ってもらうが、二人のツーショットが欲しくなって、通りすがりの二人連れの女性に頼む。

一枚は船着場の横で、いま一枚は富士山を望める位置で撮ってもらう。

「ありがとうございました」

礼をいってカメラを受けとるが、彼女等はどんなふうに思ったのか。一見して不倫相手の二人とわかったろうか。

そんなことより、冬香と二人で写真を撮ったのは初めてである。いままではホテルや菊治の部屋で密会していただけなので、写真を撮ることなど考えたこともなかった。

これも、旅に出たおかげである。菊治は冬香の手をとり、なおしばらく湖畔を散策してから、箱根園のベーカリーに行く。

ここでは手製のさまざまなパンが焼かれていて、冬香はそのうちの何種類かを買ったが、なかに可愛い犬の顔をしたパンがある。

旅館で、そして湖心で、さまざまな顔を見せた冬香が、いまは母親になっているようである。

その売店の先のコーナーで、カフェ・オ・レを飲んで時計を見ると十一時である。

まだまだ遊んでいたいが、冬香は午後二時くらいまでには家に戻りたい、といっていた。

「そろそろ、行こうか」

菊治が促すと、冬香もうなずく。

どう願っても、時を停めることはできない。

フロントで車を呼んでもらい、外へ出ると、空はさらに晴れて、緑の山々が迫ってくる。

その自然に別れを告げて、タクシーに乗る。

湖畔から小田原まで、山を下るあいだ、二人は手を握り続け、着いたところで、今度は新宿行きのロマンスカーに乗る。

電車は空いていて、その二人がけのシートで寄り添いながら、東京が近づくにつれて、次第に口数が少なくなる。

そして新百合ヶ丘が近づいたとき、冬香が囁く。

「ありがとうございました」

「またね……」と、菊治がうなずくと、冬香はいま一度、菊治の顔を見詰めていう。

「わたし、今日のこと、忘れません」

冬香と別れて、菊治は急に疲れを覚えた。

とくに仕事をしたわけでもないのに情事の名残りか、それとも冬香と別れた虚しさのせいか。

いまごろ、冬香は家に戻り、母や子供たちに囲まれて、バースディケーキと、動物の顔がついたパンなどを食べさせているのか。

そして冬香の夫は家にいるのかいないのか。考えてもわからないが、冬香が自分のことを忘れないことだけはたしかである。

あれだけ躰に刻みこんだ、愛の刻印がそうそう失せるわけがない。

とりとめもなく考えているうちに電車は新宿に着き、そこから乗り換えるのが面倒になって、タクシーで千駄ヶ谷の部屋に戻る。

マンションの入口に管理人がいて、「いい天気ですね」と挨拶を交し、なかに入って郵便受けを覗く。

定期的に送られてくる雑誌と、ダイレクトメールと、そして封筒が一通ある。見慣れた字のような気がして裏を見ると、妻からである。

いまごろ、なんの用なのか。珍しいこともあるものだと部屋に戻って開くと、書類のようなものとともに、便箋が入っている。

「前略、お変りありませんか……」

たしかに別居はしているが、妻らしい淡々とした書きかたである。

「以前から考えていたことですが、このあたりできちんとしたほうがいいかと思って、離婚届を同封しました」

菊治が慌てて次を追うと、妻らしい楷書のきっかりとした字で記されている。

「これにサインして、印鑑を捺《お》してくださるだけで結構です。よろしくお願いします」

菊治はそのまま椅子に座って、考えこむ。

いつまでも、だらだらしていても仕方がない。いつかはっきりしなければならない、とは思っていたが、箱根から帰ってきた日に、手紙が届いているとは知らなかった。

「そうか……」

菊治はゆっくりとうなずく。たしかに、離婚は、互いに納得ずみのことだけに、いずれこうなることはわかっていた。だが、いざ現実になると少し戸惑うところがある。

「誰か、好きな人でもできて結婚するのか」

そうなっても、仕方がないと思いながら、かすかな淋しさがある。


土曜日は、あらかじめ休暇をとってあったので、菊治はベッドで少し休み、夕方、六時過ぎに近くの中華料理店へ行く。そこで簡単なおつまみでビールを飲んでからラーメンを食べる。

昨夜、箱根のホテルで食べたフレンチのディナーと比べると格段に安いが、それが馴染んだ現実の生活である。

そこから戻り、しばらくテレビを見てから妻のところへ電話をすると、短い間があって妻がでる。

「俺だけど……」

菊治はそれから、「元気か?」と簡単な挨拶を交してから、「昨日、手紙を見た」と切りだす。

「ああ……」と妻は一瞬うなずいたようだが、すぐ、「ごめんなさいね」という。

「いや……」

籍は入っていても、ともに離婚したいときには認め合うというのが、二人の暗黙の了解であった。

「結婚でも、するのか?」

「ええ、ちょっと仕事を助けてもらっている人がいて、その人と……」

妻はフラワーアレンジメントをしているが、そちらの関係の人なのか、それとも資金でも出してもらっている人なのか。いずれにせよ、いまさらきいたところで、どうなるわけでもない。

「高士《たかし》はわかっているんだな」

息子のことをきくと、すでに了解ずみだという。

それでは反対する理由もない。

「離婚届は、送る」

菊治はそういってから、「結婚は、いつなの?」ときいてみる。

「七月にでも、ごく内輪でやるつもりです」

菊治はうなずいてから、思いきっていってみる。

「その前に、一度、食事でもしようか」

いままでの身勝手さへの償いの気持もあったが、妻はあっさりと答える。

「そんなこと、無理しなくていいわ。あなたも忙しいでしょう」

「まあね……」

「また、気の向いたときにでもしましょう」

そういわれては引き下がるよりない。菊治は少し間をおいていう。

「幸せにな……」

「あなたもね」

電話はそれで切れてしまった。なんとも呆気ないが、いかにもさばさばとした妻らしい別れかたである。


（下巻につづく）

この作品は、日本経済新聞に平成十六年十一月一日から平成十八年一月三十一日まで連載され、加筆・修正を施し二分冊したものです。

〈著者紹介〉
渡辺淳一　1933年北海道生まれ。医学博士。58年札幌医科大学医学部卒業後、母校の整形外科講師をつとめるかたわら小説を執筆。作品は初期の医学を題材としたものから、歴史、伝記的小説、男と女の本質に迫る恋愛小説と多彩で、医学的な人間認識をもとに、華麗な現代ロマンを描く作家として、常に文壇の第一線で活躍している。70年「光と影」で直木賞受賞。80年に「遠き落日」「長崎ロシア遊女館」で吉川英治文学賞を、2003年には紫綬褒章受章、菊池寛賞などを受賞。著書に『みんな大変』(講談社)、『渡辺淳一自選短編コレクション』(朝日新聞社)など多数。

愛の流刑地(上)
2006年5月20日　第1刷発行

著　者　渡辺淳一
発行者　見城 徹

GENTOSHA

発行所　株式会社 幻冬舎
〒151-0051 東京都渋谷区千駄ヶ谷4-9-7

電話:03(5411)6211(編集)
03(5411)6222(営業)
振替:00120-8-767643
印刷・製本所:中央精版印刷株式会社

検印廃止

ISBN4-344-01165-1 C0093
幻冬舎ホームページアドレス　http://www.gentosha.co.jp/

この本に関するご意見・ご感想をメールでお寄せいただく場合は、comment@gentosha.co.jpまで。